查瓦绒箭宗

《格萨尔》藏译汉项目领导小组办公室

多吉次旦　平措　　翻译
次仁平措　　　　　译校
仓决卓玛　　　　　编校

西藏藏文古籍出版社

图书在版编目（CIP）数据

查瓦绒箭宗 / 多吉次旦，平措编译. -- 拉萨：西藏藏文古籍出版社，2021.7

ISBN 978-7-5700-0558-1

Ⅰ．①查… Ⅱ．①多… ②平… Ⅲ．①藏族—英雄史诗—中国 Ⅳ．① I222.74

中国版本图书馆CIP数据核字（2021）第114604号

查瓦绒箭宗

译　　者	多吉次旦　平　措
责任编辑	曾　恒
装帧设计	刘　炜
策　　划	天利文化
出　　版	西藏藏文古籍出版社　邮政编码：850000
	打击盗版：0891-6930339
印　　刷	大厂回族自治县德诚印务有限公司
经　　销	全国新华书店
开　　本	16开（710×1 000）
印　　张	36.5
印　　数	01—2,000 册
版　　次	2021年9月第1版第1次印刷
标准书号	ISBN 978-7-5700-0558-1
定　　价	88.00元

版权所有　翻印必究

《格萨尔》藏译汉项目领导小组

总顾问：洛桑江村
顾　问：白玛朗杰
组　长：陈　凡
副组长：索　林　　车明怀　　卢明秀　　降边嘉措
　　　　杨恩洪
成　员：诺布旺丹　　次仁平措　　许德存　　宁　梅
　　　　达　瓦　　黄　智　　蓝国华　　王彦杰
　　　　白玛扎西　　阴海燕
办公室：次仁平措（主　任）　　蓝国华（副主任）
　　　　王彦杰（副主任）　　裴洪霞　　尼玛仓决
　　　　白玛扎西　　阴海燕　　索朗扎西
专家组：巴桑旺堆　　格桑益西　　曼秀·仁青道吉
　　　　仁　增　　索朗格列

《〈格萨尔〉艺人桑珠说唱本》
汉译丛书编委会

总　编：索　林
主　编：次仁平措
副主编：白玛扎西　阴海燕
编　委：龙仁青　平　措　李连荣
　　　　蓝国华　王彦杰　刘红娟
　　　　方晓玲　索朗扎西　达　琼
　　　　宋博瀚　阿旺曲吉

目　录

总　序 ... 1

内容梗概 ... 1

一 ... 1

二 ... 61

三 ... 101

四 ... 160

五 ... 244

六 ... 349

七 ... 485

八 ... 506

整理者说明 ... 549

译者后记 ... 550

总　序

白玛朗杰[1]

传承民族优秀传统文化是推动文化大发展大繁荣、建设社会主义文化强国、传承民族血脉、建设人民精神家园的必然要求。党的十八大提出,"建设社会主义文化强国,关键是增强全民族文化创造活力""建设优秀传统文化传承体系,弘扬中华民族优秀传统文化"。2015年,习近平总书记在中央第六次西藏工作座谈会上指出:"加强民族团结,不断增进各族群众对伟大祖国、中华民族、中华文化、中国共产党、中国特色社会主义的认同。"为了把西藏建设成为中华民族特色文化保护地,我们亟需将藏民族史诗《格萨尔》推向全国乃至世界,以进一步丰富中华民族文化宝库。2013年6月,西藏自治区社会科学院向西藏自治区人民政府呈报了《关于启动自治区重大文化工程〈格萨尔〉史诗藏译汉项目的请示》。在洛桑江村主席的亲自关心下,2013年12月自治区重大文化工程《格萨尔》藏译汉项目得以立项。如今,30卷本的《〈格萨尔〉艺人桑珠说唱本》汉译丛书即将陆续与广大读者见面。这是党和政府大力关怀和支持的结果,是课题组的同志们辛勤努力的结果,也是中国《格萨尔》学界众多同仁通力协作的共同成果。

---

[1] 白玛朗杰:西藏自治区重大文化工程《格萨尔》藏译汉项目领导小组顾问,第十届政协西藏自治区党组副书记、副主席,西藏自治区社会科学院原院长。

一

人类的思想和文化是智慧的结晶、进步的阶梯、文明的象征。德谟克利特说："智慧生出三种果实，即善于思想、善于说话、善于行动。"为了实现中华民族伟大复兴的中国梦，一方面，我们要立足时代，放眼全球，锐意进取，吸取现当代人类社会的一切优秀文明成果，创造无愧于时代、无愧于人民、无愧于历史的文化成果；另一方面，我们还要向历史和祖先学习，发扬中华民族优良传统，保护和传承优秀民族传统文化，从中挖掘有益成分，汲取营养和精华以丰润己身。

藏族是中华民族的重要成员，是一个有思想、善说唱、富有智慧的伟大民族。英雄史诗《格萨尔》是被公认为"藏族文学之冠"的名著，在千百年来的流传演变过程中，它以高度的人民性和强大的艺术生命力在藏族民间不断得以充实和发展。直到今天，《格萨尔》说唱艺人仍以他们非凡的聪明才智和辛勤的劳动创作活跃在民间，为史诗增光添彩。从全世界史诗的情况看，首先，《格萨尔》与《伊利亚特》《奥德赛》《罗摩衍那》《摩诃婆罗多》等相比，其最大的不同是仍以活的形态流传于世。早在1776年，俄国学者帕拉斯在《俄罗斯帝国各省旅行记》中就对《格萨尔王传》给予了极高的评价。众所周知，无论是《伊利亚特》《奥德赛》，还是《罗摩衍那》《摩诃婆罗多》等著名史诗，都早有定本传世，但早已没有创作性说唱艺人可寻。《格萨尔》史诗不仅至今尚未有最后之定本，而且各种抄本、刻本、说唱整理本仍在不断增加，《格萨尔》民间艺人的说唱活动从未停止，至今仍有百余位《格萨尔》说唱艺人活跃在民间。从根本上讲，众多活跃在民间的《格萨尔》说唱艺人的存在，是《格萨尔》史诗仍然以活的形态传唱的现实基础。其次，《格萨尔》是一部结构宏伟、内容丰富、卷帙浩繁的史诗巨制。据研究人员不完全统计，《格萨尔》全传至少有226部，累计100多万诗行，

这要比之前常说的世界最长史诗《摩诃婆罗多》的20多万诗行还要长。较早研究《格萨尔》的王沂暖（1907—1998）教授，曾经填写《凤凰台上忆吹箫·格萨尔颂》[1]一词，把千年史诗《格萨尔》的神采风华歌颂得淋漓尽致。

中华文化是中华各民族成员在长期的生产、生活中积累形成的，是一笔宝贵的精神财富。《格萨尔》是中华文化中闪烁着熠熠光彩的魅力瑰宝，它集中代表了古代藏族文学的最高成就，是一部涉及古代藏族社会生活、民族历史、经济文化、阶级关系、民族交往、意识形态、道德观念、风俗习惯、宗教信仰的百科全书。自20世纪30年代始，任乃强、李安宅、谢国安、刘立千、马长寿、何剑薰、谭英华、陈宗祥、彭公侯等一批学者就对其作了详细述介和研究。中华人民共和国成立后，在马克思主义理论指导下，中国民族民间文化的发展迎来了新的春天，《格萨尔》也受到了前所未有的重视。著名文学家茅盾、周扬和老舍等人较早对《格萨尔》给予了关注。1956年在北京召开的中国作协第二次理事会上，老舍做了关于少数民族文学创作和发展的报告，其中提及《格萨尔》并首次将其定性为"史诗"。1958年，中央政府有史以来第一次在青海、西藏、甘肃、四川、云南等广大藏族同胞聚居地有计划、有组织地搜集、整理、抢救《格萨尔》，并取得了显著成绩。十一届三中全会后，随着国家对文学发掘和研究的深入，《格萨尔》的搜集、整理与研究在国内出现了无比繁荣的局面。1980—1981年，全国七省区召开"格萨尔工作会议"，之后有关省区相继建立了"格萨尔"工作组及专门机构[2]积极从事《格萨尔》的抢救、搜集、整理、翻译、研究和出版工作。随着国内相关科研院所、高等学校格萨尔研究机构的纷纷成立，尤其是中国社科院《格萨尔》研究中心的成立，国内集中出现了一大批主

---

[1] 这首词的全部内容为：世界绝无，人间仅有，说来话粲莲花。似空中虹彩，天外奇霞。难尽无边才艺，何须借铁板红牙，只面对云山雪岭，传唱千家。堪夸，英雄儿女，有梵王神子，度母仙娃。任东西南北，雨露风沙。战罢天魔五百，让玉宇无限清嘉。舒放眼，泱泱万里，诗国中华。
[2] 参阅《记〈格萨尔〉工作座谈会》（载《民间文学》1980年第8期）、《藏族英雄史诗〈格萨尔〉第二次工作会议纪要》（载《民族文学研究》1981年第1-2期）、《西藏成立抢救、整理〈格萨尔王传〉领导小组》（载《西藏日报》1980年6月25日）等。

要从事《格萨尔》研究的学者,成就斐然[1]。20世纪90年代,中国学术界已经鲜明地提出建立"《格萨尔》学"[2],这是中国现代藏学繁荣发展的重要表现。2001年10月,在法国巴黎召开的联合国教科文组织第31届大会上,参会人员一致通过将我国"《格萨(斯)尔》千年纪念活动"列入该组织参与的周年纪念活动之中,这是迄今我国政府向该组织唯一申报成功的一项周年纪念活动。2009年9月,在阿联酋首都阿布扎比召开的联合国教科文组织保护非物质文化遗产政府间委员会第四次会议上,我国的《格萨(斯)尔》被批准列入《人类非物质文化遗产代表作名录》。

二

人民群众是历史的创造者,是一切文艺创作的源头活水。《格萨尔》史诗是一部以抑强扶弱、除暴安民为主线的宏伟史诗,反映了人民群众与社会丑恶势力作斗争,消除青藏高原一切不平等和灾难,用自己的劳动和汗水缔造幸福生活的美好愿望。也正是因为如此,在"政教合一"的封建农奴制度下,统治阶级最害怕听到说唱《格萨尔》,最害怕听到这一歌颂人民的力量以及呼唤自由、平等和幸福的乐章。旧西藏地方政府利用统治农奴的各种手段,禁止《格萨尔》史诗的说唱和传播,把它当作"下等人"

---

1 从1989年开始,中国政府主导开展了七次《格萨尔》国际学术研讨会,时间分别为1989年11月(成都)、1991年8月(拉萨)、1993年(锡林浩特)、1996年7月(兰州)、2002年7月(西宁)、2006年7月(玛曲)、2015年7月(成都)。

2 王兴先:《关于建立"格萨尔学"科学体系的初步构想》,载《西北民族学院学报》1993年第2期;王兴先:《〈格萨尔〉与"格萨尔学"》,载《甘肃科技》2003年第12期;扎西东珠:《"格萨尔学"学科之我见》,载《中国藏学》2002年第4期。王兴先在《〈格萨尔〉与"格萨尔学"的发展历史》中提到:"《格萨尔》研究之所以能够逐渐形成为一门独立的学科,就是因为既有《格萨尔》史诗本体提供的形成一门学科的基本要素和它所富有的历史文化之魅力,又有它的研究者们的创新思维和开拓性研究之功以及二者的有机结合。"

的"俗言俚语",称其为"乞丐的喧嚣",称民间艺人为"下贱的乞丐"。广大民间说唱艺人过着以乞讨为生的流浪生活。

西藏和平解放后,党和政府投入大量人力、物力和财力到西藏《格萨尔》的抢救、整理、出版、翻译等工作中,在党和政府的领导、关心、支持下,该项工作有了快速的发展。1980年4月,国家批准成立西藏自治区《格萨尔》领导小组及抢救办公室,指定自治区党委宣传部、自治区社会科学院、自治区文联、自治区出版局的负责同志分别担任抢救领导小组正副组长,自治区文联代管抢救办公室。财政下拨抢救专项经费,建立了西藏有史以来第一个《格萨尔》抢救领导小组和抢救办事机构——西藏自治区《格萨尔》抢救办公室,核定编制为15人。同时,在西藏师范学院(西藏大学前身)成立了《格萨尔》民间说唱艺人扎巴抢救小组,当时受到中央有关部委的表扬,并成为七省(区)的榜样。1984年,西藏自治区《格萨尔》抢救办公室正式划归西藏社会科学院管理,成为社科院下设县级部门,编制10人,专项经费每年10万元。1987年机构改革时,《格萨尔》办公室降级合并到西藏社科院原语言文学研究所,并取消了专项经费。1997年机构改革时,随着原语言文学研究所和民族研究所的合并,《格萨尔》办公室划归民族研究所管理,成为民族研究所的一个内设室,对外亦称自治区《格萨尔》研究中心。

西藏《格萨尔》抢救办公室成立之初,国家投入大量人力、财力和物力,为史诗的抢救、保护、整理、出版和研究工作奠定了良好的基础。30多年来,《格萨尔》抢救办公室做了大量工作:

一是20世纪80年代开展大面积的艺人普查工作,对西藏范围内的重点说唱艺人及其唱本进行了录音、整理和出版。了解和掌握艺人的现状,记录艺人口头说唱本是《格萨尔》抢救工作的重中之重,在当时是一项非常急迫的工作。20世纪80年代初,自治区人民政府投入大量资金,先后20余次派人到《格萨尔》史诗流传比较广泛的地区，进行了大规模的民间艺人普查，《格萨尔》史诗旧版本搜集以及有关传说、实物等抢救工作。经过这一阶段的工作，工作组先后共寻访到能说唱10部以上《格萨尔》史诗的民间艺人57名。根据"择优择缺"原则，按照"优先为老艺人录音"的指导思想，《格萨尔》抢救办公室进行了深入细致的录音整理工作。目前，西藏社会科学院已完成录制100多部《格萨尔》艺人说唱本，整理磁带5000多盘，笔录成文90部，《格萨尔》抢救工作的进度和质量均走在了全国各省（区）前列。

二是《格萨尔》旧版本及实物的登记和抢救取得历史性突破。过去，与《格萨尔》史诗相关的实物及旧版本零散地保存在民间，这些资料不仅从来无人问津，还极易损坏和丢失。在普查寻访艺人的同时，抢救办公室对这些有关《格萨尔》史诗的实物进行全面普查和鉴定，对其中具有一定历史价值和艺术价值的珍贵文物进行抢救和保护。这是《格萨尔》抢救工作的重要组成部分，对于史诗的全面研究具有不可替代的重要作用。随着工作的深入开展，西藏全区先后搜集和发现50多种与《格萨尔》史诗有关的民间人物传说和10件实物，搜集到74部55种《格萨尔》史诗旧版本和旧手抄本，整理出版《格萨尔》旧版本32部。

三是2000年之后启动了抢救、整理、编辑和出版《〈格萨尔〉艺人桑珠说唱本》的文化工程。桑珠（1922—2011）是杰出的《格萨尔》说唱艺人，也是一位被人津津乐道的奇人，他目不识丁，却能说唱50万诗行。这是藏民族独有的一个文化现象，"桑珠现象"可以说在全世界都绝无仅有。桑珠是西藏丁青县人，他在旧西藏和其他很多说唱艺人一样云游四方，以说唱《格萨尔》史诗为生，过着牛马般的乞丐生活。西藏和平解放后，他和百万农奴一起翻身获得新生，在拉萨市墨竹工卡县尼玛江热乡定居落户，建立了自己的家庭。1984年，桑珠和其他十余名民间艺人一起受聘于西藏社会科学院，并与他们合作抢救说唱故事。桑珠艺人极富说唱天赋,说唱从不人云亦云,对《格萨尔》史诗有着自己透彻的认识和独特的见解。1991年,他被国家民委、文化部、中国文联、中国社会科学院四部委联合授予"《格萨尔》说唱家"称号。而后,他又被授予"国家级非物质文化遗产项目代表性传承人",并被学术界誉为"语言大师"和"国宝级人才"。目前,藏文本的《〈格萨尔〉艺人桑珠说唱本》丛书45部(48本)经整理、编校人员的艰辛劳动,现已基本整理和出版完毕。这套丛书的问世,不仅创造了世界史诗领域个体艺人说唱史诗最长的记录,而且填补了迄今还没有整理和出版过单个艺人全套《格萨尔》说唱本的历史空白。若按平均每部(本)10000多诗行计算,这套丛书的诗行总数将超过520000,大大超过了《摩诃婆罗多》的207000诗行,创造了世界史诗文本新的吉尼斯纪录。2011年2月16日,桑珠老人不幸去世,这是《格萨尔》抢救保护工作的重大损失。我们只有加倍地努力,继续做好这项工作,才不辜负老人的期望,不辜负人民的期望。

三

翻译是语际交流和沟通的桥梁,是传播民族文化、促进文化交流的重要途径。历史上,西藏地方通过翻译佛教、医药、天文历算等书籍[1]与祖国

---

[1] 松赞干布时,从古印度翻译《十二缘起》《六日轮转》等占卜理算书籍;又如《松赞干布遗教》说,"法王松赞干布在位之时,从印度迎请鸠摩罗大师,由吞弥·桑布扎为他担任翻译,译出《阿毗达摩藏》的广、中、略三种写本;又迎请尼泊尔的锡拉曼殊大师,由尼泊尔妃赤尊公主担任翻译,译出《经藏》《华严经》《观世音菩萨经咒》等;又迎请印度的婆罗门夏迦罗,由阿札雅达摩郭夏担任翻译,译出《律藏》《迦陵迦光明律》《止雅经咒》等;又从汉地迎请和尚摩诃衍那大师,由汉妃公主和拉隆多吉贝担任翻译,译出众多汉地历算及医药之书籍"。赤德祖赞时,汉族人格谢哇翻译了《金光明经》《业缘智慧经》,比吉赞巴锡拉翻译了许多医药书籍。赤松德赞时,有所谓"译师六试人"出现,他们是努布·南喀宁布、孜·嘉哇洛迫、如贡·比雅热扎、突厥吾比夏、朗·贝吉僧格、杰·古古热扎,他们翻译了许多密咒部的经续。达仓宗巴·班觉桑布著,陈庆英译:《汉藏史集》,西藏人民出版社,1986年,第87、89、95、99页。

内地及周边国家和地区保持了密切的文化联系[1]，丰富了西藏地方文化的结构体系和内容，也为藏文化的翻译积累了历史经验。《格萨尔》史诗是当今世界第一长诗，尽快完成从口头文学到文字文学的转化，尽快完成藏文本到汉译本及其他文字译本的转化，是一件功在当代、利在千秋的大好事，是中华民族对世界文化宝库所作出的重要贡献之一，推动了中华文化走向世界，同时也是我们有力回击和反驳达赖分裂主义集团和西方敌对势力长期恶毒攻击"西藏传统文化毁灭论"的现实需要。因此，实施《格萨尔》史诗系列丛书的翻译工程任务十分紧迫，做好这项工作具有重大的现实意义和深远的历史意义。

第一，形成丰硕的《格萨尔》翻译成果，有利于用事实说话，有力驳斥达赖集团的"西藏传统文化毁灭论"。西藏和平解放后，西藏虽然摆脱了帝国主义势力的羁绊，但1959年达赖集团叛逃以后，在西方敌对势力的支持下，长期在国内外从事针对西藏的分裂破坏活动。从国际大形势看，西方反华势力和达赖集团在西藏历史问题上一直歪曲事实，制造谎言，尤其是在文化上鼓吹"西藏传统文化毁灭论"，蒙蔽世界舆论，欺骗了不少不明真相的人士。在文化工作上，我们需要与其展开针锋相对的斗争，开展重大文化工程，以文化保护与创造成果的事实揭示谎言，廓清迷雾，以正本清源。从这种意义上讲，我们开展《格萨尔》藏译汉工程的任务就显得刻不容缓。《〈格萨尔〉艺人桑珠说唱本》汉译丛书的出版，不仅有助于鼓舞西藏人民推动文化大发展大繁荣的巨大热情，而且还将进一步促进

---

[1] 元代中央政府集合官员及西藏、北庭、汉地和印度僧人对汉藏佛教经典进行勘同、分类、纠误和拾遗，最后编写出了一部藏汉对勘的佛教大藏经目录——《至元法宝勘同总录》。（苏晋仁：《藏汉佛教学者团结合作的盛举——纪念佛经对勘七百周年》，载《西藏研究》1985年第4期，第37—47页。）自元以来，《大藏经》曾被译成蒙文、汉文、满文等多种文字，促进了佛教文化的传播和交流。如，元大德（1297—1307）年间，在萨迦派喇嘛法光的主持下，由西藏、蒙古、回鹘和汉地僧众将藏文《大藏经》译为蒙文，在西藏地区雕造刷印。又如，金代民间劝募的《赵城金藏》，1959年9月在西藏萨迦寺北寺图书馆发现31种、559卷卷轴式装帧木刻印本佛经，其编次和《赵城金藏》完全一致，从版式、字体和刻工等方面判断，基本上可以肯定是《赵城金藏》输版入燕京后的补雕印本。

民族文化的传播与交流，有力地粉碎达赖集团和西方反华势力鼓吹"西藏传统文化毁灭论"的无耻谎言，在国际视听中匡正言论，维护西藏地方之于中国的无可争辩的主权，维护西藏社会稳定和民族团结，是一项具有重要政治意义的文化工程。

第二，开展《格萨尔》汉译工程，有利于弘扬西藏优秀传统文化的传承体系，建设好中华民族特色文化保护地，促进西藏的文化认同。2014年9月，习近平总书记在中央民族工作会议上特别强调："繁荣发展各民族文化，要在增强对中华文化认同的基础上来做，对本民族历史坚持正确的观点，不能本末倒置。"这对于我们开展《格萨尔》藏译汉项目、繁荣和发展西藏优秀传统文化，提供了正确的工作方向和有力的理论指导。习近平总书记还讲到："加强中华民族大团结，长远和根本的是增强文化认同，建设各民族共有精神家园，积极培育中华民族共同体意识。文化认同是最深层次的认同，是民族团结之根、民族和睦之魂。文化认同解决了，对伟大祖国、对中华民族、对中国特色社会主义道路的认同才能巩固。"[1] 2015年8月，习近平总书记在中央第六次西藏工作座谈会上指出："必须全面正确贯彻党的民族政策和宗教政策，加强民族团结，不断增进各族群众对伟大祖国、中华民族、中华文化、中国共产党、中国特色社会主义的认同。"要想把《格萨尔》变成中华民族共同的精神财富，进而成为全人类的共同财富，就需要通过翻译，而做好汉译本的翻译，是至关重要的。可以说，开展《格萨尔》藏译汉项目，有利于将藏民族千百年来世代传唱的英雄史诗翻译成国家通用语言文字，使之传播于全国乃至全世界，有助于增强西藏各族人民对于中华民族的文化认同，进而增强各族群众对伟大祖国、中华民族、中华文化、中国共产党、中国特色社会主义的认同。

第三，开展《格萨尔》汉译工程，有利于推动西藏文化大发展大繁荣，

---

[1] 习近平：《在中央民族工作会议上的讲话》，2014年9月28日。

促进西藏哲学社会科学和藏学研究事业。作为民间文学，特别是具有世界级重要成果的《格萨尔》是藏学研究的重要领域之一，对其进行系统整理和翻译，对于繁荣发展我国哲学社会科学和藏学研究事业将发挥积极作用。藏学的故乡在中国，西藏是藏学研究的发祥地，藏学的旗帜理应由我们高高举起。然而，长期以来在藏学研究上"西强我弱"的被动局面始终没有被根本扭转，给我们的涉藏外事外宣工作带来了诸多麻烦。西方反华势力和达赖分裂主义集团企图长期把国际藏学研究当成阻止中国前进步伐的工具，现行的国际藏学学术研讨会，时常由国外研究机构操作，反华势力幕后插手，明确设置我国参会人员的资格、论文评定等学术"门槛"，企图把持我国涉藏外宣在国际舆论舞台上的话语权。积极主动改变这种不利的被动局面，已成为当前藏学工作迫在眉睫、势在必行的大事。我们开展《格萨尔》翻译工作，即是瞄准这一方向的有益文化工程。有一次，时任中央外宣办副主任的崔玉英同志曾与我交流涉藏外宣问题，她鼓励我们将来把藏族英雄史诗《格萨尔》翻译成外文，将其拿到国际藏学研讨会上和涉藏外宣活动中，这是对我们继续开展好《格萨尔》传承工作的莫大鼓励和鞭策。

第四，我们有能力、有信心、也有勇气做好《格萨尔》翻译工程。中华人民共和国成立后，党和政府高度重视《格萨尔》史诗的抢救、整理、保护、出版和翻译等工作，经过30多年的艰苦努力，该项工作取得了令人振奋的丰硕成果。然而，整理出版的《格萨尔》文本绝大多数是藏文书籍，能够阅读原文的人很少，更不必说概知其全貌。与此同时，现实中的《格萨尔》译本屈指可数，根本不能反映全传的完整面貌，让这部世界级的民族史诗埋没于世实在可惜。这种严酷的现实告诉我们，必须下大决心攻坚克难，及时启动《格萨尔》史诗的翻译工程。经过几年的努力翻译，我们这套《〈格萨尔〉艺人桑珠说唱本》汉译丛书即将与世人见面，可以使全国各族群众都有机会了解《格萨尔》史诗，实现了我国政府向联合国教科文组织申报世界遗产时许下的"要在几年内让《格萨尔》工作取得显著成效"的承诺，又能以此丰富中华民族的文化宝库，为实现中华民族伟大复兴的中国梦提供文化智力支持。

四

翻译工程必须遵循翻译标准，实施精品战略。中国的翻译理论和实践在世界上有显著的地位。《格萨尔》藏译汉项目是西藏自治区重大文化工程，为了保证翻译工程的质量，项目领导小组办公室专门制定了《翻译要则》，统一了名词术语。在项目开展中，要求项目参与人员树立精品意识，实施精品战略，将"科学本"与"文学本"相统一，力求达到艺术翻译的高度，使《格萨尔》汉译本成为经得起时间和实践的检验、经得起人民群众的检验、经得起国内外专家学者的检验的典范之作。在质量上，译文总体上遵守"信、达、雅"相统一的原则，以信为本，遵实崇本，雅不背信，辞尚体要。同时，忠实于原作的内容、形式和风格，保持译文的真实性、文学性和文化性，充分展现《格萨尔》史诗所蕴含的文化内容和民族地域特色。在技术上，译文总体上遵守原则性和灵活性相统一的原则，韵散结合，直译与意译相结合，坚持真实性，把握文学性，体现时代性和文化性及民族、地域特色。

当然，《格萨尔》史诗是一门内容丰富的学科，它包罗万象，错综复杂，涉及政治、军事、历史、地理、民俗、宗教、语言（方言、词汇）、文化等各个方面，在研究和翻译过程中也会遇到各种各样的困难。可以说，系统地翻译一整套《格萨尔》史诗丛书，我们没有可供借鉴的有用经验，只能摸着石头过河，慢慢地去研究和探索。对于我们自身而言，整部地翻译《格萨尔》史诗故事，要求译者既要专精，又要博通，而事实上对于每部史诗故事的翻译，又必须经历一个初译、译校、编校、再校的反复过程，一个人很难独立完成全部的工作内容。尽管如此，我们并不回避这些困难，有些时候还将课题组的参与人员集中起来进行统稿和研讨，尽量达成基本统一的意见，诸如《〈格萨尔〉藏译汉项目规范术语》（样本）就是这样反复琢磨出来的。我们付出了艰辛的努力，这项工程基本已经完成了，然而我们却越来越感到翻译工作的艰难，项目开展中有许多问题还值得深入研究和完善解决。即使丛书得以出版，其中依然会存在这样或那样的不足甚至错误，希望广大读者和专家批评指正，以便我们以后有机会进一步修改、补充、完善和提高。

在《〈格萨尔〉艺人桑珠说唱本》汉译丛书即将出版之际，我们衷心感谢自治区党委政府对这项重大文化工程的高度重视以及在财力、物力等方面给予的大力支持和关心。同时，还要感谢自治区社科院几届领导，长期从事《格萨尔》抢救、录音、整理的科研人员的大力支持和辛勤劳动，感谢中国社会科学院民族文学研究所及全国《格萨尔》工作领导小组办公室、西藏大学、自治区档案馆、自治区电视台、布达拉宫管理处、西北民族大学《格萨尔》研究院、青海省文联等相关部门专家学者的鼎力帮助。正是在多部门的专家学者的通力合作下，才如期圆满地完成了这项文化工程。

2015 年 12 月
于拉萨

内容梗概

　　岭国三十勇士之精英总管王戎擦查根在土龙年四月十五日半夜子时闭关静坐修行之际，莲花生大师向其降下收服查瓦绒箭宗的授记。总管王召集岭国六部进行讨论商议并做出决策。达戎四母超同王带领琼布、嘎纳赛三部抢夺查绒商队，致使查绒岭尕两邦兵戎相见。查绒南拉王派以巴丹南杰扎巴和赞拉多吉为首的四千兵马前往达戎地区追讨损失的财物。总管王召集整个岭国六部打败了查绒来犯之兵马，并继续进军查绒地区，同时，查绒南拉王为迎战岭兵也发令召集人马。查岭经过多个回合战役后，最终以查绒失败告终，查绒大部分地盘被岭国占领，其余的兵马退回原地坚守。

　　查绒大臣中以米拉、龙拉、曲拉、扎贵为首的诸将军与岭军对峙而坚守四面城堡之时，查绒南拉王不顾众大臣和妃子之劝，身穿铠甲冲向丹玛军中，如同恶狼冲进羊群一般杀死众多兵马。丹玛搭弓射箭射死了南拉王，并在古拉格佐年神的帮助下将查绒南拉王的尸体火烧成灰烬。

　　以噶德和达潘为首的岭国众勇士带领各自旗下的兵马，与查绒四面堡垒的守兵进行厮杀，最终斩掉了查绒米拉、龙拉、曲拉等大臣的头颅，四面之城堡随之失守。大臣阿内吾嘎和拉吉妃子带领剩余人马向岭国投降，并将查瓦绒箭宗的所有财物都献给了岭国，查岭之间的战争遂暂告一段落。

　　如此，查绒部和岭部交锋将近三载后，岭尕大获全胜，查绒上、中、下二十余支系部落悉数俯首岭尕，其子民皈依佛法。达戎贝玛替代查绒之王留在了查绒，而四母超同却敦促天、鲁、年神，地方神、护法神等把查绒的弓箭等宝物运回岭国。岭国留守大后方的众人与凯旋归来的将士们欢聚一堂后，不久返回各自部落所驻地。

一

　　犹如战神[1]格萨尔大王的如此这般圣洁故事，既非出自作者之手，亦非源自学者之口，更非后天勤习而得。此故事犹如明镜之中自然显现虹境一般，实属无师自通而得之神奇故事。谨祈恩师引我心！谨祈战神威玛[2]佑我躯！谨祈护法之神稳我足！自三十三位神明界，乳白梵天神明鉴。玛域地方赞[3]神王，上部十三赞神鉴；玛域中部高山处，战神威玛之主神、主神凯祖年神鉴；富贵资财之主神，邹那仁青鲁神[4]鉴；神力法术主宰者，莲花生大师鉴。静猛兼备之主尊，八种别号莲师鉴。祈愿有常打坐姿，感召之力引我心。恒常修习修行者，终还心境之净化。上部阿里三部一，中部卫藏四茹二，下部多康六岗三，四面八方诸神祇，顷刻之间齐聚此，齐聚且得以现身。故此，岭国格萨尔王犹如教法般圣洁故事讲唱如下：

　　在那往昔之初始，董氏曲潘纳布之前，其氏承袭久达七代人。赛氏、翁氏、穆氏三，三妃子各生一子。上岭赛巴阿杰尼奔为赛氏所生，中岭翁布江巴赤赞为翁氏所生，下岭穆杰为穆氏所生。继而在花花岭国地界上依次有了上岭赛氏八部、中岭翁氏六部、下岭穆氏四部、黑白黄三琼氏、道乎红幡

1　战神：意为御敌之神，原指专门保护藏地男人的一类神灵。据说，每个男人都有自己的战神与阳神，战神居于男人的右肩，阳神居于男人的右腋。《格萨尔》史诗中特指岭国骑士的个人保护神。
2　威玛：古象雄语，藏地古老苯教神灵系列中的一类重要神灵，在《格萨尔》史诗中通常与战神一词并列使用，意义相同或相近。
3　赞：藏地古老赞系神灵，与年系、王系神灵的白色身相不同，多为红色身相。原意有"伟大""雄强"之意，在苯教时代多以此指代国王，如"赞普"（国王）、"赞蒙"（王妃）等。在佛教兴起后，逐渐演化成为凶神恶煞。据说，此类神灵与孤魂野鬼有关联，性情暴戾，喜怒无常，藏族人多有畏忌。著名的赞系神灵有雅木旭玛布、夹巴梅联等。
4　鲁神：在通常情况下，"鲁"在藏语文中习惯译作"龙"。

之部、达戎所部、阴阳丹玛[1]等部。尤其在董氏热赤康巴之时，年达玛布战神频繁作怪之故，灾祸层出不穷。有一天，董氏热赤康巴用箭射死一只老虎，虎头置于上方地而形成红岩凯祖山；虎皮平铺于原野形成玛提亚达堂原野；虎尾弃于下方地形成湍急黄河；四肢置于四面形成岭国四叔伯；双耳直立在地形成岭国二卦师；宛若号角般鼻孔形成岭国母姨众；方似殿堂般之虎肉成四大王天；浓郁乌黑之睫毛成嘉罗牧户；阴阳双目之眼珠成珠姆；虎心置于山坡形成森珠达宗宫。然而正如古谚所云"宛若珍宝身躯难离乃衣裳，绫罗绸缎难离乃点缀，头颅难离乃盔帽，盔帽难离乃盔幡，庹长躯体难离乃铠甲，无甲如同鱼钻水，身上无衣如僵尸，僵尸无力降敌人。赤身甚感风儿寒，无马之人难远行，爬山难离乃肚带，下坡难离乃尾带，平衡难离乃马镫，驾马难离乃缰绳，护头难离乃盔帽，护身难离乃铠甲，除敌难离乃利器，左侧需佩一支箭，箭上需配鹏鸟羽，右侧需佩一箭筒，箭筒需以豹皮裹，射箭需配一张弓，弓上需配一皮弦，手上需配一神盾。官吏难离乃子民，父母难离乃子嗣"，男儿应具备好装备，身段俊美靠装备，身无装备众人欺，无财无势众人恨，其貌不扬情人欺，缺失智慧如哑巴。此部圣洁之故事，宛如此谚所云般。若云其要义，言语过多易失言，衣物厚则似重负，饮食过量则闹肚，胡乱瞎逛易生事，马若乱奔易失蹄，女若浪荡失贞操。时下言语要点乃：攻取箭宗之事矣。八十成就者之首、八十英雄之智囊、汇集万夫智慧者、柏如扎纳之化身的总管王戎擦查根他正在公鹞咯咯发声、母鹞嗦嗦发声、雏鹞羽翼渐长、老鹞舒展双翼晒太阳、壮鹞展翅翱翔之查堆垭口处的霞日朗宗宫殿之门西神殿中修炼，在证得自明梦境、授记之悟时，即土龙年四月十五日晚上半夜将逝下半夜将至之时，头系长发发髻、项佩刺树念珠、肩扛骷髅禅杖、檀木鼗鼓持右手、白银小铃持左

---

[1] 丹玛：格萨尔手下不可或缺的人物中最为忠心不二、智勇双全的人物之一。他的光荣业绩伴随着格萨尔一生，对其称谓也随着《格萨尔》故事的进展与其本人特征的显现而有所变化。这些不同的称谓有擦香•丹玛强查、丹玛玉杰托桂、丹玛赤杰桑珠等。

手、银白护心镜挂胸间的莲花生大师一边念诵吽啪咒，一边吹着胫骨号筒，以金刚道歌调对总管王戎擦查根吟唱了这样一曲授记歌：

　　唵嘛呢呗咪吽！

　　阿拉之歌自天吟，

　　祈愿神力得自现，

　　祈愿授记得自明，

　　一生勤修正法故，

　　待至堕入地狱日，

　　祈福不被诸苦压。

　　吟唱碧空般的歌，

　　祈愿声望如皓月，

　　祈愿消除世间暗。

　　塔拉吟自极乐界，

　　世间为父为母众，

　　凡夫俗子血肉躯，

　　游荡污垢俗世时，

　　祈愿尽享乃大乐。

　　轮回俗间之六众，

　　不死之心迷惑终，

　　无尽汪洋般之苦，

祈愿识破其真谛。
谨祈明鉴三至宝,
真实不欺之三宝,
祈请首级引向法,
祈愿加持得自现。
祈福首级引向财,
祈愿资财变富足,
祈愿正法得圆满。

你若不知是何地,
此乃东边岭国地,
上邻天竺国北边,
下邻汉界之西面,
藏区东南之地即,
东边玛域地界矣。
上中下三玛域地,
实乃一言难尽地。
十三赞神立于上,
中有高耸入云山,
下为玛麦三岔地。
上部赛氏八部一,

中部翁氏六部二，

下部穆氏四部三，

噶巴仁青六部四，

琼布黑白黄部五，

康区扎雅贡觉六，

丹玛河水阴阳七，

花花岭国诸部中，

誉名查堆之地矣。

此等神殿云集地，

声名远扬犹如天。

此等战神聚集地，

威名远扬乃大地。

此般富足至极地，

实乃珍宝遍布地，

人称米久门萨地。

你若不知我是谁，

来自西方之士我，

威震罗刹之士矣。

来自铜色圣山我，

人称莲花大师我，

降伏罗刹之士我，

千尊佛陀之子我，

降伏邪魔之士矣，

法光四射之士矣，

铲除罪孽之士矣，

博古通今之士矣，

胸有成竹之士矣，

世事洞明之士矣。

阅人无数著称我，

自察能力如明镜，

镜中显现影子般，

世事无一不知晓，

此为人尽皆知矣。

自知之明著称我，

遍知一切著称我，

智者中之智者矣。

往昔时下将来三，

厚土当垫坐者矣，

高天当衣穿者矣，

白云当带系者矣。

安定人世之人矣，

辅佐王者之人矣,
指点江山之人矣。

如此翘楚生长地,
很久以前远古起,
舍弃私心为公故,
恩重如山似父母,
依然不失乃公心。
苍天倘若不赐雨,
草和植物没法长。
草和植物若不长,
牲畜何以得生存?
三月初春种谷物,
初春倘若不耕种,
何谈秋时之丰收?
倘若秋季无收获,
百姓生计怎维持?
水若不从沟头流,
沟尾汪洋自何来?
大地若不江河绕,
原野岂不成旱地?

上师传授之教法，
倘若不被弟子听，
说教岂不成回音？
世事蹊跷甚是多，
护头需要硬头盔，
护法必须要正法，
身躯需要得体甲，
夺目还需靓丽衣，
衣襟若无镶褶边，
獭再宽也无一用。
人若死去衣无用，
生时还需仰仗财，
无财便是穷饿鬼。
为官须靠好邦民，
无民如同垭口幡。
正如此般古谚云：
在那花花岭国地，
无仆官吏鞍自套，
飞禽用嘴拾饲料，
无子把己视为子，
时下之事宛如此。

岭国三十之英雄，
勇士武器须俱全，
腰束三械若不利，
凶残之敌何以击？
马儿不备饲料袋，
便会无力行千里。
若云男儿之三械，
远击来敌需利箭，
若无箭羽箭难飞，
还需锋利之箭簇，
若无箭簇怎诛敌？
箭需匹配之弯弓，
弯弓还需其弓袋。
箭若具备好速度，
还需绒地白藤条。
查瓦绒地之箭宗，
今年已到攻破时！

箭竹应从绒地取，
藤条取自杂日地，
箭羽取自兀鹫身，

要取鹏鸟尾部羽，

途中攻取鹏鸟宗。

嘉绒卡哇嘎布地，

骡身赞魔出没地。

在此查瓦绒地方，

上部古拉昂雅神，

便是绵羊宝藏主；

中部大牲兴旺神，

便是大牲宝藏主，

均是心向岭国神；

下部金刚白骡神，

便是骡马宝藏主，

亦是岭国攫取宝。

优质藤树箭竹二，

除了查绒无他地，

时下正值攫取时。

倘若不被岭国取，

勇士手中之利箭，

落入谁手难断言；

扎呷南宗华丽宫，

倘若不被雄鹰占，

恐要被那鹏类占；

碧绿蔚蓝之大海，

倘若不被龙王占，

恐要变成无水滩；

查绒南拉达杰厮，

倘若不被岭国降，

查绒一十八大部，

恐要落入邪魔手，

恐要变成赞魔乡，

不竭宝藏落魔手；

林密富饶查绒地，

如何纳入蕃之辖？

富似财神岭国部，

理当承担此重任。

须弥山般叔伯众，

大队人马速召集！

年富力强三十将，

速速挥师赴沙场，

资财尽数一举夺！

如若不及时攻取，

何以震慑其仇敌？

何谈心安和理得？

总管莫忘少将众，

多动心思把计筹，

速速集结男女众。

歌无出入男女众，

领悟歌则乃教诲，

歌儿未闻无阐释。

　　闻听莲花生大师此曲唱罢，总管王戎擦查根谨记莲花生大师之授记，遂曰："今年乃开端，若不谨听上师言，来生之事仰仗谁？若不谨听父母言，如何在人世立足？若不谨听明君言，此生何得安宁日？"如此一想，总管王沉浸在深思和反复权衡之中。少顷又道："值此大队人马齐聚际，男儿贪睡误战机，少女贪睡误出嫁，母姨贪睡失酿酒佳机，马儿贪睡马厩失生机，贪睡之徒无作为。"想到此，总管王急速唤来宗巴吉、拉吉措姆和噶玛央珍三侍女。三侍女手持食物、茶和水果来到其跟前后，总管王道："汝等竖耳听来，我之所以得总管之名，是因为我是岭国之智囊，我这般无儿无女老朽，唯有自行断事之份。无贤臣辅佐之君王，唯有独当一面命；无儿无女之父，唯有自食其力命；无仆之官唯有自驾马儿命；寒门之子唯有浪迹天涯命。正如此谚所云，还望僧伦卡玛[1]、达戎超同、噶米久曲杰旺秋、噶德曲迥贝纳、噶如塔巴坚赞、纳如索朗坚赞、巴拉塔森等长者、上师、卦师替老朽差人至岭国上中下三地，通知众人于十五日内集聚于吉祥神宗。"

1　僧伦卡玛：格萨尔及其兄长嘉擦的父亲名。

此可谓"心中时刻怀佛故,神赐授记于人;勤种茶树之故,喜得丰硕回馈;上师讲经之故,死时依存希望;父母寄厚望于子故,儿女方得自立"之说般,侍者们迅速向远处差信使送书信,向近处差人传口信。待至十五日那天,以僧伦卡玛、达戎超同、噶米久曲杰旺秋、噶德曲迥贝纳、噶如塔巴坚赞、纳如索朗坚赞、伦珠扎巴、珠氏热嘎顿巴、巴拉塔森为首的上岭赛氏八部、中岭翁氏六部、下岭穆氏四部、噶瓦仁青六部及红幡道乎部、达戎十八大部、丹玛阴阳部和贡觉阿拉噶纳等岭国上中下三地的男女老少有马的骑马,没马的徒步,头戴不同颜色的帽子,脚穿五颜六色的鞋子,参差不齐宛如山坡上之植被般,瞬间齐聚于三条大河的汇集处、三片大滩的交叉处、玛域达堂原野之上旋莲花大滩上。白衣人宛如天上群星,背水者宛如群鸟纷飞,煮茶蒸汽宛如烟雾弥漫,灶石宛如石山,吵嚷声声宛如雷鸣,骑兵宛如冰雹猛降,步兵如同暴风雪,黄白帐篷如同地上花朵,天空仿佛被盔帽遮盖,大地仿佛被人群遮掩,马匹打响鼻之声和喧闹的人声仿佛激浪敲击岩石一般,大伙儿欢聚在人见人爱神帐内。此时之神帐,帐顶被天神撑住,中央被年神撑住,末端被鲁神撑住。岭国叔伯、上师、官员、母姨等依次落座于神帐中之九百九十九个座席位,并尽情享受着渠水般的茶酒、堆积如山之肉食和奶制糕点。这时,九百九十九座之头席、形如铁环般坐席上之智慧计谋之主戎擦查根环视左席、右席而道:"哦,在场的岭国人呀,不妨听我道三言,所言虽非说教,心领神会则胜过说教。"总管王遂以心平气和之势吟唱了这样一曲转述授记之歌:

唵嘛呢呗咪吽!

阿拉之歌来供奉,

母亲上师太阳仨,

恩重如山无人比。

漫无边际之苍穹，

若无日和月二者，

混沌一片乃天下。

祥瑞俱全之大地，

倘若花草不茂盛，

宛如疾疫泛滥般。

亦是富足之乡土，

若无官员和大臣，

到处横行欺诈庶。

宛若珍宝殿堂中，

若无财宝和美食，

与那乞丐有何异？

金碧辉煌庙宇中，

上师僧伽学徒三，

若不恪守誓言戒，

岂不罪孽横流地？

一望无际之碧海，

若无鱼蛙和鲨鱼，

深不可测亦枉然。

无忧无虑岭国众，

少不听从老者言，

言语如同无魂声。

正如藏族古谚云:

言语难离乃比喻,

言无比喻意难明;

用膳需要把握度,

无度用膳易伤身;

持戒僧伽不守戒,

庙间僧伽似俗民;

父母子女同处际,

若不彼此以礼待,

家中难有安宁日;

微弱涟漪之小河,

绝非巨鳖栖息处。

但凡出门在外者,

无功而返乃可耻;

部落庶民议事口,

无所事事如孤儿;

庙不讲法僧者苦,

无依无靠孤儿苦,

官无法纪庶民苦。

正如此般俗谚曰,

在我花花岭国地，
即日以往年岁里，
玛域广袤无垠地，
严守隘口路口一，
大兴土木勤耕二，
精心喂养牲畜三，
子承父业令人赞。
去年荆棘茂密地，
今年仍为放牧地。
去年寸草不生地，
今年五谷必丰登。
去年荒山野岭地，
今年还需兴土木。
去年净是仆人地，
今年要有君和臣。

岭国如若不如此，
翻山越岭商客般，
唯有一筹莫展份；
四处奔波乞丐般，
唯有终生受穷份；

抛弃九男女子般，

依旧势单力薄份。

受到冷漠心中苦，

上岭富饶美丽地，

自视天竺似头盔，

戴之弃之任由己；

自视汉地似足靴，

穿之脱之任由己；

自视卫藏似腰带，

系之解之任由己；

高高在上犹如天，

实则清澈宛如水，

父辈留下之家业，

怕要灰飞烟灭般。

世间头脑发昏者，

皆为招惹是非者，

皆为不知苦乐者，

皆为只顾眼前者。

不知早起晚睡者，

廉耻与他不相干。

岭国疆域宽如天，

不容撼动似大地。
须弥山之山峰上,
若无经幡无垭口;
奔流而去之江河,
若无舟桥无去路;
名门望族之家业,
若无后代来继承,
宛若败落废墟般,
会是众人之笑柄。

穆布董氏长者中,
一母同胞之长子,
总管戎擦查根我,
头顶无帽系发髻,
只盼发髻挡雨水;
身无利器持石块,
只盼石块立战功;
缺失领头之兄弟,
彼此交心把事办,
只盼齐心谋资财。
今年年初满月时,

良辰吉日十五前，

不知从何而来梦，

犹如从天而降梦，

熟睡之人被惊扰。

头盘发辫似羊角，

手持响亮铃铛者，

胫骨号筒阵阵响，

骷髅禅杖挎肩者，

口念吽啪咒语者，

莲花大师亲临终，

恩赐授记一连串，

唯有竖耳聆听份。

只为苍生谋福者，

除了佛陀还有谁？

心念众生疾苦者，

除了君王还有谁？

一心为家操持者，

除了父母还有谁？

正如此般俗谚云：

目下穆布董氏中，

男儿参军是旨意,

骏马理当奔沙场,

富者理当奔沙场,

诸如此类授记多。

无财枉费此生耳,

舍佛来生仰仗何?

无马只得徒步行,

养儿意在除外患,

降旨攻取查绒邦。

南部查瓦绒之地,

上部古拉昂雅神,

便是绵羊宝藏主,

降旨岭国夺此宝;

绒地中部之草地,

便是大牲之宝藏,

降旨岭国取此宝;

绒地下部之白骡,

便是骡子之宝藏,

降旨此宝引入蕃。

若无弓箭敌难灭,

远处之敌何以灭?

无箭之弓亦如此。

无弓之箭何以射？

弓和箭二须两全。

挥举兵器迎敌人，

手无兵器不锋利，

顽敌首级何以取？

骏马飞驰为夺魁，

若不夺魁乃空奔，

如此授记难道尽。

正值前去绒地时，

上岭中岭和下岭，

花花岭国之部众，

每位统领之麾下，

五千兵马需出征，

此为天神授记矣。

宛若双目一般将，

宛若双耳一般将，

宛若心血一般将，

擦香丹玛强查一，

赛氏尼奔达雅二，

翁氏姜巴赤赞三，

穆氏穆嘉平措四，

四部人马主帅矣。

僧伦卡玛超同二，

杰瓦伦珠大人三，

贝如尼玛坚赞四，

御臣托杰玉珠五，

四部人马总帅矣。

神灵授记犹如梦，

句句在理莫质疑。

歌若耳闻似甘露，

歌若未闻无重唱。

总管王如此唱罢，岭国之叔伯、母姨、众将，十户长以上，千户、万户长以下一致心想：双亲之苦口婆心，均为儿女衣食；上师讲经布道，学徒倘若领会，今生来世皆受益；治理一方官吏言，只为造福一方百姓。想到此，大家皆对总管王所言甚是赞同。于是在场男女老少皆沉浸在尽情享受茶酒、肉、奶制糕之氛围中。这时，总管王望着丹玛的脸，丹玛又望着尼奔的脸而默不作声。见此情景，岭国之大臣、仇敌之死对头、亲者的精神支柱、黑头藏人的靠山，身强体壮、威武剽悍的丹玛强查从中央席位之头席处起身并向总管王戎擦查根、僧伦卡玛、达戎超同、董氏曲鲁达潘、玛尼宗拉赛、赛氏阿杰、翁氏赤赞、穆氏穆杰等各献上一条洁白哈达后，回到虎皮垫上，以塔拉六调吟唱道：

唵嘛呢呗咪吽！

阿拉歌儿起始矣。

头顶高天神之刹，

自心膜拜神明界，

虔心膜拜神明众。

祈请神明佑助我，

祈请佑助除敌者，

祈请佑助谋划者，

祈请佑助从善者。

九万九千之战神，

祈求眷顾身上械，

无论外出或居家，

祈愿富贵趋有常。

为使所愿皆遂愿，

礼供邹那董炯神；

万千世界之神祇，

上方神和中方年，

下方鲁等神祇众，

福报悉地不吝赐，

所愿之事速如愿。

圣洁丹玛正法地，

宛若彩虹佛光处，

数以万计护法神，

祈愿守护王室脉。

倘若不知此等地，

众人羡慕岭国地，

雪山林立之地矣，

雪狮出没之地矣。

中部草山和岩山，

野牛成群之处矣。

广袤无垠之原野，

野驴成群飞奔地，

亦是藏人之家畜，

马匹成群之地矣。

阴面密林之地带，

红斑虎和花豹矣，

黑熊棕熊猴类等，

各种野兽聚地矣。

如此树种俱全地，

实乃鸟语花香地。

阳面草山柏松地，

杜鹃画眉啼鸣地，

草山遍布乃绵羊，

岩山遍布乃山羊。

下沟肥美之粮田，

便是五谷之宝藏，

上沟水草丰美地，

宛若乳汁海般地，

酥油奶渣堆如山，

实乃骏马赛跑地。

形如缎带玛域地，

实乃莺歌燕舞地。

满地佛庙和神殿，

洁白哈达连接般，

实乃善法昌盛地。

誉名三岔玛麦地，

为使地水风害三，

直至鬼蜮邪魔害，

诸害一并禳解掉，

修有一十三层塔，

使得佛法得昌盛。

此般英豪之乐乡，

水土富饶之家乡，

若不设法保护它，

恐要变成荒芜地，

变成荒无人烟地。

荒地荒山荒滩三，

野狼任意出没地，

如若不以人来治，

会是飞禽走兽等，

随意射杀之地矣，

弱肉强食之地矣。

美丽富饶岭国地，

非但黑头人来治，

十三赞神亦要护，

此等道理难道尽。

我乃众人皆识人，

卡热丹地之魁首，

擦香丹玛强查矣，

萨霍王之血统矣。

贵为岭国大臣我，

宛若杜鹃叫春般，
迎接雨水之人矣。
时值果树发绿时，
时值瓜果累累时，
故此而居之飞禽，
正是鸣叫不休时。
如此飞禽啼鸣际，
既是上师将至时，
亦是临近法会时，
更是皈依佛法时。
时值君王将至时，
时值百姓享福时。
君王秉公执法际，
正是百姓安乐时，
正是惩治强权时。

在我玛麦三岔地，
既无天生为王者，
亦无天生屠夫者。
若论不神不鬼者，

只有食鼠觉如[1]他,

只有果萨觉如儿,

他乃岭国所需人,

王位财富都归他。

正值叔伯齐聚时,

正值财富到手时,

正值君臣相聚时。

正值贵客登门时,

正值茶酒迎客时,

正值敬献哈达时。

喜者自然会开心,

哀者自然会痛苦,

悲欢犹如日升降,

喜忧犹如褡裢袋,

时值亲者勾心际,

时值头肩较量际。

只为一己之利者,

正是绞尽脑汁时。

欢喜之日会出头。

离者正值离去时,

1　觉如：格萨尔王幼年时期使用的名字。关于此名的含义有多种说法，有的说是康区方言中对双耳竖立者的称号，有的说是圆球，也有的说是丑陋者，凡此种种。

亦值欢送恭迎时。

悉地自然普降日，

正是掘取宝藏时。

依我丹玛之拙见，

今年明年与后年，

今日开始三年内，

是否前去查瓦绒？

对方若不来行窃，

我方不必去讨贼。

春天若是不耕种，

秋天不会有收获。

若不放债给对方，

何谈前去索利息？

假如上师不讲法，

学徒怎悟佛法理？

假如富人不施舍，

乞丐哪敢去敲门？

高官之法不公平，

庶民哪有安宁日？

若是父母不积财，

儿女生计怎维持？

山川水土不肥沃，
牲畜缘何恋山川？
若是森林不茂盛，
鸟儿何故去筑巢？
寒冰封冻之河水，
岂是鱼儿安乐处？
是否此理岭国众？

依我丹玛臣看来，
岭国所以讨伐绒，
只因新旧账要算，
姜域财物纠纷故。
若是没有众纠纷，
军队无故赴他乡？
何故加入劫掠行？
何不查绒南拉般，
从那查瓦绒之地，
麝香鹿茸药材三，
虎皮豹皮熊皮等，
稀罕珍宝以骡运。
前去拉萨之途中，

何不以物把物易。

查绒南拉达杰他，

既是蓝天当衣人，

亦是以云洗面人，

更是厚土为垫人，

鹏鸟当靴踩者矣。

此般贪婪无度徒，

富足至极赛财神。

身边随从和子嗣，

各个骁勇无人比，

着实财大气粗辈。

此等目空一切辈，

前往卫藏经商时，

途中经过之驿站，

破口大骂成性一，

险路劫掠打砸二，

如此招惹是非多。

倘若疾病不缠身，

即便神医也没辙？

若无往日之旧仇，

何须挥师去讨伐？

熟知地域要靠人，

平息纷争需实证。

查绒南拉等商贾，

必进地乃玛域地，

除此别无其它路。

若想快刀斩乱麻，

何不在此伏击他？

轻而易举乃结怨，

息事宁人却很难，

倘若在理且如此，

究竟如何请三思。

若论运筹帷幄者，

当属山般诸叔伯；

若论呼之则来者，

当属小儿丹玛他。

如此逗乐办事法，

恰如马驹乱蹦般。

为此我部人马中，

各部集结四千兵。

将士所需铠甲一，

刀箭枪矛等兵器，

速令匠人备齐全，

备好体壮膘肥马，

纵使翻山穿越林，

部分季节奔前去。

大军离开岭国后，

三日之内莫停下。

行军出门在外间，

确保大军安全终，

依次夺取索要物，

如此可好众叔伯？

莫忘一致向外心，

敷衍了事抛脑后，

若无异议依此办。

若闻歌儿似甘露，

歌儿未闻无解释。

总管戎擦查根听罢心想：丹玛所言甚是，若不遵从神灵授记必有后患，正如食物储藏久了则发霉，衣物闲置久了则易生虫，敌若置之不理则终为隐患。旗幡犄角二悦目则佳；马若能驰骋原野，四蹄磨损亦何妨？既然有神灵眷顾，大军理当进发，若能大业促成，何须计较他人言？只要衣着合体，勿需在意是何季？只要不乏计谋，外貌丑陋又何妨？如此一想便曰："丹玛所言无可厚非，雄踞于此的岭国，勇将济济，事事洞明者比比皆是。

强将云集之地，若达成一致，无任何难事。"说到此，总管王便未再发言。听毕总管王之言，丹玛遂跷起二郎腿，哼唱起悠闲小曲来。见此情景，四母超同心想：与敌结怨之根本，犹如山巅之鹞鹰，近在咫尺乃大开杀戒；犹如垭口犀利风，轰鸣而去难持久；犹如冬夏二季水，一举摧毁乃桥梁。结怨容易和解难，放债容易索债难，即便针线亦可结怨。如此一想，就座于铺有五彩绸缎的红色檀香木座上的超同环视四周而道："花岭国神裔们啊，我董氏血统者，幸得总管之名；董氏曲潘之后代，权势地位皆平等，福泽智慧亦如此，勇猛武艺皆无异，何须分出主和仆？同为名门望族之子，孰是孰非无需争。势均力敌骏马前，毛驴慢跑实多余；漫山遍野牛羊一，盘满钵满金银二，只要舍得均可弃。依我四母超同之见，万不该争名夺利。垭口所以插经幡，是为祈求护佑故；但凡江河皆筑桥，是为往返自如故；悍将所以领人马，是为痛击来敌故，丹玛所言莫过此。谋财害命成性故，臭名昭著于世一，口无遮拦恶语二，千军宛若散沙三，成竹在胸于事先。但凡纠纷导火索，无常犹如露珠般，遇见阳光无踪影；醉汉夸下之海口，倘若心中无数，何谈酒壮怂人胆？此说恐要得印证，凡事协商为上策。依我超同看来，敌患、贼患、祸患三，根源均在达戎部。无论拦路打劫，或是征收水草费，或是征收牲畜税，或是施咒祸害人等，皆似达戎部所为，是否如此听我道来。"达戎超同遂以猛虎咆哮调吟唱道：

唵嘛呢呗咪吽！

战神男神以歌供，

护佑之神以歌供，

资财之神以歌供。

诸神所以以歌供，

是因皆系护佑主，

是因皆系善战主，

是因皆系招财主，

是因皆系福报主。

上方扎玛董子处，

礼供苯尊辛饶佛；

杂却雍仲喀耶处，

礼供瓦赛达拉神。

三百六十苯教神，

祈愿法力无人敌；

如愿以偿之诸神，

切莫遗忘赐护佑。

倘若不知此地方，

人见人爱岭国矣。

无论天竺或汉地，

卫藏乃至泥婆罗，

处处是人仰慕地。

形如坛城玛域地，

漫山遍野乃牛羊，

山巅皆被白雪遮，

山腰皆乃青灰石，

山脚皆为绿草地。
如此遍布牛羊地，
原野草地聚牛羊，
羊群如同百花开。
茂叶密林之牧场，
绿草如茵马儿欢；
五谷丰登之田园，
硕果之穗在摇手，
展翅鸟儿在起舞。
青稞豌豆荞面等，
样样生长之沃土，
实乃盛产美酒地。
上师大转法轮时，
不可或缺之酒矣；
官员评判是非时，
打开话匣之酒矣；
勇将驰骋沙场时，
壮胆助威之酒矣；
谋者社稷江山时，
思路打开之酒矣；
迎请远方宾客时，

母姨长脸之酒矣；

少女出嫁婆家时，

引领哈达之酒矣。

值此欢乐祥和日，

我等齐聚雪白帐，

上端部分神女织，

中腰部分年女织，

末端部分鲁女织。

四方不见撑绳乃，

四大王天在把持；

偌大帐篷无柱乃，

莲师禅杖在顶举，

着实神奇著称帐。

帐内金银色坐台，

位居金座之顶者，

是我穆布董氏裔，

总管王戎擦查根。

董氏曲拉潘之儿，

无需多言人尽识；

丽日自东发光际，

查瓦绒箭宗

何愁世间一片黑?

何等温暖人尽知。

南方玉龙之唾沫,

何愁仲夏如期至?

何愁秋时结硕果?

此等洪恩人尽知。

若无驱寒之赤火,

焉知热饮自何来?

此等厚恩人尽知。

不知我乃何许人,

江萨尼玛曲珍母,

董氏热赤父之儿,

董曲拉盆二儿子,

达潘董布便是我。

照耀雪山之阳光,

心知肚明乃雪狮;

东去绿水之习性,

了如指掌乃鱼蛙;

花斑闪烁之猛虎,

浑身是宝人尽知;

穆布董氏之血统,

人品如何人尽知。

熠熠生辉之黄金，

不求之人知几多；

银水铸造之银元，

同是人人动心物，

渴望在手人尽知。

年满一十五岁时，

三械齐全披挂身，

正是出征显威时。

超同尚未起床晨，

持家之心尚无时，

拂晓在即之时辰，

耳闻江萨母在哭。

不知何故如此时，

凯子热巴罗刹他，

生吃人肉罗刹他，

嗜好人血罗刹他，

不请自到家门口。

只见凯子热巴他，

头戴陀宗罗刹盔，

身着普宗之铠甲，

腰配罗刹利刃剑，

右别罗刹食肉箭，

左别扁硕罗刹弓，

宛若岩羊攀岩般。

旭日还未照山时，

破晓在即之时刻：

男仆还未拿斧头，

女仆还未生炉时，

凯子热巴罗刹他，

已至穆氏家门口。

达戎四母超同我，

壮志高过须弥山，

无所畏惧似猛虎，

威力无穷似天雷，

荡然无存乃香尘。

靴带未系超同我，

腰带未系超同我，

光着膀子超同我，

瞪大双目瞧他时，

油然而生乃怜悯。

如此与他肉搏终，

击倒在地罗刹他，

再度抛向高空中。

接着右转三回则，

宛若手转经筒般；

再者左转三回则，

宛若水转磨盘般。

上举下摔三回则，

宛如老妇鞣皮般。

狠狠摔在地上时，

恰似厚土在嚎哭，

扬尘气浪震人耳。

握紧重拳击打时，

犹如罗刹敲鼓般；

拽住腰带抛投则，

好似咒师摇鼗鼓。

躯体狠摔于地上，

表皮均被指甲扣。

如此尽显威猛者，

舍我超同还有谁？

纵使天雷无奈盔，

查瓦绒箭宗

遮护头颅之白盔，

自此落入超同手；

扁状硕大罗刹箭，

索要敌命之利箭，

自此落入超同手；

嗡嗡发声罗刹弓，

威力无穷之弯弓，

自此落入超同手；

形似弯月罗刹刀，

日月砍落在地刀，

自此落入超同手；

库库若宗罗刹马，

疾驰赛过飞禽马，

攀岩赛过岩羊马，

自此落入超同手。

此非蓄意炫威猛，

实乃有目共睹功，

岭国人尽皆知矣。

哪知众人背后曰：

愚痴超同似毂鼓，

不分里外惹人厌。

父子之间没规矩，

敌友之间无爱憎，

夫妻之间没正行，

所遇之人过客待，

甜言蜜语赛过蜜，

跳起舞来似柔带，

偷奸耍滑似贼人，

居无定所似流浪，

莫衷一是乃超同。

有的称我为英雄，

赞勇赞谋名气大；

有的称我为懦夫，

比作流落山野狐，

此为众人口中我。

恶人最擅窝里横，

恶嘴胡须往里扎，

臭阴阴毛往里扎，

秉性卑劣窝里斗，

自视无人能企及，

此为众人眼中我。

谁知世事真相乃：

疾风何起无人晓，

何者夺魁无人晓；

青龙卧处无人晓，

火翅宝珠难企及。

勇者胆识无人晓，

智慧计谋何以量？

仅靠外在之体貌，

怎知品行之优劣？

智者满腹之心计，

究竟如何无人知。

高高在上之福泽，

岂是招手便得物？

形影相随之苦难，

岂是抖身落地物？

福泽犹如水涟漪，

声望仰仗乃福运。

这是父母之教诲，

是否如此岭国众？

几日之前时日里，

总管戎擦查根他，

幸得神灵之授记，

莲花大师之授记，

焉有质疑不信理？

若有岂不鬼蜮般？

上弦月时星宿一，

下弦月时星宿二，

何时吉或何时凶，

何时适宜发兵等，

皆需以卦探究竟。

动用兵马非儿戏，

若不占卜和算卦，

命运福泽威望一，

饮食起居等诸事，

如何保证不受损。

流落荒野之女子，

不思情郎思血亲，

不思富甲似乞丐，

不思富财似接济，

未料病魔把身缠。

如此远离父母女，

如此旁无情郎女，

如此孤身一人女，

可怜犹如林间蛙。

林间栖息黑色蛙，

夏季虽可栖息泉，

寒冬却无暖巢住，

无衣无食无居所，

饥寒交迫何其苦。

闯荡北方大地匪，

年轻气盛之盗匪，

少时虽无积财心，

劫掠之欲却更旺，

本性使然嗜抢故，

最终落入法网中，

身躯性命一并送。

父母积攒之钱财，

形同无主野兽般，

纵无占为己有时，

终将饿死似乞丐。

天下绝无任享食，

亦无信手拈来衣。

岭国父辈之家业，

终归何人难断言。

观云苦等雨水乃，

地上植被甘苦兆，

仅靠父母恩惠子，

唯有流离失所份。

终生居无定所者，

家业故乡自何来？

远道而来过客物，

究竟归谁无人晓；

雄鹿头上之鹿茸，

无常容易变干骨；

手持弓箭之猎人，

死心塌地苦苦等，

最终猎人成乞丐；

位居高位一方侯，

贪心不足苦苦等，

最终命丧灾荒中。

正如此般俗谚云：

岭国上下亦如此。

上师常念虽为经，
然则虔心不修炼，
谁知怀揣为地狱；
宛若雷鸣高官言，
倘若厚此薄彼则，
响声再大亦是空；
饰物装点貌美女，
倘若苦恋狡诈男，
终将难逃沦乞丐，
何者敢言非如此？
时下众人纷纷云，
理当前去查瓦绒，
理当攻取弓箭宝。
但凡无主之林子，
锋利刀斧任由砍；
但凡野生之动物，
凭借利剑任由杀；
查绒成片之竹林，
砍伐殆尽亦如此。
然则结怨非小事，
怨仇恰似端血盆，

溅向何方难断言；

结怨恰似锦上花，

锦衣绣袄难抗寒；

结怨恰似山巅雪，

遇见烈日无踪影，

结怨容易和解难。

养家绝非轻易事，

若无细水长流心，

纵使富足可敌国，

亦有坐吃山空时。

官吏若不严于己，

尤其欲壑难填则，

百姓幸福日渐衰，

官位难保似枯草；

身居寺中之僧伽，

若不亲证善法髓，

门槛之上羊粪般，

飘落何方难断言；

体貌俊俏之少女，

若无父母和媒妁，

痛失婚嫁良机则，

终将落入骗子手。

说到花花岭国事,
口径不一似锯齿,
摇摆犹如垭口幡,
各持己见才如此。
依我超同之拙见,
马儿慢跑乃上策,
话不说满乃智者,
男儿自制方成器。
但凡自乡自家事,
了如指掌乃长者,
时而卜卦亦无妨,
变幻莫测乃世事。
查绒地方之宝藏,
还是暂且不动妙。
查绒郎拉万贯财,
时常外运忙交易,
今年去何无人晓。
若要外运去交易,
擦木桥和银木桥,

查如俄如二索桥，
查瓦寺和俄如寺，
热窝齐和秀瓦朵，
罗郎宗和哲如地，
都是必经之地矣。
黑幡白幡黄幡地，
美摹山和尼姆山，
亦是前往北方地。
黑幡白幡黄幡部，
贝如尼玛坚赞一，
黑幡索朗坚赞二，
白幡塔巴坚赞三，
黑白黄幡三统领，
指向何方皆在王，
平息事态非难事。
亦可守在日齐处，
一举堵截其去路。
即可寻衅和诬陷，
亦可征收水草费，
倘若弱者不服从，
便用武力来解决。

冲锋陷阵这种事，

由我超同来把控，

后续之事酌情办，

可否如此君和臣？

歌若过激请忍让，

言若荒诞请恕罪，

如上铭记列位心。

　　如此，对丹玛所言百般挑刺而自吹自擂之时，超同心想：无可或缺莫过超同，里外皆响莫过鼗鼓，此为法师之秉性。想到此，超同摘下盔帽，解开铠甲皮弦，将刀枪箭等放在一边，携赛氏尼玛曲珠为岭国的诸长者各献上一条哈达后说道："妙哉，妙哉，值此欢庆之日，穆布董氏的后代中，总管戎擦查根和四母超同我、丹玛强查仨各抒己见何其妙啊，对此我超同深有感慨。誉名四母超同我，虽不是隘口要道的守将，却乃岭国大计之谋划者。我超同未来得及发号施令，抢先发令者大有人在，此可谓翘首以盼尔。"超同言讫，丹玛强查以江河狂奔调吟唱了这样一曲示意求之不得之歌：

唵嘛呢呗咪吽！

阿拉歌儿来献供，

头顶日月宝殿处，

阳刚战神予护佑，

勿要分神助伴我，

祈求所愿均如愿。

智慧之源心窝处，

无量五佛予明鉴，

所求悉数得遂愿，

祈愿喉舌趋自如。

前世今世和来世，

富饶岭国神裔地，

图谋一己之利事，

祈求神明予明鉴。

南部八十成就者，

正值大显身手日，

拯救南隅之上师，

祈求教诲如期赐。

其中三十成就者，

投胎转世在岭国。

在我岭国美丽地，

莫言迟疑于上方，

莫言择日于下方。

夙愿注定达成日，

正是亲临岭国日。

降临之地乃故里，

亦是子承父业地，
悲喜如何乃故乡。
日月星三转四洲，
即便耀眼无意瞧，
注定使然不由己。
野狼所以奔原野，
不分昼夜游山川，
绝非心甘情愿事，
实为业力注定事，
明知苦亦为糊口。
雄鹰所以翱翔天，
所以腐肉来果腹，
并非甘愿寻腐肉，
实为天命难违故。
鱼儿所以难离水，
赤身裸体在水中，
着实命中注定事。
玛域一十八大部，
所处上中下玛域，
虽知并非中意地，
却乃蕃域前沿地，

所以在此为守边，

舍生忘死于此地，

明知险亦注定事。

若不认得我乃何，

我般来头人尽知。

尊贵严明威武三，

绝非自夸乃实情。

自那往昔年岁起，

家父曲拉盆时起，

穆布董氏血统矣，

同为董氏之后代，

何来贵贱各异说？

一父骨血之同胞，

何谈骨血贵或贱？

同为董氏之后裔，

贫富有别乃自然，

然则无异乃血统。

上岭赛氏八部中，

赛氏拉普塔雅他，

热尕阿措之子他，

自是上岭之魁首；

中岭翁氏六部中，

翁萨怀中产一子，

翁布姜巴赤赞他，

自是中岭部魁首；

下岭穆姜四部中，

穆萨怀中产一子，

魁首当属穆杰他，

莫再嚼舌议血统。

达戎四母超同他，

犹如双眼之眼珠，

犹如心中之念想。

虽为逢人昂首主，

虽为逢狗舍腿主，

虽为想入非非主，

却亦同为董氏种。

同是一父所生儿，

若论何者更出色，

得看何者更走运；

若论骏马之优劣，

得看一周之水草；

子嗣相貌俊俏否，

需看父母之相貌，

舍此别无其他因。

即便四母超同他，

亦是坦言以对主。

若云超同怎坦诚？

他乃主动担当主，

主动冲锋之主矣。

如此舍命冲锋法，

只为利乐有情众，

只为岭国之宏业。

查绒南拉达杰他，

每年都去做生意，

前去卫藏做交易，

此非虚言乃实情。

发兵最忌贸然进，

尤其未曾踏足地，

举目无亲陌生地。

盲目惹下之纠纷，

恰似引火烧其身。

正如超同所言般，

要不途经南部去，

要不途经北部去，

除此别无他路走。

卫藏四茹下端地，

均是岭国辖下地，

双目分何左和右？

心血分何稀和浓？

两眼不分左和右，

颅骨分何厚与薄？

岭国高岗蕃地二，

本为命运共同体，

本是同甘共苦者，

志同道合何须言？

正如超同所言般，

在我六股支系中，

每一支系之统领，

各领五千多兵马。

穆氏支系四千兵，

翁氏支系六千兵，

赛氏支系八千兵，

噶巴支系三千兵，

丹玛支系三千兵，

巴拉支系一千军，

噶德支系一千军，

该是多少是多少。

站则盔帽遮天般，

坐则着装遮地般，

行则整齐一人般。

头盔铠甲兵器等，

速速备齐莫懈怠，

胯下马匹亦如此。

上坡下坡或远行，

一旦进发莫退却，

上述都为原计划。

在场诸位听我言：

查绒南拉之商队，

何时上路几时至，

一切尽在意料外，

还望时刻持警惕。

歌若唐突请忍让，

言若过激请恕罪，

众人心中铭记此。

丹玛强查唱罢此曲，岭国的长辈、众英雄们就此未提出任何异议，一致决定隘口、渡口等由达戎超同麾下人马来扼守。遂岭国众人沉浸在长达十五日之赛马、射箭等盛大欢宴中。待欢宴落下帷幕，众人依次返回至各自所部，忙碌在精心饲养马匹、维护盔甲等临阵前各项准备之中。众人深谙南查绒乃常年下雨之地，遂将盔帽衬里换成毡子，重新准备五颜六色的旌旗。待一切就绪，岭国众人向以梵天王为首的天界众神明，以念青玛杰奔热为首的众年神，以邹那仁青为首的众鲁神，藏地护神十二吉祥天母、二十一度母、静猛百神等，进行不分昼夜之战前祭祀，以求此战获胜。

二

　　此时，八名号莲花生中的狮子吼来到南绒咔哇嘎布雪山之顶，冰雪融化导致发生洪灾，冲走大片农田。见此，南拉王求多吉昂嘎卦师卜卦以观吉凶祸福，结果卦象显示为：东边玛域地刮起一阵狂风，使得南隅绒地山林尽毁；卫藏四茹狂降一场冰雹，使得南隅绒地田地里的庄稼尽毁；大鹏鸟降落在山顶，翅膀压碎整个山峰，使得毒蛇落入鹏鸟嘴。因此，南拉王对占卜之果甚感不安，随即变得寝食难安。当晚，南拉王差人将书信和口信送达至上中下三下辖之地，号令众人于四月十五日齐聚于寝宫中。得令后，下辖众人如期云集，在拜神、赛马、射箭之时，南拉王道："南货正值北运时，北货亦值南运时，汉货正值运往蕃地时，蕃货正值运往汉地时，五花八门之货物，正值异地交易时。查绒多吉赞扎你，作为十五商贾头，带领一百三十驮夫，赶去骡子三百匹，其中无鞍商品骡一百五十匹，其它驮畜、商品畜一并赶往卫藏地。鹿茸、麝香、皮货、鼻烟等，一样不缺齐全带，汉地茶叶运往蕃。以防途中诸不测，但凡商队护卫者，刀箭枪矛套索等，一样不落佩带全，时刻莫松警觉心。倘若中途遭不测，当机立断莫犹豫。"

　　如此叮嘱罢，夏时五月二十九日以查绒多吉扎赞为首的一百三十名驮夫，赶着驮畜、商品畜踏上前往卫藏路。当途经北路的查绒商队抵达铁桥附近时，被埋伏在此的贝如、噶如、纳如等岭国兵马发现。噶如部的扎西班巴想：来者正是查绒商队，无论驮畜之规模、货物之多寡、驮夫之强悍，或是各个野心勃勃、目空一切、财大气粗之架势来看，确定无疑是查绒商队。思至此，随即差信使到噶如塔巴坚赞处。接到信函，噶如塔巴坚赞又差信使到萨赞杂玛央嘎地曲日郎宗中的四母超同处。接到敌情的四母超同立刻向四处差人，号令其麾下的黑、白、黄幡三军火速调集千余人马。待麾下人马集结停当，由达戎超同和其长子聂查阿旦统领军队，径直向铁桥方向奔去。

  暑夏六月十七日，达戎兵马和查绒商队不期而遇于铁桥。此时，被十名悍将簇拥下的超同，坐骑喷云吐雾般，骑者野人并肩般，身上三械摇晃晃，恫吓之声响彻地，宛若青龙腾空般，雷雹随时猛降般，宛若巨鳖浮水般，波涛随即汹涌般，宛若猛虎入林般，猛虎随时发威般地率领黑、白、黄幡三军缓缓逼近查绒商队。未过多久，达戎人马靠近查绒商队东面的刹那间喊出了三声"咯嗦"[1]声。耳闻"咯嗦"声的多吉赞扎想：何来喊声？兴许是草木皆兵。绵羊莫过狼之食，饿狼何时出现，却无法预料；鹞鹰盘空之时，怕是雀鸟在地之时，此非吉兆乃凶兆；谷穗沉甸之时，高空雷声阵阵，此为毁穗征兆；即便寒冬腊月，倘若烈火遍山，何愁林山亦毁？正思忖间，便看到全副武装的超同，犹如玉龙从海面腾空入云一般，下跨青灰马来到一箭远地方。超同连喊"阿吽"三声，右手叉腰，左手勒马，以猛虎咆哮调吟唱这样一曲盘问之歌：

    唵嘛呢呗咪吽！

    阿拉血脉承袭歌，

    塔拉众生得乐歌。

    青龙龇牙佛殿处，

    威猛神祇之主神，

    主神达拉米巴鉴，

    祖师顿巴辛饶鉴。

---

[1] 咯嗦：祭神时所发出的召请神及为神助威的一种高亢呼声。

苯教圣地六顶山，

威猛无可企及神，

三百六十苯神鉴。

黑白黄三大鹏山，

威武至极之地神，

圣水桑烟来供奉，

祈愿福禄赐人畜。

善业上师护法神，

望能保佑众庶民。

你若不知是何地，

宛若珍宝般己乡，

岂是饿鬼染指地？

阴面茂密林子山，

虎豹熊等之乐土，

岂是狐狸出没山？

洁白美丽之雪山，

乳白雪狮栖息山，

岂是老狗现身山？

高耸入云红岩山，

雄鹰筑巢之岩山；

岂是小鸦展翅山？
黑白黄三琼氏兵，
达戎人马之营寨，
岂是乞丐任闯地？
石山草坝鲜花处，
毛色紫宗鹿之乡，
岂是岩羊任闯地？
北方广袤无垠原，
白嘴野驴的故乡，
岂是蠢驴乱闯地？
遍地鲜花之草原，
名门之子之故乡，
岂是乞丐乱闯地？
怪哉怪哉着实怪，
在我达戎云集地，
宛若从天而降般，
一群饿鬼不请到，
尔等究竟源自何？
青龙自天未鸣前，
冰雹大雨为何降？
大地为何成泽国？

未经汉地卫藏前，

单凭巧舌如簧嘴，

岂可肆意踏他乡？

宛若油汁金黄地，

令人垂涎吉祥地，

长势喜人牧草地，

绝非无主闲置地。

清澈凉爽的河水，

绝非无人看管水，

亦非无人饮用水。

树种俱全之林子，

云集鸟类之林子，

群鸟齐声啼鸣林，

绝非任人砍柴林。

汝等途经何处来？

汝等贪婪无度辈，

家乡名字叫什么？

地方首领怎称呼？

赶着大批骡和马，

肆意食草是何因？

肆意饮水是何因?

骡马食草要付费,

每匹需交一两金;

骡马饮水要付费,

每匹需交一两金,

此非随意踏足地。

汝等缘何至此地,

可有熟人在此地?

可有向导引此地?

可有背后指使者?

可有新旧债要讨?

还是古谚说得好:

三春如若不播种,

何来秋时之果实?

倘若不被烈火烧,

森林如何变黑炭?

天若不降滂沱雨,

大地如何变泽国?

可有陈年旧账算?

所以遭败根子一,

欠下债务利息二,

擅自挤奶怨仇三，

未了之事都有啥？

威名远扬达戎部，

岂是任人宰割部？

声望在外达戎部，

天竺当帽戴者矣，

视作盔幡插者矣；

汉地当鞋穿着矣，

视作鞋带系者矣；

蕃域当衣穿者矣，

视作腰带系者矣。

蕃域人和岭国人，

作为同父同母子，

贵贱一说自何来；

师出同门之弟子，

领纳学问无两样；

恰似同王之子民，

律法面前皆平等。

誉名玛域岭国地，

可有未了之冤情？

可有尚未到手物？

是否曾经目睹过？

偌大岭国之辖下，

一锤定音者为谁？

往昔穆布董氏中，

一奶同胞都有谁？

汝等是否认得谁？

你若不知我是谁，

高天当衣穿者矣，

大地当垫踩者矣。

威严著称达戎部，

母系尊贵且贤惠，

始祖东拉措姆她，

着实在世般若母。

父氏达戎塔鲁盆，

百名上师施主他，

百官当中精英矣，

百名勇士之首矣。

花花岭国神祇部，

一共三十神子中，

一母乳汁未饱子，

二母乳汁未饱子，

三母乳汁未饱子，

四母乳汁喂养子，

当属达戎超同我。

达戎魁首超同我，

实乃举世无双人。

在此与我邂逅众，

像是炫富成性众，

像是耀武扬威众，

像是惹是生非众，

像是无所顾忌众。

像是伸手捉天者，

像是岩上跑马者。

汝等恶语伤人者，

四处树敌把仇结。

汝等究竟从何来？

切莫隐瞒从实招。

水草费等欠下费，

悉数上缴莫偷奸。

倘若决意抵赖则，

直立人和俯首畜，

一样难逃我掌心。

我若所言不践行,

权当浪得超同名!

歌若耳闻铭记心,

歌若未闻无重唱。

　　超同唱罢此曲,商队领头人多吉赞扎挺立马背心中暗想:故弄玄虚之人一,乌发被风吹乱之人二,皆是想入非非之辈。正如汝厮所言般,欲在岩山之上跑马者,亦是无故生事之辈,是上下多康之间货物往返运送之人。如此互惠互利之举即,汉货运往蕃地一,蕃货运往汉地二,南货运往北地三,北货运往南部四,岂是无端生事之举?即日虽未目睹祸根超同,却依据耳闻,号称花花岭国之领地,像是在玛域地界,而非在此。此处乃黑白黄琼布之辖,何故在此拦路?天命虽难违,但若不理会回应,超同恐要变本加厉而使商队无法通过。之前离开之际,难怪卦象凶险。侯王私心过重一,臣民心浮气躁二,频繁外出游逛三,均是引火上身根。不堪寂寞外出乃,腿肚落入狗嘴兆;山羊难安多动乃,性命葬送豺狼兆;雀鸟随处乱跑乃,羽翼被鹞撕扯兆。既然同是异乡人,何须如此喧宾夺主?何为宾客何为主,岂是任由己说事。超同生性贪财一,生性好斗惹祸二,岭国一向霸道三,无需明言人尽知。想到此,多吉赞扎道:"亦罢,汝厮所言甚是,是江河就得有桥,是智者就得讲理,是上师就得利众。汝若是明辨是非之辈,不妨听我道上几句。我乃南货运北之商,切莫口无遮拦。"言讫,装作一副可怜相吟唱道:

吟曲阿字当头歌,

此为南人吟歌俗。

此非阿谀奉承谁,

仅是人微言轻故。

但凡唯命是从者，

当属达官贵人仆；

往东不敢向西者，

当属深谙尽孝子。

即便明白装傻乃，

贤者官吏习性矣；

修炼讲经布道乃，

从善上师秉性矣；

不惜资财施舍乃，

富家子弟做派矣；

言善心善可亲乃，

上等男士习性矣；

满嘴恶语交加乃，

下流奸人秉性矣。

您般自诩非凡主，

可曾目睹查绒商？

可曾耳闻查绒商？

我等源自查绒商，

但凡曾经到过地，

绝非人人喊打商。

南货曾经运往北，

北货曾经运往南，

走南闯北之商矣。

年满四十五岁我，

已是见多识广人。

来自查绒商贾我，

南拉达杰麾下我，

每每外出经商际，

逗留何处任由己，

互惠互利无人管，

着实循规蹈矩商。

人称多吉赞扎我，

既是查绒侯王臣，

亦是南货北运商，

更是各取所需商。

此番至此商队中，

仅是打杂驮夫我，

既非耀武扬威者，

亦非巧舌如簧者。

即日以往年岁里，

尽管南来北往过，

尽管以物易物过，

然则未曾亏本过，

亦未强取豪夺过。

既然为公平交易，

自负盈亏乃常理，

各取所需乃常理。

可否食用在味道，

可否着身要量体，

愿否交易在双方，

上下东西或南北，

何必撕破脸面争？

为此我愿先道歉，

道一声多有冒犯。

息事宁人之抱歉，

意在弱者愿示弱。

喜好欺软乃强权，

愚者不惧乃杀戮，

谨祈上师予明鉴。

仆人甘为马前卒，

还望主子莫多心。

何况贵为人身者，

无故忙于舌战一，

疾疫常伴不离二，

均是情所不愿事。

自从久远之时起，

我王曾与霍尔地，

汉地以及蕃域三，

不曾耳闻视为敌，

如今亦无为敌心。

若欲委曲求全活，

唯有效仿胆怯狐，

唯有夹着尾巴份，

保全私己唯有此。

弱者委曲求全时，

落井下石非豪杰。

理应征缴水草费，

借路借宿等花费，

我等甘愿尽数缴。

此番交易之货物，

藤萝竹子若干驮，

香烟鼻烟若干驮,

紫棕茶叶若干驮,

各种皮货若干驮,

鹿茸麝香若干驮。

至于黄金白银一,

绫罗绸缎等商品,

所带有限不足提。

此番欲往卫藏地,

意欲朝拜释迦佛,

意欲货物售于蕃,

负载骡马百余匹,

力争盈亏二持平,

欲售骡马百余匹,

意欲以此为盘缠。

一方水土之特产,

意欲销售于异乡。

本分争得食和衣,

方是人生幸福根,

行窃劫掠坑骗三,

便是惹祸上身根。

人所不愿乃纠纷,

祸害躯体乃百病,

人心难忍乃伤痛。

接着听来超同王:

即日以往时日里,

吾等至此之时日,

莫过区区四五天,

何必恶语施加之?

谨遵超同王吩咐,

需交费用悉数交。

短短几日逗留间,

应交水草借路费,

究竟多少请明示,

我等双手奉送之,

还望抬手予减轻,

还望发发慈悲心,

还望大人有大量。

大人拥有大度量,

稳若高山大人心,

荡然无存乃耍奸,

是否如此超同王？

歌若在理请恕罪，

歌若无理当谬言。

听闻多吉赞扎如此歌罢，超同王从赤红虎皮箭筒中抽取罗刹食肉鹏羽箭，左边豹皮弓袋中拿取野牛犄角状弯弓，心中暗忖：偷奸耍滑者之言语，无非为掩人耳目之语；身处边鄙貌美少妇，最擅长乃一人搅得大伙儿鸡犬不宁；北方荒野处之贼盗，最擅长乃强取富家马匹；若听从道貌岸然之辈之谎言，岂不成了傻子？想到此，弓上之箭宛如雷鸣般射去。猛箭正中多吉赞扎心胸，箭簇穿透其肩胛骨而落马在地。见此情形，巴桑扎巴、雍仲拉杰、米那多庆、巴贵楚美等多吉赞扎之随从坐骑迅如礌石滚坡般扑向超同进行械斗。超同随即拔出弯月状罗刹剑左砍右劈起来，使得其中之三人宛如树叶被风吹落般落马在地。这时，聂擦阿丹拔出紫青切块之剑，嘴中发着雷鸣般"咯嗦"声直奔查绒人马去。紧接着查绒人马和达戎黑、白、黄三幡人马，宛如礌石滚坡、狂风四起，相互厮杀一顷茶工夫。结果查绒人马之大部分主将被达戎兵马斩尽，货物被达戎兵马洗劫一空。以扎巴伦珠、赞贵俄玛、食肉饮血罗刹三为首的余下百余查绒人马，穿过铁桥跑向河对岸。但在达戎兵马的紧追不舍下，两拨人马在帮噶原野和哲龙雅玛川一带血腥厮杀久达三昼夜。最终查绒人马中除神子扎巴、玉杰诺桑、托拉奔美、赞杰扎巴四人夺路而逃外，余下二十余名均弃戈投降。

当达戎四母超同、聂擦阿丹、玉嘉赤赞、雅美森擦俄鲁、杰瓦伦珠、千户长朗卡赤杰、贝如尼玛坚赞、纳如塔巴坚赞、噶如索朗坚赞等趁夕阳还未完全沉落。满载而归之时，颇丰之缴获物资被途中居民和走南闯北的路人一抢而空，途中盗匪并另安排人看护抢得的骡马等。两手空空的超同等人马，押着弃戈投降的二十余名查绒残兵，返回玛域花花岭国。秋高气爽的九月，草地开始发黄，青山易色之时，超同一行人马抵达岭国。遂向远处差信使，近处差人送口信，号令岭国达官显贵、众将领、长者、上师、卦师等九日内云集于玛塔唐曲龙地。

  第九日将至之时，骑马者宛如天降冰雹、徒步者宛如暴风雨般齐聚于玛塔唐曲龙地，白衣人宛如繁星、取水者宛如群鸟纷飞、煮茶蒸汽宛如雾气漫天、灶石宛如石山般。岭国君臣齐聚一堂，其中超同就坐于白帐中央席位头席之红檀席位，总管戎擦查根鹞鹰舒展双翅般就坐于前排头等席位，僧伦卡玛父亲就坐于银座，四路大军之将帅就坐于虎豹熊皮坐席，上师、卦师、法师三就坐于红白锦缎坐席，母姨、少妇们就坐于丝绸卡垫坐席，尽情享用茶酒、肉、奶酪糕点，陶醉在无限欢乐氛围之中。这时，红檀坐席上的超同道："明知头无触天时，偏要低头亦是礼；明知地无塌陷时，蹑手蹑脚却悦目；骨肉即便不内斗，和言以对则齐心。正如古来如此说，但凡手握大权之时大动干戈之举，但凡与敌遭遇之时夺路而逃之举，但凡自吹自擂之举，但凡家中有恃无恐之举，但凡虚张声势、不懂装懂之举，犹如扎痛嘴巴之须、直扎阴部之阴毛、伤害躯体之无度饮食一般，皆是自取灭亡之行径。"言讫，跃跃欲试、恶语交加道："花花岭国众人呀，值此长者齐聚之际，超同我有话要讲。"遂以猛虎醉血调吟唱道：

    唵嘛呢呗咪吽！

    三回歌儿来献供，

    通过献供道一言。

    自那高天丽日处，

    叩拜战神威玛众；

心窝圣法殿堂处，

叩拜辛饶祖师佛；

玉珠喀叶殿堂处，

叩拜达拉米巴神。

花花岭国神之地，

庶众齐聚原野处，

叩拜上座之顶师，

祈愿运势夜梦祥。

叩拜先觉空行众，

男神战神自右拜，

女神食神自左拜，

祈愿诸事随人愿，

达戎名声愿赛雷。

岭国长者少壮众，

宛若日月星三众，

踏平四洲之时日，

祈愿免遭罗睺害。

岭国长者少壮呀，

叩拜上师护法等，

赞颂三宝之威望。

法身报身化身三，

三身齐聚圆满际，

祈愿杀戮远离去。

若云此地之地名，

扎西拉隆塔堂矣。

雪白神帐中央处，

中央席位头席上，

依次落座众叔伯，

皆是德高望重主。

天空漫无边际故，

日月星辰任由游；

雪山高耸入云故，

乳白雪狮甚是恋；

碧海深不可测故，

硕大巨鳖甚逍遥；

雄鹰翱翔高天故，

深知气流之佑助。

岭国甥舅叔伯众，

倘若齐心协力则，

何愁清剿来犯敌！

何愁取之不竭财！

我乃众人皆识人，

南隅林乡之主矣。

若论密林之霸主，

首当其冲乃猛虎；

若论高空之霸主，

舍我其谁乃鹏鸟；

若论碧海之霸主，

舍我其谁乃鱼虾；

若论拔得头筹者，

莫过强悍达戎部。

前年开春初月时，

总管戎擦查根他，

幸得莲花生授记。

故而足智多谋他，

卜卦集思广益来，

谋划如何应对策。

达戎魁首超同我，

此时正是言语时。

舍生忘死超同我，

克敌守边超同我，

守护一方神般我，

但凡事关岭国事，
关心有加似饭碗。
正如戎擦总管言，
挥师攻取查绒一，
一举夺取珍宝二，
尤其英豪迎敌际，
所需弯弓竹箭一，
游遍汉地卫藏际，
所需马匹骡子二，
所需乳牛珍宝三，
绵羊山羊珍宝等，
野火烧尽茅草般，
洪水冲毁沙丘般，
理发之余剃须般，
滚石之余杀虫般，
一举被我岭国夺。
然则查绒富饶地，
查瓦绒之上中下，
圣山卡瓦尕布等，
已是重兵把守地。
圣山卡瓦尕布山，

已被下部官吏守，

今非昔比之山矣，

一举攻占非易事。

今年夏时五月起，

到处遍布乃哨兵。

尤其五月十七日，

南边铁桥局部地，

噶如探子发现般，

兵营植物一般多。

探子目睹此景后，

不分昼夜赶过来，

随即告知超同我。

被我差去之探子，

既似正中靶心箭，

又似离弓而去剑，

更似天降及时雨。

刀矛箭等速佩身，

下跨疾驰如风马，

但凡来敌自颈压。

查绒南拉之胞弟，

查瓦绒箭宗

多吉巴乌赞扎一,

雍仲尼玛拉杰二,

赞堆欣吉喀玛三,

扎赞托拉美巴四,

鲁堆白巴黑脸五,

赞贵朗卡嘉仁六,

皆是强将中之强,

皆是不惜性命将,

皆是舍乡嗜杀将,

皆是君王心腹臣。

如此齐心协力将,

如此视死如归将,

打杀之声响彻地,

跑马射箭急匆匆,

何人胆敢接近此?

匹敌之人都有谁?

马头明王[1]化身我,

却把马头明王箭,

毫无迟疑射敌心,

宛若岩山雷劈般,

---

1 马头明王:佛教密宗中观音菩萨的六种形象之一,即马头观音。马头明王是观音菩萨的怒相身,多为红色。六观音分别是:圣观音、十一面观音、千手千眼观音、如意轮观音、准提观音、马头观音。

宛若巨鳖遇螺般，

马背之上射向地。

赛过猛虎聂擦等，

紧随我旁达戎将，

挥剑左砍右劈终，

砍落芜菁般砍首，

尸首宛如河滩石，

嚎啕哭声似崩山，

马匹蹄急似疾风，

利剑挥舞似风暴，

射箭宛如闪电般。

足足三个昼夜间，

如此舍生厮杀终，

彼此死伤甚是多。

尤其达戎兵马中，

损兵折将八十余，

好在头筹被我夺。

查绒商队人马中，

死伤之人一大波，

侥幸存活二十余，

有的指派为驮夫，

有的役使赶骡马，

各取所需而差遣，

悉数沦为达戎仆。

未料凯旋而归际，

差人押运缴获际，

中途杀出四悍将。

扬尘而至四悍将，

全副武装四悍将，

下跨迅雷一般马，

不明来者为谁时，

多半缴获反遭劫。

另外需要道明乃，

骡马之类大牲中，

两百有余大牲中，

一百四十乃驮畜，

一百有余商品畜，

此时悉数移交公，

交付予我岭国部，

此为首战战功矣。

在我岭国神祇部，

此番缴获如何分，

超同之见乃这般：

庆功之宴不可缺，

奖赏勇者不可缺，

奖赏头马不可缺，

上师之礼不可缺，

此为应当应分事，

妥否诸位予三思。

至于缴获都有啥，

恕我无法逐一道。

中途劫去何等物，

不妨睁眼慢慢瞧，

众人睁大双眼瞧。

已经到嘴之福禄，

焉能以舌往外推？

但凡战功显赫者，

皆是看中重赏者。

此役所缴骡马等，

究竟如何分发好，

还望长者予定夺。

　　　　　歌若耳闻铭记心，

　　　　　超同禀报莫过此。

　　　　　祝愿君臣庶民等，

　　　　　陶醉在那欢乐中。

　　超同如此歌罢，以嘉洛顿巴坚赞、僧伦卡玛、董氏曲鲁布玉达潘等岭国德高望重之人为首的上岭国赛氏部、中岭国翁氏部、下岭国穆氏部之众将齐聚一堂，犹如花斑熠熠猛虎般的达潘道："呀，猛将率部一举歼灭来敌而缴获颇丰甚是妙，此可谓威名远扬之事矣。超同叔所言甚是，腾云驾雾之青龙，从高天发吼之时正是雨水将至之时；上阵父子兵拧成一股绳之故，达戎人马势如破竹；里外皆发声乃苯教法鼓，上坡下坡自如方为宝骏，此役可谓如愿以偿。智者筹谋之际，达成共识为佳；诸将耀武扬威之际，谈何孰是孰非？丰衣足食之际，何须自吹自擂？分发缴获之物际，何须夸夸其谈？诸如此类做派，犹如湿柴生火，终将难免非议。岂不应了偷鸡不成蚀把米之说？奔波在外之商贾、一心谋利之商贾，若无足够之货物，狂言不惨实汗颜；毛色亮丽膘肥马，原野之上疾驰终，不以蹄急步稳冲，有何颜面充良马？在场诸位听我言，超同侯王缴获物，宁愿尽数分发之念头，我等无话可说。但依我之见，如此分发亦无妨。多有叮扰请莫怪，岭国一人一小曲，如此众说纷纭法，恰似空穴来风般，何者在理实难断。门口侍女哼唱曲，在意之人知几多？乌黑小鸦之鸣声，视为吉兆者知几多？为此不妨听我言。"言讫，吟唱这样一曲献策歌：

　　　　　阿拉歌儿来献供。

　　　　　头顶日和月二处，

　　　　　谨祈根本上师鉴，

　　　　　祈愿悉地雨般降。

心窝圣法殿堂处，

谨祈金刚持手佛。

法身报身化身三，

身语意三来护佑。

藏区上中下三地，

大兴正法之轮来，

福禄悉地不吝赐。

法和僧伽愿吉祥，

勇行空行愿力大，

本尊护法愿迅捷，

福运之势比天高，

此为禀明祈福矣。

倘若不知是何地，

世间神灵之宫殿，

护神云集之殿矣。

宛若高山福运殿，

悉地之树枝叶茂，

齐聚此处之苍生，

远离苦难得安乐。

高天神界以下一，

十八地狱以上二，

亘古恒常厚土上，

上至奔空飞禽众，

下至地上蚊虫等，

远离苦难包袱众，

尽情享受圣洁法，

宛若置身极乐界。

直插云霄之雪山，

便是雪狮炫鬃地；

山腰花草茂盛地，

便是众兽逍遥地；

水草丰美广袤原，

遍地是那牛和马。

如此福瑞圆满地，

玛域上方十三神，

便是男儿之护神；

玛域中部巍峨山，

便是牛羊之乐园。

美丽地方水草好，

气温适宜如一季。

北方原野西边起，

雪域东南地界间，

下部汉地西边地，

三地交汇圣地主，

如鱼得水之臣民，

皆是源自神界人。

承蒙神明祈福故，

承蒙众佛发愿故，

幸得难得人身终，

不枉为人之众矣，

安定人世之众矣。

天命使然弃世终，

再度往生岭国地。

此般令人羡慕福，

天然生成一般福，

着实众人眼馋福！

着实四方垂涎福！

人见人爱岭国地，

无与伦比岭国地，

着实离苦得乐地，

欢歌笑语之地矣。

上师弟子勤修法，

教法雷同南部教；

秉公执法一方王，

黑白分明无偏颇。

长者齐心协力故，

藏地圣法在此兴；

母姨本分持家故，

库中不竭乃资财；

少妇心善贤惠故，

衣食无忧人生美；

骏马齐头奔跑故，

汉藏狭路任由踏。

样样俱全富饶地，

何愁事事遂人愿！

命硬如铁将士群，

何愁长命百岁命！

只要神明赐授记，

凡愿皆无违愿时；

只要时刻勤谋划，

一切尽在掌控中；

只要梦兆不呈凶，

机遇时运定会顺。

在我花花岭国部，

似是而非之人多，

宛若法身一般者，

当属名师膝下徒；

爱民如子一般者，

当属明君麾下臣；

教子有方父母子，

前程似锦乃自然。

我乃列位皆识人，

岭国神明之后裔，

达潘剧毒之茎矣，

不可或缺之人矣。

黑色毒和达潘二，

既是两样不可玩，

亦是两样不可缺。

世事岂能远离毒？

苦口良药三分毒，

诸病离毒难医治。

纵使轻微之疾病，

亦需剧毒来医治。

慈悲为怀上师一，

严厉著称君臣二，

难舍其一似形影，

善恶相随亦如此。

日月星辰三行星，

同在高空运行般；

云和玉龙雨水三，

不分四季同处般；

江河桥梁船只三，

不可分离同处般；

富人乞丐君王三，

律法面前同罪般；

但凡杀一养一事，

冤亲孽债无两样，

岭国诸事犹如此。

在我花花岭国地，

理应大兴文治法，

然则武治不可无。

倘若子民不尚武，

来犯之敌何以击？

主妇如若不节省，

满库资财自何来？

运筹帷幄之长者，

倘若懒惰不理政，

太平盛世自何来？

花花岭国众将士，

虽有故里无暇待，

此乃命中注定事。

空中鸟和岭国将，

同是高天之霸主，

毫无不抵云霄心；

野驴以及岭国将，

同是旷野之霸主，

纵无旷野无际心；

雪山狮和岭国将，

同是雪山之霸主，

纵无雪山险峻心；

红斑虎和岭国将，

同是密林之霸主，

纵无密林凶险心；

查瓦绒箭宗

金眼鱼和岭国将,

同是碧海之霸主,

纵无碧海浪高心;

阎罗王和岭国将,

同是劲敌之克星,

何愁一举拔头筹?

蹄疾步稳著称马,

岭国将士胯下马,

贵为佛陀化身马,

翻山越岭似疾风,

何愁征程无尽头?

马背人和鞍下马,

同心协力似一人,

难舍难离似手足,

齐头并进于远途。

心心相印马和将,

患难与共在人间。

苦乐冷暖皆无常,

此起彼伏乃甘苦。

但凡俗间凡夫子,

苦乐之中度一生,

饱饥之中把财敛,

自信之中把命保,

此为岭国传统矣。

前年起始时下间,

毫无纷争安宁际,

神明忽然赐授记。

神明恩赐之授记,

倘若不被人遵从,

何必时常拜神明?

洞若观火叔伯呀,

自此花花岭国地,

将近半月合计中,

引经据典抒己见,

何以依据未明前,

岂可彼此责骂之?

顺则拼命炫耀一,

出岔推诿扯皮二,

均是招惹是非根。

达戎四母超同王,

留心探寻查绒商,

探得去路驿站终，

麾下黑白黄幡军，

随即扼守两山头，

一举堵截南北路，

事随人愿何其欢！

可怜南拉商一行，

不请自到福者门，

财富拱手送至门。

恰似栖息岩山鹰，

不请自归岩巢般；

恰似闯荡密林虎，

不请自归虎穴般。

此番缴获查绒物，

尽数落入岭国手，

不像缴获似奉送，

实为妙不可言耳。

至于查绒南拉他，

能否保住性命事，

得看神灵之授记。

切莫大意敌和匪，

速速前去查绒地，

谁胜谁败仍难断。

花花岭国将士呀，
按照去年之部署，
每位统领之麾下，
召集人马近四千。
切忌大张旗鼓去，
悄无声息直奔去，
途中时刻持警惕。
凶险至极查绒地，
谷深林密查绒地，
既是暗箭著称地，
亦是礌石著称地，
更是水流湍急地。
若能防备此三险，
再无其它险可防。
若云查绒之特产，
种类齐全大牲一，
鹿茸麝香药材二，
藤树竹子瓜果三，
绵羊山羊岩羊等，

五花八门皮货四，

皆是岭国所需品。

诸如此类缴获物，

要说论功行赏则，

达戎理应得四份，

六份均分便足矣，

达潘之见莫过此。

至于查绒南拉他，

自有找上门来时，

时刻留心戒备之，

是否此理请三思。

歌若耳闻似甘露，

歌若未懂无解读。

　　达潘如此歌罢，在场众人暗忖：正如事前不宜言语过多，事后不宜过分悔恨之说那样，达潘所言句句在理。达潘盆所言，此番缴获即便是针线，四份理当行赏于达戎人马。如此，就此事众人达成一致，随后久达二十九日陶醉在欢歌笑语之中。

三

　　正在此时,查绒商队遭劫之消息,宛如杜鹃啼声般传遍四面八方。漏网之鱼般的神子扎巴、玉杰诺桑、托拉奔美和赞杰扎巴四人,不分昼夜地逃向查绒。长达三十五个昼夜兼程后抵达莲花沟,不久,南拉商队遭劫之事传遍整个查绒地。六天过后,查绒南拉在雄狮傲立宫殿中召见众侍从之时,侥幸逃脱的四人亦在其中。拉吉班宗妃子和侍女发现四人后,将四人迎请至殿中并为他们置下丰盛美食。面对盛情款待,无颜享用美食之四人,诚惶诚恐,谁都不敢前去面见查绒南拉。见此情景王妃问道:"诸位何故如此?若不前去面见君王,岂不成了我王妃在从中作梗?何不速去!"遂四人趋至君王处,并依次落座。四人不知从何说起,只是垂头落泪。如此一会儿后,四人中的赞杰扎巴哽咽着起身向君王献上一条哈达、后退三步而正要开口时,玉杰诺桑长叹一口气跪在君王面前,以黑暗笼罩之调吟唱了这样一曲禀报遭劫之歌:

　　　　正哼阿拉福歌际,

　　　　盛夏之月将至际,

　　　　诸种不幸天降般,

　　　　自此不见抬头日。

　　　　满是悔恨哭泣日,

　　　　心痛之事一大堆。

　　　　一日多变春季日,

此起彼伏乃阴阳，

冷暖相伴似形影，

喜忧相伴似褡裢，

此为世事规律矣。

去年时下两载间，

离乡在外达七月，

汉藏两地走动一，

南货运抵北方二，

北货运往南方三，

汉茶运往藏地四，

藏货运往汉地五，

四面八方之地方，

以物易物之举动，

本是商家分内事。

此非己物过剩故，

却乃取长补短故。

比如查绒地上物，

麝香鹿茸药材一，

虎豹熊等皮骨二，

藤树以及竹子三，

鼻烟以及烟叶四，

茶叶坚果等特产，

即便不敌金银绸，

亦是异地紧俏货。

不乏是那经销商，

不乏是那老客户，

故此交易甚是勤。

即日以往年岁即，

长达二十余载间，

此番一般洗劫一，

此番一般死伤二，

遭遇之时未曾有。

时常外出经商故，

赔本亏空不曾有，

互惠互利甚是欢。

目下一反常态事，

实属出乎意料事。

查绒俄绒嘉绒地，

南隅谷地秀绒地，

高山草地岩山区，

琼布嘉青铁桥区，

依次穿越未多久，

仿佛从天而降般，

琼布黑幡之兵马，

礌石滚坡一般至。

高天突降雷雹故，

良田禾苗尽毁般；

狂风暴雨忽起故，

枝叶一扫而光般；

势如破竹之贼寇，

势单商队一举劫。

多吉赞扎商为首，

我等统共三十人，

同舟共济把械持，

竭尽全力迎击敌，

据理力争且服软。

哪知达戎之魁首，

宛若鼗鼓超同他，

宛若毒蛇超同他，

口是心非超同他，

杀戮成性超同他，

天降祸般超同他，

赶尽杀绝甚是残。

奸诈四母超同他，

欺软怕硬成性他，

重兵在手超同他，

动用兵马三千余，

铺天盖地般扑来，

肉搏久达三昼夜，

双方死伤部分人。

达戎超同人马中，

死伤兵士近百余。

我等南绒商队人，

不甘示弱与敌战，

舍生忘死与敌战，

怯战之人无一人。

如此厮杀三日终，

血流成河在原野。

我方商队统领者，

宛若双目之珠者，

多吉赞扎被敌诛。

尾随而至穆布一，

达雅拉赞诺布二，
俄秀白玛坚赞三，
亦被来敌一一诛。
见势不妙我等人，
急中生智商议终，
决定暂避锋芒逃，
连夜逃回君王处。
忍饥挨饿在外间，
饮食堪忧我等人，
马匹不如强敌一，
寡不敌众之故二，
如履薄冰把日度。
可怜兮兮乞讨一，
遇见弱者抢劫二，
竖起拇指乞求三，
软硬兼施度日终，
统共三十九日后，
最终来到君王前，
难以言表途中事。

尊贵南拉君王呀，
虽无颜面把事禀，

亦无仰望君王心，

只为悉听君王令。

宰相肚里撑大船，

望能宽宏和大量。

此番外出百余人，

如今只剩我四人，

我等侥幸逃脱者，

颜面尽失之四人，

此时悉数在君前。

甘苦好比乳汁味，

赤胆忠心不曾变，

苦乐从实逐一禀，

如何惩治任由君。

装傻充愣哭穷三，

时下悉数得体验。

事情原委禀明际，

恳望君王予大度，

此仇不报非君子！

即便舍命亦无憾！

久亦今明后年间，

四母超同为首众，

黑白黄三旗幡军，

发誓引领大军剿，

血债理当以血偿，

人仰马翻何须言！

歌若有误请忍让，

言若荒唐愿忏悔。

玉杰诺桑如此回禀罢，恰似中毒山羊般的南拉心想：商队遭劫噩耗早有耳闻，一直希望此传言为流言蜚语，未料果真属实。也罢，既然商队惨遭打劫，人马死伤在所难免。想到此，左思右想、深思熟虑后告诉四人道："汝等暂且请回吧，一个月后召集众臣再作打算。"言讫，随即向古拉、至如、多吉赤尕查绒上中下三地差去信使。第三十八天之时，查绒上中下三地的大队人马悉数齐聚于雄狮傲视宫末端的俄雄白玛和查龙玉热仁穆原野处。白幡人马宛如天上繁星坠地，雪白帐篷宛如错落有致的雪山，蓝幡人马宛如碧海潴聚，红幡人马宛如血海，黄幡人马宛如风云交加般集结。各路人马集结之第二日，身着龙凤相映锦衣，腰系五色彩虹腰带，文武双全、胆识过人、福泽无人企及、威名远扬至南隅、芒康、贡觉、扎雅等诸邦的查绒南拉王，红光满面如黑熊走出密林般端坐于宝座上后环视四周而道："我部人马惨遭血洗，金银财宝洗劫一空。欠下血债血偿一，劫去资财追索二，劫去牲畜追查三，倘若不一一追回，我等犹如无魂尸。但凡在世黑头人，以牙还牙乃本性。山脚一旦被火烧围，山林若不烧成灰，火势不够猛烈兆；山脚一旦被水围，桥梁若不拦腰毁，水势不够猛烈兆。查绒金银、牲畜等，无故被那超同劫，倘若不趁早追索，有何颜面在人世？在场列位听我言，军中大小将领等，率领各部之人马，速速前去讨伐匪，齐心协力直奔去，休要抗命或不遵！为所欲为抢夺一，无故堵截河桥二，蛮横无理欺软三，皆为忍无可忍事。注定之事难改变，额上褶皱难擦拭，死亡在即勿需悔，切莫轻言怯战语，莫言难当此任语。值此危急之关口，理应齐心协力之，理应视死如归之，天命使然难违抗。"言罢，南拉王以迅雷之调吟唱这样一曲下令之歌：

  一拜二拜拜三回，

  接连三拜战神众。

  高居头顶之神明，

  洁白如雪之神明，

  身着宛若白云衣，

  头长白螺般犄角，

  雪白铠甲晃悠悠，

  手舞足蹈嬉戏神，

  嬉戏之中游空神，

  即日莅临予伴助。

  洁白如雪白泰神，

  显山真身赐佑助。

  晶莹碧绿高空处，

  身着花色铠甲神，

  虹光熠熠之神明，

  身佩花箭花矛神，

  浑身花色之泰神，

切莫分神佑助我，

一举铲除强劲敌，

爱子一般护佑众。

地上土崖江河处，

鲁族黑色泰神您，

三头蛙般威猛神，

黑色水蛙自左绕，

无数鱼虾自右绕，

助我追索掠去财，

赐我不竭福禄运，

速速现身莅临此。

欲知此地乃何地，

阳面茂密松柏山，

飞禽走兽眷恋山，

水草花木覆盖山，

银色查瓦绒地矣。

阴面藤竹覆盖山，

虎豹熊三出没山，

猿猴野人栖息山，

岩羊鹿等栖息山，

奇珍异宝著称山。

誉名曰唐广袤原，

既是五谷丰登地，

亦是庶民安居地，

资财富足原野矣。

上部古拉昂雅辖，

错落有致牧户地，

实乃绵羊放牧地。

中部志日邱穆山，

实乃乳牛放牧地，

盛产乳汁著称地。

下部多吉赤雄地，

骡马成群结队地，

既是财富集聚地，

侯王威严著称地，

人丁兴旺之地矣。

既是英才辈出地，

亦是美女之乡矣。

如此名声远扬地，

迷恋之人虽无数，

有缘之人却甚少。

人称南拉达杰我，

另名尼玛桑珠我，

福星之日降生我，

骨血出生星宿二，

纯正金贵似日月。

赛过旭日君王我，

着实造福臣民王。

宛若行星麾下将，

均是智者费神将；

保家卫国诸翘楚，

各是拒敌千里人。

但凡囊中之财富，

何惧落入仇敌手；

宛若油汁一般海，

用之不竭人尽知。

君臣拧成一股绳，

何愁劫匪来进犯？

去年年初之前日，

依照世间之规律，

如此劫掠未曾有。

往日南货北运际，

无论前去卫藏地，

或是前往北方地，

每每外出经商时，

带去货物不曾劫，

人仰马翻不曾有，

今年却被盗匪劫。

欲美脸面以奶洗，

哪知招来白翳病；

求稳一心巴结官，

未料惹一身官司；

为图小利贩食盐，

结果小利被匪劫，

此话时下得验证。

若要追索被劫物，

上部查绒诸部中，

巴旦朗杰扎巴一，

赞拉托杰巴瓦二，

鲁杰赤图猛将三，

西热巴旦扎巴四，

各率四千人马去。

十人为班统领一，
百余人马统领二，
委派百里挑一将。
足智多谋文臣一，
战功赫赫武将二，
富可敌国财主三，
即便不能一一去，
精挑细选莫懈怠。
中部查绒诸部中，
琼拉扎巴悍将一，
泽青脱拉米巴二，
拉堆龙那措玛三，
赞堆欣吉米玛四，
各率四千兵马去，
班团之首精心挑。
下部查绒诸部中，
赞扎风翅悍将一，
扎赞欣吉俄玛二，
雍仲拉赞悍将三，
欣堆赞拉米巴四，
各率四千兵马去，

班团之首精心挑。

一旦下令随即发，

务必听令和守律，

谨遵各部将帅令，

唯命是从直奔去。

君王坐镇于宫中，

随后如何酌情定。

正如古时俗话云：

大地若不高山绕，

四处横流乃碧水；

山顶若不冰雪封，

放任自流乃烈火；

若不痛击来犯匪，

肆无忌惮乃劫掠；

君王若不端正法，

离心离德乃庶民；

父母若不抚养子，

家业落入仆人手；

富家若不勤敛财，

钱财总有耗尽日。

此谚何其在理呀！
齐聚在此诸公呀，
了然于胸智者呀，
足智多谋诸公呀，
旁若无人才俊呀，
同舟共济把谋划。
但凡有话不语者，
皆非君子乃小人。
君子坦荡似流水，
沟沟坎坎皆荡平。
敞开心扉之君子，
事事心知肚明者，
畅通无阻于天地，
削铁如泥利剑般，
挥向何处劈断何。

正如此般古话云：
我等查绒上下众，
所以集思广益乃，
勇士莫忘手握械，
莫忘悉心喂养马。

有马之人备好马，

无马之人练脚力，

备足行军粮和草。

赤手空拳敌难灭，

单凭双足难远行，

但凡驰骋疆场者，

斗智斗勇方可胜，

如上铭记君臣心。

南拉王如此歌罢，前后左右席位上的运筹帷幄者，依次落座的众勇将中的双眼青如晶珠、满嘴无牙如皮囊、头发稀如羊羔卷毛、阅人无数之谋臣西巴晨巴壤霞一边东张西望，一边深思而起身走到君王跟前，敬献一条洁白哈达后，以江河急流调吟唱道：

歌儿献供绒地神，

绒地三足骡马神，

多吉雪白骡马神，

祈愿赏赐骡马运，

祈愿莫挡资财运。

绒地置日曲木山，

阿雅赞拉财神您，

保佑牲畜得旺盛。

上部古拉昂雅神，

保佑绵羊得旺盛。

杂日齐日威严山，

藤树绿竹成荫山，

植被茂密著称山，

祈愿免遭烈火灾。

四季雨水常降地，

四季如春绿油地，

飞禽走兽迷恋地，

河水永无冰冻日，

气候冷暖如一季。

上部高耸雪山地，

栖息兽类之统领，

当属洁白之雪狮；

中部花草丛生地，

成群结队乃牦牛；

下部肥沃水田处，

硕果累累乃五谷。

长势喜人花草树，

香甜瓜果甚是多。

但凡贵为人身者，

只盼丰衣和足食。

若能不愁吃穿二,
汉藏两地任人游;
若有天生福运命,
勿需敛财自然富;
若能适度和节欲,
何须谋求蝇头利?

正如此般俗谚云:
何来不尽如人意?
若无盗匪来劫掠,
谈何前去追索财?
若无疾疫来缠身,
何来良药苦口说?
若无仇敌至家门,
何谈排兵和布阵?

我乃诸位皆识人,
历经两朝元老矣。
历代查绒血统中,
班丹扎巴在世时,
年仅一十五岁我,

如今已是百岁余。
人若长寿尝尽苦,
食若久存乃虫屋,
马若老去易失宠。
尝尽酸甜之老者,
对待相邻比绸柔,
待至老态龙钟际,
往日之好无人提,
反遭嫌弃和厌烦。
双耳听力衰退故,
理会之人越发少;
双眼视力下降故,
很难辨别周围人,
很难辨别物好坏,
难以分辨男女身,
去年所言今年忘。

正如此般谚语云:
老人老马老骡三,
年老之时人人厌,
少壮以及骡马驹,

少主器重乃少壮，
此为蕃域之俗矣。
我般年岁已高者，
既是饱经风霜人，
亦是尝尽甘苦人，
经历之事难言表。
多康四水六岗一，
上部天竺地界二，
中部卫藏四茹三，
但凡亲临交易地，
细声细语把话讲，
言语委婉把人迎，
以此谋求钱和财。
外出习以为常故，
何处凶险无需探，
何时上路何时歇，
一切尽在掌控中。

哪知时值眼下际，
霉运之事一连串，
宛若额头击石般，

直接击到棱角般；
利器之刃击骨般，
击到坚硬骨头般。
利剑虽出匠人手，
然则剑主失轻重，
利剑定会拦腰断；
驰骋原野之骏马，
若不适度把持速，
定会遭遇丧命祸；
名声在外之英豪，
若不收敛其霸气，
性命势必落敌手；
美貌少女招淫贼，
何谈托付终身郎？
只得仰仗父和母；
但凡宝马被贼盯，
若不趁早去出手，
即便不被盗贼抢，
亦会招致窃贼偷；
昏君恰似眼中钉，
若不顺从众人愿，

指日可待乃丧权；

仇敌不以计谋诛，

势必沦为市井乞，

一切尽在不言中。

鲁神蛙类远离妙，

水栖鲁神蛙类等，

皆是疾疫之源头；

枝繁之树不动妙，

树根栖息乃妖魔，

倘若惹魔难安宁；

红岩旁边之泉水，

栖息者乃红赞神，

倘若搅浑其泉水，

势必招致灭顶灾。

黑白红三旗幡军，

可恶至极之人马，

守护雍仲苯教军，

定是达戎下辖军。

达戎四母超同王，

穆布董氏血统他，

唯恐天下不乱他，

既是引狼入室人，

亦是不分里外人，

更是欺软怕硬人。

赤红火和超同二，

同是焚烧植被主；

碧蓝水和超同二，

同是不念旧情主；

空中龙和超同二，

同是雨季发声主；

阎罗王和超同二，

同是硬碰硬之主，

此番遭遇甚是险。

在那岭国地界上，

统共三十名悍将，

宛如子般差遣人，

便是人称超同叔。

还有总管戎查他，

亦是深谋远虑主。

若遇烈火森林毁，

若降洪水泥沙冲，

若降雷雹五谷毁，

若与岭国为敌则，

毁于一旦乃家业。

为此南拉君和臣，

血债理应血偿一，

失财理应追索二，

虽系无可争议事，

然则何者胜一筹，

一切尽在不言中。

尤其花花岭国般，

绝非任人宰割敌。

穆布董氏花岭国，

既是守护正法国，

亦是威名远扬国，

更是力压群雄国。

时下查绒兵和马，

虽是兵强马壮时，

若与岭国较高下，

唯有懊悔莫及份。

狼窝门口之羊群，

倘若只顾啃食草，

倘若肆无忌惮则，

唯有内脏散落地；

展翅翱翔之飞禽，

倘若只顾飞奔则，

唯有命丧鹞鹰嘴，

是与不是自斟酌。

失物悉数追索难，

以命偿命亦如此，

从中斡旋乃上策。

至于前去之人马，

不宜过多精为妙，

只派三十左右可，

派一贤臣便足以，

何须君王亲临之？

三十左右铁骑军，

直奔达戎家门去，

去探可否索回财，

即便不能尽数索，

力争索回一大半。

树敌疾疫纠纷三，

纷争四起之根矣，

老朽之见莫过此。

如上铭记君臣心，

歌若荒唐请恕罪。

西巴晨巴壤霞如此歌罢，阅历尚浅的查绒南拉王心想：满脸褶皱、三十颗牙齿均已松散、双目视力堪忧、满头银发的两朝老臣他，自然是久经风雨、见多识广、经验丰富之臣。据耳闻，在玛杰奔热山一带威猛赛过赞神者、迅猛赛过天雷和迅箭者、铁面无私赛过阎王者当属岭国大将。亦耳闻岭国有一位时称鹞雏查根、时称老鹞查根之心似古井总管，诸如此类皆为我等心腹之患。正如俗谚所云，蛙类依仗乃鲁神，岩山依仗乃赞神，天龙依仗乃雷雹。如何是好，还望合计。如此一想，发着咋腭声坐在一旁。这时，席间的玉珠拉塞扎巴起身道："主动请缨而痛击仇敌、以恶惩恶、以善还善，善恶不分明则难有行善之人，行恶之人反会与日俱增。被骑在头上拉屎之日，焉有落泪默不作声之理？钱财被劫匪洗劫一空之际，焉有收回拳头而不还击之理？林山被火焚烧之际，焉有双眼直盯高天而坐视不管之理？大敌大举进犯之际，若不以牙还牙，形同行尸走肉！如此岂不应了'大名鼎鼎贤臣众，利剑鞘中拔出日，剑柄却被折两节；精饲喂养之宝骏，临阵之时失前蹄；辛勤拉扯之子嗣，卧床在时不见影'之说？切莫惧怕和泄气，如此沮丧实在不该。贵为查绒地方侯，理应保全一己之利。何况查绒险峻地，绝非劫匪横行地。未料此番来犯匪，无人境般踏入终，所劫钱财与骡马，尤其惨遭杀害人，均是父母宠爱郎，哪知悉数落匪手。如此厄运交加故，牟利不成反舍财，非但舍财且折将，横尸原野被狗啃。铁桥处和山野间，遍布是那人马尸，飞禽瞧吧直作呕，狐狸瞧吧躲着走。但凡目睹此景者，皆说查绒甚是惨，赔了夫人又折兵；皆说侥幸残余人，已被超同当奴使，如此偷生枉为人。"

玉珠拉塞扎巴如此振振有词罢，与他不相上下的十二名悍将附和道："同为目光如炬者，同为事事洞明者，同为治理一方侯，爵位官衔皆等同，何谈技艺不如人？同为血肉之躯，一样可以披挂上阵，若不一较高下，无颜面对族人，势必被人嗤笑。要说西巴晨巴壤霞臣，正当青春年少时，本是不可一世之臣，而今年迈体衰故，谨小慎微斗志尽丧。与其听从老臣言，不如权当耳旁风，但凡谋大业之时，万不该优柔寡断。心地善良之老者，还是安度晚年的好。"如此，众人对老臣所言充耳不闻而大放厥词地就出兵迎敌之事商讨十五日之久，并重新委任各部之十夫长、百夫长和千夫长，并于九月九日当天，高天仿佛被旌旗遮盖、大地仿佛被人马覆盖，红幡军宛如林山被火燃烧、黄幡军宛如南云飘向北方、绿幡军宛如碧海潴聚、黑幡军宛如乌云密布般地径直奔向银色原野下端的白龙那玛地。此景被穿梭往返的岭国人发现后，纷纷议论道："查绒部之宛若虎、豹、熊般之众将士，以阎王见了亦要退却般之架势直奔超同家门而来。"如此之议论被超同耳闻后，寝食难安的超同暗忖：该是各垭口、渡口，里里外外布置哨卡之时了，若欲全身而退，动动脑筋方是。想到此，随即向岭国上中下三地差去群鸟纷飞般的信使，使得花花岭国之杰瓦伦珠、苏青威玛拉塔、董曲鲁布玉达潘、总管戎擦查根、玛尼侯拉普塔杰、噶米久确吉旺秋、珠米尕拉普桑珠、擦香丹玛强查、嘎吾达孜大臣等麾下之噶、珠二部黄幡人马，上岭赛氏黄幡人马，中岭翁氏银幡人马，下岭穆姜绿幡人马共五千余人马犹如天上繁星坠地、喧哗声犹如鸣雷、五颜六色的帐篷宛如鲜花烂漫般集结在玛提亚达堂原野上。正当众人商议如何协助超同迎战来犯查绒之敌之时，身着洁白如雪之衣、白幡白铠甲者的尕尼部魁首拉普白玛从中央席位之头席处起身道："无论是卦师之占卜还是天神之旨意，均显示时值攻取查瓦绒邦之时。此可谓无纠纷，无纷争；无疾疫，无死亡啊。勇猛无比超同叔，威名远扬至云端，骡马钱财一举夺，查绒诸将诛杀尽。如此赫赫之战功，理应褒奖和夸赞。倘若不明善和恶，何善何恶怎分明？值此善恶分明际，岭国最终达一致。既然查绒来进犯，理当齐心面对敌。为此我等岭国众，如此行事乃上策。"言讫，拉普白玛以疾风扬旗之调吟唱这样一曲排兵布阵之歌：

  唵嘛呢呗咪吽！

  阿拉之歌来献供，

  祈愿喜结塔拉果，

  祈愿歌头呈吉祥，

  祈愿心愿皆如愿！

  虔心顶礼神祇中，

  乳白旗幡战神鉴，

  明鉴护佑血肉躯。

  身披三挂勇行中，

  赤红念达战神鉴，

  明鉴吞食鲜活肉。

  稳若高山之山神，

  玛杰奔热山神鉴，

  明鉴禳解身躯灾。

  首级神和上师佑，

  佑助洁净心中垢。

  宛若形影相随神，

祈求助我拔头筹，

祈愿钱财衣食等，

财源滚滚至岭国。

若不认得此地方，

玛拉达拉查拉山，

形如神像三山矣；

玛龙达龙查龙沟，

形如大门般沟矣；

玛唐达堂查唐三，

平铺垫般三滩矣。

玛山神祇殿堂处，

玛杰神之战神鉴，

明鉴岭国之人马，

祈愿引向查绒地。

祈愿声望如鸣雷！

祈愿事事遂人愿！

祈愿财源滚滚来！

祈愿祥瑞赛神界！

洁白如雪神帐中，

宛若铁环头席处，

盘腿而坐智者一,
盘腿而坐诸将二,
稳若大山威玛三,
枪矛套索箭等四,
虽有必要逐个道,
然则一时无暇道。
此刻齐聚一堂际,
理应祈请当属神。
时轮转至时下际,
花花岭国神祇部,
仿佛祸从天降故,
因祸得福收获多。
尤其即日吉星日,
吉星高照呈祥日,
畅所欲言甚是欢。

畅谈达戎超同叔,
宛若囊中取物般,
截获查绒钱财事。
大显身手称雄一,
一举拔得头筹二,
谒见上师之礼三,

畅谈此三如愿事。

畅谈缴获均分事，

畅谈查绒残存部，

如同搓揉皮子般，

役使为奴之事等。

上至山间仆人一，

江河渡口佣人二，

火夫马夫挑夫三，

下至灶间茶工四，

宛若鞣皮一般鞣。

如此时值目下际，

但凡强权逐一压，

但凡弱者倾力扶，

但凡顽敌一并诛，

邪恶黑魔自根除，

一切尽在不言中。

正如自古俗谚云：

福报眷顾之名门，

牧人佣人不请至；

奔流之下江和河，

最终潴聚原野处；

倘若重兵在手则，

利器自有他者送。

查绒南拉麾下兵，

数以万计之兵马，

但愿直奔岭国来。

双目之顶额头一，

明亮眼和胸膛等，

弥足珍贵无两样。

达戎神祇之众呀，

切忌大意为稳妥，

速往垭口派守兵，

速往渡口派哨兵，

速在路口设哨卡。

但凡可堪重任儿，

理应危时显身手，

唯有如此乃豪杰。

勿需悔恨岭国众，

我等岭国神祇裔，

犹如门隅杜鹃鸟，

皆是名声在外主。

苍狼所以游山川，

绝非无故奔荒野，

却乃业力注定故，

天生杀戮成性故，

难逃不辞辛劳命；

鱼儿所以难离水，

并非不冷和不饿，

而是天命使然故；

野牛喜好于石山，

所以不恋牛圈乃，

本性使然之故矣；

我等所以奔沙场，

绝非好斗和好战，

却乃重任在身故。

岭国英豪和少壮，

虽非练就不死身，

然则唯有舍身命。

诸如此类注定事，

出世生病死亡三，

皆系身不由己事。

时下当务之急乃，

一探查绒南拉他，

威望如何之时矣；

一探南拉麾下众，

胆识如何之时矣；

一探商队被劫后，

如何雪耻之时矣。

形如马头绿松石，

是否夺目戴则晓，

一探可否为头饰；

熠熠生辉之金元，

一探可否胜过银，

价值如何易则晓；

龙纹绫罗绸缎衣，

黑色獭皮镶边衣，

是否悦目瞧则晓；

上乘马具装点马，

脚力如何原上晓；

岭国为敌南拉王，

武艺以及勇猛等，

一雪前耻之日晓。

查绒南拉麾下兵，
前来较量甚是妙，
我等岭国之将士，
口喊打杀向前冲，
冲则步伐需一致，
厮杀阵型需整齐。
为此热堆查山处，
不妨整装待发之。
达戎超同所部兵，
黑幡黄幡白幡即，
统共五部人马众，
大山背后小山般，
江河背后小溪般，
矮子背后高个般，
泰然处之为上策。
骏马之后骡子般，
循序渐进为上策。
弯曲弓上之利箭，
倘若发力不射出，
箭簇锋利亦枉然；
达戎所部之人马，

不以岭军为后盾，

赫赫战功自何来。

时值挺进迎敌时，

自从前天之时起，

各自辖下人马一，

统领各军将帅二，

均有安排无需议，

待至是月二十日，

日出之时集结可。

集结达堂原野后，

清点人马便足以，

舍此别无其它令，

歌若耳闻照此办。

讨得食和衣物一，

养家糊口钱财等，

充裕之时笑哈哈，

贫瘠之时哭嚎二，

不得重现留意之。

欢乐之时同乐一，

苦闷之时同苦二，

同甘共苦似形影。

歌若有误请忍让，
言若唐突请恕罪。

　　拉普白玛如此歌罢，总管王和僧伦卡玛、威玛拉达、赛氏阿杰、翁氏赤赞、穆氏南卡等心想：妙哉！有他这样的干将乃岭尕之幸事。既定之事难更改，老去褶皱难擦拭，与敌较量虽非情愿，却乃天命使然之说般，戎马一生、四海为家乃岭国将士之命运。如此一想，在场之人谁也未提出任何异议，清点人数后开始准备起衣帽鞋三、马具、枪矛、刀剑、头盔铠甲等。因为潮湿的查绒地不宜穿皮衣，所以众人重新准备起里子为毡子的衣帽。待一切准备停当，于当月十二日，以诸将、叔伯、上师、卦师、法师等为首的岭国出征人马齐整宛如一人一马般集结在玛提亚达堂原野处，并对天神地祇大行焚香煨桑等法事。这时，玛杰奔热山神之子、威猛战神威玛和护法神之化身、所愿达成之人，下跨白马、身着白铠甲、头戴白盔、三械洁白如雪之巴拉达森他，为求得诸祥瑞圆满，犹如雄狮傲视般地挺立于马背，且以善品迎神调吟唱这样一曲祈请战神之歌：

唵嘛呢呗咪吽！
阿拉之歌来上供，
祈愿喜结塔拉果。

上师本尊佛陀三，
谨祈明鉴赐加持，
切莫分神伴助我。

置身高天神祇众,

雪花纷飞般莅临。

祖祖辈辈祭拜神,

勤供叩拜祈请神,

切忌置若罔闻心。

上界神明以烟拜,

中界年神以烟拜,

古拉格佐主年神,

数以万计随从绕,

浩浩荡荡轰隆隆,

金黄旗幡迎风飘,

前来护佑血肉躯,

前来护佑头顶盔,

协助战神来犯敌。

广袤无垠大地间,

地神鲁神年神众,

祈愿行进路中佑。

倘若不知哼唱歌,

巴拉善品请神歌。

巴拉善品请神歌,

神祇得势之时吟,

神祇护躯之时吟，

祈求佑助之时吟，

剿灭顽敌之时吟。

若不认得此地方，

琼嘎锦日山之地，

门廊山崖垭口矣。

若不认得我乃何，

外表为人实乃神，

与神为伍之徒矣。

岭国长者俊少呀，

头和足二难分离，

眼和眉毛难分离，

嘴和舌头难分离，

体和双臂难分离，

人和神祇难分离，

马和鞍子难分离。

凡间但凡血肉躯，

难离是那神祇佑；

凡间居家过日子，

难离是那钱和财；

贵为男儿之身躯，

难离是那三兵器。

时值佑助难离际，

虔心叩拜献供神，

敬请笑纳桑烟供。

珍贵药材俱全烟，

芳香四溢烟供一，

碧玉柏叶焚烧烟，

金叶杜鹃焚烧烟，

世间五花八门烟，

尽数供奉神祇众。

祈愿禳解盔帽灾，

祈愿禳解铠甲灾，

祈愿禳解坐骑灾，

祈愿禳解骑士灾，

危急之时予显灵，

祈愿形影般相随！

藏区九大山神一，

冈尕底斯山神二，

至尊度母圣山三，

玛旁雍措圣湖四，

顶珠龙王宝库五，

北方念青唐拉六，

白黄红绿财神七，

牲畜神和宝藏神，

祈愿一并眷顾此。

东边穆尼拉赞一，

觉沃觉庆董热二，

玛杰奔热神山三，

十三赞神眷顾此。

众神笑纳烟祭故，

祈愿一切呈圆满，

祈愿福禄皆遂愿，

咯咯嗦嗦愿神胜！

巴拉达森如此呼请神祇罢，岭国叔伯、诸将开始遮天蔽日般焚香煨桑，并围绕桑烟台连转三圈后，返回至神帐依次入席畅所欲言起来，决定岭国各支系大队人马以千人为一个营房，按既定布阵整装待发。遂以丹玛强查所部为先头，紧接着，赛氏八部、翁氏六部、穆氏四部、噶氏六部、僧伦所部等岭国各支系人马以戎擦查根为总领，超同为副总领，宛如烈火燃烧、洪水泛滥、暴雪纷飞般径直奔向西南方向。约过半月左右抵达石山、林山和两江汇合之地后且安营扎寨于此，并号令各支系人马不得偷盗一针一线，不得祸害庄稼，不得恶语伤人，不得霸占草场，要做到步调一致，听从统一指挥,切忌为所欲为、各行其是,即便恶狗亦不得任意伤害。如此号令毕,达戎六部中以黑白黄幡军为主的岭国各支系人马,宛如血海沸腾、遮天蔽日般直奔银色莲花滩方向去。岭国大军大举压境之情景被查绒人马发现后,查绒玉珠拉赞道:"诸位请看那边,请看莲花密林处,如入无人境般兵,像是古谚所云般,仗势欺人之兵矣,弱肉强食之兵矣,侵吞邻邦之兵矣。往昔往后目下三,达戎魁首超同叔,唯恐天下不乱主,时值国泰民安际,扰乱太平已成性,血洗苍生已成性。自那前年之时起,我方外出之商队,已被超同一举劫,死伤人马难计数,劫去资财亦如此。倘若血债不血偿,苟活于世亦枉然。俄氏部和珍氏部,拉氏部和查氏部,查绒四个支系兵,昼夜守住诸渡口,切莫一卒放过岸。今起往后十昼夜,珍氏兵马先动外,余下兵马切忌动,至于具体迎敌法,不妨听我逐一道。"言讫,以三阿字黑旋风之调吟唱道:

一二三回阿之声,

三回阿声吟一曲。

歌从云端吟唱时,

祈愿歌声似雷声,

雷般歌儿相伴雨,

望能滋润花树等;

雷般歌儿相伴雹,

望能毁坏瓜果等;

雷般歌儿伴随火,

望能林山焚烧尽,

若不林山变黑炭，

歌似烈火亦枉然。

雷般歌儿伴随水，

望能大地变泽国。

天寒地冻之地方，

时运不济之时候，

冬日水患胜过夏，

查绒四面桥梁断，

上下道路被水堵，

此为善恶交杂歌。

一拜二拜拜三回，

三拜高空白泰神。

洁白如雪之泰神，

下跨碧绿色天龙，

雷和雹二簇拥中，

此时正是发威时。

中空赞神之刹土，

黑白相间花泰神，

威猛至极花泰神，

祈求大地变荒滩。

查绒林密雨水地，

鲁堆蛙身三头神，

善时财源广进神，

恶时疾疫散发神，

此时好赖不分则，

岂不枉费时常拜？

祈愿此时助一臂。

上部昂雅地祇一，

中部杂木地祇二，

下部赤尕地祇三，

查绒上中下地神，

此时正值护佑时。

白黄黑色如火神，

此时正是灭敌时。

迅如疾风一方神，

此时正值显威时。

若不认得此地方，

林密谷深之地矣，

波绒原野下端矣，

俄如之地对岸矣，

查绒之众乐乡矣。

自此行进三日则，

便是达戎之大军，

一睹究竟之地矣。

命运真是捉弄人，

终将如何无人晓。

谷深水流湍急地，

石山林山岩山地，

疆域狭小查绒地，

莫说武力与敌战，

虽为勉强自足地，

却亦无悔斗志高，

注定之事难更改。

善心著称君臣呀，

用之不尽资财一，

权势威望显赫二，

皆大欢喜之光景，

谁曾想过敌来犯？

谁曾想过被敌劫？

故此何谈享福命？

守护一方英豪一，

骡马牛羊家财二,
辛苦打下江山等,
无故落入仇敌手。
拒敌不成敌来犯,
吹火不成反被烧,
雪耻不成反结怨,
如此前世注定果,
有心躲避亦枉然。

正如自古俗谚云:
自那呱呱落地起,
福祸怎样已注定,
钱财犹如草上珠,
朝时拥亦夕时无,
拥有晨曦失黄昏。
二更熟睡美梦,
富家之子钱财二,
纵无亘古不变时。
生生死死亦如此,
皆无选择之余地。
与其如此度余生,

不如明日日出时，

多杰扎巴悍将一，

龙纳米巴悍将二，

鲁堆赞吉雅美三，

智勇双全三干将，

决意与敌较高下，

或是避其锋芒逃，

不妨先去一探好。

随后尾随而去者，

三百余名探子矣。

若无探子似贼寇，

方寸皆乱怎迎敌？

但凡钱财皆需主，

无主之财似野兽；

王者背后需臣民，

无民之王似经幡。

量体裁衣乃翘楚，

能屈能伸乃智者，

寻机迎敌乃上策，

此为克敌制胜宝。

拜别南拉而来时，

信誓旦旦我等众，

甘愿舍生忘死一，

誓不罢休豪言二，

如此不言自明事，

此时正是践行时。

待至拂晓临近际，

对面山峦俄氏占，

坚守两个昼夜后，

便有音讯自然传，

何去何从慢慢瞧。

余下查绒兵马众，

整装待发在原地。

如何血洒于疆场，

一切照旧原先计。

一旦奔赴沙场则，

宛若一人出征般，

切记步调之一致。

至于是死是活即，

虽是世人关切事，

然则子承父业一，

君王背后臣子二，

前仆后继守业三，

紧急关头铭记心。

是否此理请思量，

歌若耳闻似甘露，

若有异议莫隐瞒，

勿需忌讳和忌惮。

强中自有强中手，

经商焉有男女别？

谋得利润便足矣。

划策何分君和臣？

保全大业便足矣。

无论佛法或苯教，

利乐苍生便足矣，

如上要义铭记心。

　　查绒玉珠拉赞如此歌罢，多杰托拉扎巴、鲁堆赞吉雅美、巴萨南卡顿珠、欣堆托拉扎巴等争先恐后地请缨。遂如上干将各率领将近五百人马，拂晓之前强占对面山。这时，怒神马头明王现身在红帐犹如血海潴聚、红幡犹如烈火燃烧之势不可挡的达戎兵营中，并以迅捷马嘶调向四母超同吟唱道：

唵嘛呢呗咪吽！

上师本尊佛陀三，

空行财神护法三，

神鲁年三战神众,

谨祈护佑善业法。

随从簇拥勇行等,

谨祈歼灭邪魔众,

圣法之地黑业众,

谨祈灰飞一般除。

上师本尊佛陀等,

谨祈善业置圆满,

护佑伴助莫吝惜,

祈愿诸神影般随!

若不认得此地方,

银色达雪德龙矣,

遍布祥瑞原野矣。

达成心愿之神祇,

自那高天慧眼瞧,

宛若雨水普降地,

漫无边际高空处,

宛若云雾般缭绕。

达戎兵马之营帐,

宛若彩虹般照耀。

我乃列位皆识人,
守护善法之卫士,
马头明王怒神矣。
指点江山之神我,
至尊三宝护神我,
法力无边之神我,
未卜先知之神我,
利乐苍生之神矣。
十不善和五无度,
邪教邪魔为伍众,
赶尽杀绝之神矣。

血肉之躯超同叔,
马头明王化身你,
岭国长者之一你,
宛如云雾一般腾,
升腾于天雨水降。
春夏秋冬四季间,
反复往返于天终,

终日为众谋福祉。

切莫分神和愚钝，

岭国军中统领你，

心中切忌存犹豫。

寒冷担忧苦难三，

难离犹如形和影，

饱饥犹如皮风囊。

富家子与寒门子，

人生苦乐乃相同，

苦乐犹如牛犄角，

清晰可见乃坎坷。

富家子和寒门子，

血肉身躯无两样。

尽管刀剑有长短，

尽管肉体有肥瘦，

然则性命无贵贱。

岭国上下诸长者，

虽非同月同日生，

然则心思却一致，

此为前世之缘分，

亦乃所求无异故。

今生所以如愿一，

所以没灾没病二，

皆乃虔心礼佛故。

倘若春季勤耕作，

何愁秋季无回报？

父母艰辛抚养儿，

聆听教诲独闯日，

福泽权势样样全，

切莫忧愁超同叔，

切莫怠慢超同叔。

今生心系岭国业，

心系圣洁之善法，

均是与法有缘故。

切莫迟疑超同叔，

切莫惧怕超同叔，

身和影二难分离。

锋利无比手中剑，

一旦砍劈似疾风，

然则虹身却依旧。

弯弓箭和细长矛，

虹身跟前亦如此。

如此利器无奈身，

正是一举除魔时。

吉凶怎样卜卦知，

生死由命无选择。

寒冬腊月风雪多，

山上植被皆枯萎；

仲夏三月雨水丰，

青山漫步乃雾气，

甘苦交替不由人。

黑色恶魔之军队，

自恃凶悍无人及，

欲把山峦夷平地，

欲把善法自根灭，

欲把众生置苦海。

未料翘首以盼终，

一切灰飞烟灭般。

邪不压正乃天理，

此非虚言乃正道，

切莫迟疑铭记此。

浩然正气岭国众，

实乃非同凡响众,

高天迅雷之匹敌,

势必会是弓上箭;

欲把高山移位者,

何况拉直小弯弓。

阎王符和锋利剑,

同是索要性命物;

迅捷风和飞驰马,

同是游遍世界主。

诸如此类道理般,

果断决定莫犹豫,

勿需惧怕邪恶魔。

守护善法之英豪,

宛若子般神来护。

时轮转至今晚际,

查绒南拉麾下兵,

数以万计俄氏兵,

多嘉托美为帅兵,

抵达至那莲花滩。

为此达戎部落兵,

迅雷一般把敌灭,

不可围而不剿之。

即便落得懦夫名，

拔剑在先乃上策。

等靠要则难作为，

美食等则无己份，

人若憨厚众人欺，

明知故犯乃愚蠢，

手握重兵亦枉然。

拥有英勇无济事，

位高权重之统帅，

倘若不善于思考，

手握重权亦无益；

高大膘肥之骏马，

若不节制其跑速，

一旦失蹄悔已晚；

如花似玉之美女，

趁着妙龄不出嫁，

终将难逃落单命；

身披三械之俊少，

若不节制其莽撞，

终将难逃头破命；

身着黄衣之僧伽，

若不明辨其教理，

岂不鹦鹉学舌般，

至死难辨乃真经；

此谚为鉴思量之。

次日拂晓将至时，

大军进发俄如地，

遍布整个山谷兵，

先发制人操胜券。

斯龙莲花大滩一，

草坝河谷左右二，

遍布于此岭国兵，

莫等来敌直奔去，

勿需惊恐尔等众。

神灵授记无虚假，

歌若耳闻铭记心，

勿疑佛陀赐佑助，

将士心中铭记此。

怒神马头明王如此歌罢，犹如彩虹消失般不见踪影。如梦初醒般之超同暗忖：是啊，神灵授记无瑕疵，实乃上天之眷顾，实乃克敌制胜之法宝。人称四母超同我，既是岭国长者之核心，亦是时运俱全之人，势必威震来犯之敌。利乐苍生为己任的我，威名远扬似天雷，权势、运势皆无人企及。赛过死神之将士，势必将魔军置于一败涂地。承蒙上师之神力，何愁法力不济？财大气粗之侯王，何愁子民忤逆？天资聪慧之将帅，何愁不敌劲敌？富可敌国之富家，何愁衣食堪忧？精心饲养之马匹，何愁山高路远？有上苍之洪恩在，何愁事违人愿？区区查绒南拉麾下兵，岂是我达戎大军对手？懦狐身上花纹一，猛虎身上花纹二，乍看似有相似点，实则岂是一回事？鹏鸟小鸦双翅一，矫健大雕双翅二，乍看似有雷同点，实则岂是一回事？绞尽脑汁查绒兵，拟将达戎兵荡平，此乃自取其辱根。宜居于巢碧绿鸟，终有飞抵山巅时；腐肉为窝之蛆虫，终有粪坑为窝时；好动山羊之胡须，任由主子来摆布。守门犬之吼叫一，白胸熊之掌力二，两者纵无可比处。

四

　　如此一想，超同变得越发得意。遂志得意满、忘乎所以的超同大肆训斥起仆人来。此可谓懦夫喜欢放厥词，贫穷乞丐爱炫富之说一般，不知轻重之辈秉性矣。正如古语所云般，上师懒则法难兴，侯王懒则失民心，父辈懒则子嗣苦，母姨懒则失口福，懒惰难免有一害。此时之超同仿佛鬼使神差般，诸如此类的利害忘得一干二净，而将各部统领召集至白色营帐，陶醉在饮酒作乐氛围中。紧接着，红檀木坐席上之金刚跏趺坐姿之超同吟唱这样一曲下令歌：

　　唵嘛呢叭咪吽！
　　一回二回三回歌，
　　三回歌儿献供神。

　　湛蓝高空神之界，
　　洁白如雪梵天神，
　　宛若盔帽一般神，
　　祈愿抵挡高空雷。
　　血肉之躯守护神，
　　宛若铠甲一般神，
　　祈愿抵挡利刃害。

阳神[1]以及诸战神，

宛若兵器一般神，

祈愿抵挡阎罗王。

若不认得此地方，

东边莲花林山处，

密如肚毛林子矣，

书籍堆积般林矣。

错落有致之田园，

谷物丰登之地矣。

如此肥沃达戎地，

风和日丽达戎地，

精兵强将似繁星。

罗睺横空现般地，

遮天蔽日般兵地，

既是纷争不断地，

亦是苦乐兼具地。

高天神明之刹土，

未卜先知之神明，

---

[1] 阳神：藏地古老神灵系列中的父系神或男性神，一般认为居于男人右腋窝下，一旦战神与阳神离开躯体，就很容易受到外来伤害。后来，阳神信仰在藏族民间信仰中逐渐式微，渐渐被护法类战神信仰所取代。

时刻指点迷津故，

了然在胸乃世事。

尤其昨夜拂晓际，

兵营中央神帐中，

五色彩虹映现中，

马头明王现身终，

不吝恩赐其授记。

马头明王授记道：

东部花花岭国军，

在我超同统领下，

一举荡平查绒兵，

宛若烈火毁林般，

焚烧殆尽查绒兵。

叮嘱交锋在即时，

杜绝拂晓尿床事，

杜绝临死违誓事。

亦曰查绒部人马，

已经集结迎战中，

隘口渡口皆被堵。

亦曰前去五干将，

各领人马五百余，

旗开得胜把朝还，

神灵授记如此云。

此番前去之兵马，

黄幡白幡黑幡军，

尼玛坚赞人马一，

塔巴坚赞人马二，

贝如部和赞如部，

一步一哨十步岗，

营中将士佩兵器，

不分昼夜警觉之。

切忌酣睡而误事，

切忌身陷昏暗般，

统领切忌怯战心，

一举铲除来犯敌。

歌若耳闻似甘露，

歌若未闻不重唱。

　　超同如此歌罢，达戎人马中之杰瓦伦珠、贝如尼玛坚赞、舅臣拉伦三统领对超同所言甚感不满。但为了避免不必要之内讧，三人装作一副完全赞同而甘愿齐心协力、同心同德之表情默不作声。如此些许时间后，右排头席虎皮坐垫上的事事洞明之臣拉伦起身道："也罢，我达戎将士乃势不可挡之将士，乃力压群雄之将士，无可匹敌似心脏之血、似眼中珠子。事关大业之计，难为十全十美。"遂以丽日自现之调吟唱这样一曲敦促迅速发兵之歌：

唵嘛呢呗咪吽！

吟曲宛若母亲歌，

母亲上师太阳三，

恩重如山人尽知；

梦兆预兆授记三，

信以为真人尽知；

食物衣物积蓄三，

充裕为上人尽知。

然则远去之人食，

依据日期不节俭，

难逃挨饿之时日。

自恃勇猛无敌少，

倘若不知进退二，

最终难逃惨败命。

富家子弟之财富，

倘若大手大脚则，

终有坐吃山空时。

水草丰美之草地，

遍地绵羊似繁星，

昼夜不分之苍狼，
若是无视牧人在，
狼命定被牧人夺。
翱翔于空之飞禽，
若乏机智和敏捷，
小命必被鹞鹰夺。
奔赴疆场之统领，
奋力与敌交锋时，
如不具备谋和略，
则无凯旋而归时。

一方诸侯超同呀，
虽无以下犯上心，
却以一颗善心看，
若不集思广益则，
终有自食其果时。
前日直至即日间，
查绒南拉麾下兵，
驻扎俄如之地起，
神灵授记及时赐。
神灵所以赐授记，

是因时常礼供果。

既然天意不可违，

何不欣然顺从之？

倘若当断不则断，

犹豫不决易误事，

正如积水易封冻，

横卧之树易烂根。

石头若睡地会冻，

上至上师和诸侯，

下至花草土石等，

包括男女老幼众，

贪睡之人无出息。

骨和肉二存久则，

终是蚊虫之巢穴；

不听上师之言教，

难逃堕入地狱命，

置其律法于不顾，

一味我行我素则，

何谈为众谋福祉？

反把自己陷法网。

切莫如此超同王,

此非有意冒犯你。

门后侍女之微言,

尽管难入主子耳,

却为一心为公言;

荒野盗匪谋得财,

尽管难为救民财,

却为惠及匪众财。

正如此般老话云:

依我舅臣之己见,

此番前来查绒兵,

早在昨日朝时起,

潜伏在那山野间。

体中毒乃疾病源,

一旦犯则祸害命;

守株待兔般弱兵,

一旦夜袭难抵挡,

何不主动出击之?

达戎六大部落中,

领兵上阵六将中,

查瓦绒箭宗

独当一面六将中，
其中三将麾下兵，
轮番出击探虚实。
余下三将人马中，
每将各领三百兵，
前去外围探敌情。
贤者之子谋略多，
但凡宝马毛色美，
远飞之禽羽翼宽；
但凡翘楚皆睿智，
所到之处把名扬。

在我岭国地界上，
无论运筹帷幄者，
奔赴沙场之将士，
皆是高人一等人，
此非自大和自夸，
实乃发自肺腑言。
勿再滞留速速去，
骑兵步兵齐出发，
玛隆贝隆霞瓦地，

三地铁桶般包围，

势如破竹般精兵，

一举剿灭查绒兵。

勿需怜悯来犯敌，

善恶因果自在心。

谨遵神灵之授记，

岂是岭国在逞强？

却为世间之安宁，

利乐苍生之举矣。

上至神域之刹土，

中间六道众生等，

下至地狱之生灵，

皆得福祉之举矣。

饮食适度利肠胃，

锦衣绣袄尽人求，

实乃梦寐以求事。

还望趁早把兵发，

歌若耳闻似甘露，

歌若未闻无重复。

拉伦如此歌罢，四母超同心想：值此恪守已地之际，若不主动犯人，何谈他者来犯？言外之意无非是不听从我超同所言。如此一想，心中虽有不甘，却亦一言未发。在场的杰瓦伦珠、达戎聂查阿旦、赞吉雅美、贝如尼玛坚赞等将，暗自赞同舅臣所言而道："妙哉、妙哉，既然如此，何不快快散去？何不给坐骑配上鞍鞯、全副武装，神不知鬼不觉地抢先占领各隘口、要地？"遂众将士依照舅臣所言，迅速占领各山头。此举被查绒兵马发现后，众将士一致暗忖：要地皆已被敌占，进攻不成反被攻，攻得无懈可击、无处可逃。死伤无数，横尸原野，一切任由阎王摆布般。身后有王令，纵无退路可言，何况将赴沙场之时，曾许下过猛誓？舍去之财追索一，贵为男儿气节二，乡里跟前声望三，万不可毁于一旦。想到此，查绒众将士有的手持枪矛、有的弯弓搭箭、有的挥举利剑、有的手握石块倾巢而出地直奔达戎人马而来。见罢此景，达戎人马中之贝如尼玛坚赞、噶如塔巴坚赞、达戎尼杰、贝如拉赞扎巴、阿衮朗卡曲杰等蜂拥而去。尤其身披红披风的达戎超同他，犹如红云遮天般、林海被火燃烧般、猛虎出穴般直奔查绒多杰扎巴去。镇定自若的多杰扎巴毅然挡住超同之去路，以金叶毒茎之调吟唱道：

> 上部查绒地上空，
>
> 电闪雷鸣之雷神，
>
> 云朵冰雹簇拥神，
>
> 迅猛至极之天神，
>
> 威武之躯披挂器，
>
> 若是真神速显灵。
>
> 一朝一夕之时辰，
>
> 若以成败论英雄，

究其原因在运势。

一望无际云之界，

玉龙火翅熠熠展，

雷雹之声轰隆隆，

巨声中之花泰神，

死神环绕花泰神，

此刻至此伴助我。

若云交易之盈亏，

得看商者识货否；

若云将士之成败，

得看出世之时星；

但凡气数已尽者，

盔甲齐全亦枉然，

浑身是胆亦徒劳。

反之运势正旺者，

总有躲过一劫时。

若不认得此地方，

查绒欧茹下辖地，

牛羊成群之地矣，

遍布珍宝之地矣。
错落有致牧户一，
漫山遍野密林地，
水流湍急谷深地，
绝非外敌任踏地。
欧茹部和查茹部，
夏茹部和珠隆部，
四部辖地末端处，
波涛汹涌之江河，
绝非轻易逾越河，
哪怕牲畜亦如此。
岩山石山林立地，
谷深悬崖峭壁地，
舍去飞禽禽兽外，
无一曾经逾越者。
是禽奔空而越之，
是鱼游水而越之，
除此别无能越者。

前年时起时下间，
天空毫无云朵际，

大地皆被雷雹遮，

田间谷物一举毁，

如此作怪是何因？

寒冬尚未临近际，

烈火被风吹遍山，

林山皆被化成灰，

如此乱象为何故？

尚未索得失财际，

反成欠债累累者，

如此重负自何来？

怪哉怪哉着实怪！

为所欲为成性辈，

恰似鬼使神差般。

上蹿下跳之山羊，

总爱犄角蹭岩山，

明知苦亦难改变。

狗和女二善试探，

但凡犄角旮旯地，

总爱嗅闻和寻味，

惹火上身方罢休。

正如此般古语云：
达戎兵马之举动，
宛若无故舍财般。
子虚乌有父辈债，
何须子嗣去偿还？
此般心知肚明事，
焉有大动干戈理？
焉有人仰马翻理？
何须血债以血偿？

无法无天之超同，
查绒商队途中劫，
不计其数骡马财，
行骗一般洗劫尽。
哪知偷奸耍滑后，
此起彼伏乃纠纷。
大开杀戒血淋淋，
堆积如山般尸一，
河水被血染红二，
鹰鹫见尸反胃三，
山谷遍布腥臭四，

究竟何故谁人知?
上下查绒地将士,
所以至此实无奈,
是为追索舍去财,
是为清算新旧账。
倘若不费口舌则,
所思所想怎倾诉?
是为一探究竟来,
是为息事宁人来,
为逝者讨说法来,
索要失去资财来。
既然心存此念头,
切莫耍奸先动粗,
莫怀空手而归心。

赤马赤衣老儿呀,
敌未临近备战一,
无病求医求药二,
是何居心不妨讲。
如此大动干戈一,
如此乱象不止二,

是喜是忧扪心问。

人称多杰扎巴我,

起死回生之人我,

岂是惧怕刀箭辈?

忆昔思后之人我,

既是以理服人辈,

亦是了断恩怨辈。

汝厮心中铭记此,

若有回话速速讲。

闻听多杰扎巴如此歌罢,达戎超同道:"是啊,汝厮所言甚是,不乏豪言壮语。就拿查绒南拉而言,一向扬言翘首于天而摘取日月,直扑深海而一统鲁界,叱咤风云而四方纳入辖下。如此孤芳自赏故,一向目空一切,何去何从任由己,赔本买卖难计数。一手交钱一手交货,本是无可非议之事,货物贱卖贵买亦是如此。然而大开狮子之口一,强买强卖成性二,时而恶语威逼三,时而强势欺软四,时而胁迫交易五,均为查绒商人之做派。五花八门藤和竹,鼻烟、烟叶和棍子,桃子、核桃和诃子,五花八门皮货等,视若珍宝强卖掉。查绒商人所到地,从不交付水草费,犹如猛虎入林般。勿需多言多杰厮,汝般油腔滑调辈,若是前来言和辈,率部前来实多余。若是明辨事理辈,若是思前顾后辈,还是小心谨慎些,何不禀报达戎部?反之大军压境一,军马成群结队二,草场啃食殆尽三,大江大河搅浑四,田间庄稼糟蹋等,岂不蓄意挑衅我?往日商队所为一,时下大军压境二,岂是握手言和之举?"言讫,以雄狮咆哮之调吟唱道:

唵嘛呢呗咪吽！

吟曲宛若苍穹歌，

吟曲漫无边际歌，

吟曲日月星般歌。

吟自极乐世界歌，

纵使喜忧参半歌，

亦是六众解脱歌。

虔心顶礼诸阳神，

虔心顶礼业力神。

置身于天诸神明，

切莫分神赐护佑；

置身中空诸年神，

助威庇佑莫赐小；

布满大地之鲁神，

矿藏珍宝等财富，

源源不断予恩赐。

若不认得此地方，

达戎地和查绒地，

两地交界之处矣。

林山草山相映地，
上部玛域之地矣，
崇山峻岭之地矣。
若云世事之难料，
例如高天云和雾，
本是雨水之根源，
然则电声雷鸣故，
不把所需雨水降，
反把厌恶冰雹降，
使得谷物变绝收。
天寒地冻雪山美，
雪狮故而甚逍遥，
然则白雪封路故，
众生陷入饥荒中。
查绒部落之商贾，
南方货物运北方，
高价出售为其一，
威逼出售为其二，
恶语交加为其三，
皆为鸡犬不宁根。
强势威逼霸道三，

一向强加于人等，
臭名昭著之商矣。
无论毗邻诸邦国，
还是琼布黑白部，
劫掠行径难计数。
为所欲为成性商，
玩弄手段成性商，
蛮横奸诈成性商，
实乃祸害一方商。
如此饱受欺压终，
达戎所部之部众，
集聚一处议对策，
原委禀报于岭国。
岭国长者俊少众，
与那良医无异众，
决定良药治顽疾，
决定有恃无恐敌，
强将联手自根除，
决定青黄不接际，
夏日口粮预支冬。

花花岭国神明裔，

绝非好战好斗辈，

上至头顶之乌发，

下至双足之脚趾，

浑身上下诸关节，

皆为高贵赛神辈。

尽管达戎超同他，

视若野草众人欺，

视若孤岩任人踩，

视若遗孤任人欺，

然则尊贵岭国众，

岂是任人宰割辈？

此为人尽皆知矣。

查绒南拉王商队，

外出犹如出征军，

长年累月跑北方，

上至卫藏多康地，

下至黑白黄幡部，

但凡邻近诸邦国，

均有商队之足迹，

蛮横无理人尽知，

投机取巧人尽知。

正如世间老话曰：

怨敌灾祸惹人厌，

倘若不请自到则，

焉有视而不见理？

血债累累之老狼，

饮血食肉抛脑后，

反把吼声遍布谷；

杀人无数之盗贼，

杀戮越货抛脑后，

反把恫吓遍布地；

背信弃义无耻徒，

心中愧疚抛脑后，

反以大话掩人耳，

是否如此查绒厮？

傲慢自大多杰厮，

宛若罗睺吞日般，

欲把日月以手遮。

哪知普照天下日，

依旧在天普照地。

花花岭国之将士，

绝非狂言吓大辈！

查绒南拉麾下兵，

欲把达戎置死地，

如此一厢情愿事，

岂不白日做美梦！

有恃无恐查绒厮，

贪婪成性似鼠类，

虚荣无度似喜鹊，

踢急狂奔似黄鼠。

倘若放荡不羁则，

一庹之长之身躯，

难逃鲜血淋漓时；

俗根未尽之僧徒，

若不收敛虚荣心，

恐要沦为守门犬；

狂躁难安之骏马，

若不节制其跑速，

恐要汗流浃背亡；

全副武装之俊少，

若不收敛暴脾气，

三械恐要落他手。
时下来犯查绒兵，
倘若自不量力则，
恐要横尸原野处；
啼声阵阵之飞鸟，
若不量力而奔空，
羽翅恐要散落天；
斑纹熠熠之猛虎，
肆无忌惮食人则，
恐要命丧猎人手；
力压群雄野牦牛，
若不谨慎攀爬岩，
牛皮恐要摊平地；
查绒南拉麾下兵，
若不安分守己则，
有来无回乃自然，
此非虚言乃实言。

查绒部和达戎部，
看似势均力敌部，
实则相差千里部；

金光闪闪黄金价，

岂是黄铜可匹敌？

绫罗绸缎之坐垫，

岂是皮垫可匹敌？

蹄急步稳之骏马，

岂是毛驴可匹敌？

是否如此瞧则晓。

倘若自不量力则，

终有自食其果时。

歌若耳闻自重些，

反之难逃乃一死，

汝厮心中铭记此。

达戎超同如此歌罢，查绒南拉之臣多杰扎巴心想：若不和颜以对，怕要自讨苦吃。高山滚落之礌石，必是阻挡大军石；巨鸟展翅翱翔处，自是风声不止处；两军大动干戈处，自是尸首遍布处。正如此般古谚云，值此己军还在对面山之际，倘若言语过激，后果不堪设想。想到此，多杰扎巴故意装作一副和和气气的样子，以示弱之调吟唱道：

一展歌喉把神供，

查绒上中下三地，

五花八门神祇众，

现身沙场战神等，

切莫分神护佑之。

若不认得此地方，
上部下部查绒地，
下部查茹赤宗地，
上部俄如乳珍地，
山高谷深之乡矣。

听我道来超同王：
莫说查绒和岭国，
但凡普天之下邦，
皆有调解斡旋俗。
无际苍穹被云遮，
甘露雨水纷纷降，
天下苍生皆欢喜，
地上花草得滋润，
此为天地之和合。
赶着骡马至汉地，
汉地茶叶运卫藏，
互惠互利勤交易，
此为汉藏之和合。
查绒部和达戎部，

若云达戎部所求，

莫过曾经受损物，

莫过索要受损物。

再云查绒之所求，

仅是索要人命价，

仅是讨回被劫财。

倘若以心换心则，

倘若私下了解则，

岂不皆大欢喜事？

以免彼此兵戎见。

查绒班师回朝一，

达戎人马回撤二，

息事宁人乃上策。

久则半月之久间，

达成和解乃我愿。

歌若过激请忍让，

言若唐突请恕罪，

如上铭记超同心。

　　多杰扎巴如此歌罢，达戎超同心想：正如"强势蓄意示弱乃图谋不轨行骗兆，富者腰系烂绳乃盛装中之盛装，骗子舍财布施乃蒙蔽一方侯王兆"

之说那样，此厮之所以如此装腔作势、油嘴滑舌，就是为将我等蒙在鼓里。既然如此，且得说道说道。想到此，超同道："是啊，汝厮所言甚是。勿需费太多口舌，但凡奸人行骗，好比烂货倾囊而出；但凡女子勾引男，惯用术乃哼小曲；但凡教理不明僧，惯用术乃念诵吽啪咒语。汝厮往日之所为，仅是计较蝇头小利而已。时过境迁，可有留存之契约文书？若欲和谈息事，何不查绒南拉在内的僧俗男女，牲畜、一草一木尽数孝敬岭国？倘若如此，焉有不和平共处之理？"遂以日月相映调吟唱道：

唵嘛呢呗咪吽！

吟曲阿拉歌之母，

母亲上师太阳三，

恩重如山人尽晓；

吟曲太阳一般歌，

岭国太阳一般歌，

既是响彻天下歌，

亦是你情我愿歌。

吟曲粗柔间杂歌，

宛若棱角一般歌，

奸贼一举剿灭歌；

柔似绸缎一般歌，

上师打坐修持歌；

宛若烈火一般歌，

好汉大动肝火歌。

若不认得此地方,

黑幡白幡黄幡军,

三幡兵马驻地矣,

无际吉祥草滩矣。

上沟林山片石山,

亘古不变雪山矣。

若不认得我是谁,

岭国达戎魁首矣,

赤红披风超同一,

朗杰扎巴之名二,

均是超同曾用名,

亦是褒贬各异名。

讨人厌烦超同我,

仇敌或是亲者前,

顶头上司神明前,

或是尊贵上师前,

一无是处之人矣。

中阴流浪汉般我,

既不识得上方神,

亦不知晓法王系,

善恶果报亦如此。

未料多杰扎巴厮,
亦是一无是处辈。
汝之口若悬河一,
表里不一哄骗二,
岂能逃过超同眼?
如此欺世盗名法,
软硬兼施亦枉然。
虚情假意成性乃,
市井女子秉性矣;
大逞口舌之快乃,
村野莽夫秉性矣;
居高临下发威乃,
官家贤者秉性矣。
汝厮即日所言即:
振振有词之根本,
莫过一时之得失,
恍若隔世之旧债,
至今耿耿于怀法,
犹如惦念逝去虹,

犹如惦记散去云,
犹如空穴来风般。
满嘴谎话之上师,
岂是利乐苍生主?
鬼话连篇之骗子,
焉有慈悲怜悯心?
口说无凭陈年账,
岂是差人索赔账?
好比从天而降雨,
无法打探落处般。
查绒人和牲畜等,
擅闯之事难计数,
擅闯邻邦成性故,
熟视无睹忍耐之。
仅是前年之当口,
小部商队遭拦截,
被我达戎超同截。
此与往昔常犯二,
孰盈孰亏莫计较,
权当盈亏被抵消。
反之为此动武则,

死伤人马难计数，

死者命价如何偿？

查绒商队人马中，

二十有余幸存者，

尽数交付查绒部，

即刻放回至故乡，

此话属实非虚言。

南拉麾下之臣呀，

若是一言九鼎臣，

若是南拉心腹臣，

正是当断则断时。

上至南拉以下一，

下至仆人以上二，

僧侣男女老少三，

人权物权地权等，

一并交付岭国妙，

如此纷争自然熄。

倘若一声令下则，

汝等召之即来一，

汝等挥之则去二，

唯有唯命是从份。

上至董氏总管王，

下至岭国牧羊人，

岭国三十勇将前，

唯有言听计从份。

至于辖下之领土，

无论上沟之牧场，

或是下沟之良田，

原封不动皆归己。

查绒南拉之一切，

王权领地财富三，

拱手移交岭国则，

自无大动干戈理。

倘若俯首称臣则，

自无人仰马翻命，

是否此理揣摩之，

歌若耳闻铭记心。

超同如此歌罢，查绒多杰扎巴心想：悲哀啊悲哀，禀明事情原委时，强权却不以为然；示弱求富人吧，又备受富人之歧视。照此瞧来，求和斡旋不成，反而包括王权富贵在内的庶民也要落入他手，大有沦为他人仆人之凶险。扬言要我等召之即来挥之则去，扬言要在包括牧人在内的岭国众人面前唯命是从，摆明了要我等听人差遣，甘愿为仆。当人奴仆岂是乐此不疲美差？当奴犹如背负荆棘，一旦主子丧权岂不任人宰割？小不忍则乱大谋。何况查绒南拉王，又是心高气傲王，名声显赫似日月，岂是善罢甘休王？想到此开口道："切莫出言不逊，亦莫如此狂躁。言和调解乃大事，成与不成还得回禀请示。浩瀚苍穹之本原，岂是我辈能洞明？查绒南拉之王权，能否舍弃亦在他，并非我等臣子说了算。依我臣子之见，拱手相让王位之举，实属闻所未闻，实属己所不欲强加于人。以物易物，本是你情我愿，如此互惠互利，岂是下流行径？反之劫掠行骗、草菅人命之举，均是不得人心之举。如此苟活法，实为汗颜之举。"遂吟唱道：

阿耶歌儿吟唱法，

宛若苍穹无际歌，

宛若盛夏江河歌，

无力追根溯源歌。

与此无异王令歌，

亦系无力回天歌。

听我道来超同王，

鉴于两邦之利益，

你我心平气和一，

两河齐头并进二，

盈亏平分秋色三，

本是皆大欢喜事，

未料一切成泡影。

查瓦绒箭宗

空旷著称之高天，

岂是打斗之对象？

顷刻不停之江河，

岂是鼠辈可搅浑？

离心离德之言语，

岂不白费口舌耳？

未曾着身之锦衣，

粗柔如何知晓前，

花纹悦目又何妨？

不曾得见之上师，

若无高深之法术，

其貌不俗亦枉然；

艳压群芳之美女，

若不秉性了然胸，

即便艳丽又何妨？

花花岭国之元老，

人称四母超同叔，

亦是人人嗤笑辈。

落井下石成性他，

既是见风使舵人，

亦是欺软怕硬人。

查绒南拉之王位，

拱手相让于人话，

实乃违背天理矣。

高天焉有当垫理？

江河焉能当腰带？

衣袖焉能裹高山？

尸体焉能当宝存？

弱国谈何话语权？

一旦沦为他人奴，

唯有任人摆布命。

查绒南拉达杰王，

自有治理一方权，

曾经逝去年岁里，

四处经商任由己。

哪知索赔命价际，

冰释新仇旧恨际，

一心息事宁人际，

反遭达戎之妄为。

如此无理取闹法，

焉有唯命是从理？

倘若言听计从则，

浪得七尺男儿名，

身着铠甲顶何用？

一身戎装顶何用？

誓不屈膝神为证，

亦不强求得调解。

何况拜别侯王际，

本无调解了事令，

贵为一方侯王臣，

当断则断乃己愿。

一生积攒之钱财，

只为一解燃眉急；

储藏于库羊皮袄，

只为抵挡冬时寒，

反之白费心机矣。

即日即便把命丧，

虽败犹荣不懊悔。

旗下人马十八部，

逐个上阵与敌斗；

大地山川共十八，

逐个进发一举夺；

翘楚睿智共十八，

软硬兼施谋和解，

无济于事又何妨？

只盼汝厮得如愿。

身上佩带之三械，

敌前不使乃懦夫。

虎皮花纹箭筒中，

力大犄角之竹箭，

坚硬似铁翎羽箭，

若不一举夺敌命，

权当身体之累赘。

弯如牛角上乘弓，

若无得度之弹性，

臂力再大亦徒劳。

利箭射向超同厮，

若不直奔心窝处，

多杰枉为南拉臣，

岂不玷污干将名？

再费口舌乃多余，

箭在弦上唯有放，

呜呼哀哉超同厮。

多杰扎巴话音刚落，弦上利箭一射，箭正中超同胸间，护心镜碎成稀巴烂。但内有三百六十苯教护神等之护身符之故，其肉体毫发未损。这时，超同道："妙哉，甚是妙哉，言语过多实乃荒废时日，饮食过量实乃祸害肠胃，衣着过厚实乃躯体之负担。开门见山易领会，近身肉搏易了断。正如此般古话云，懦夫抢先动粗乃懊悔莫及之兆矣，子嗣刚愎自用乃父母置身苦海兆。血肉之躯摧毁日，若不灵魂一同灭，赫赫战功自何来？威名如何传四方？岂不亵渎超同名？"接着，以迅雷之调吟唱道：

唵嘛呢呗咪吽！

阿拉之歌来献供，

头顶日月高悬处，

谨祈洪恩根本师；

宛若坛城肉身处，

谨祈马头明王神，

谨祈索要敌命神，

祈愿战功高过天。

上供一生护神众，

当需之时予莅临，

形影不离般相随，

祈愿一举歼灭敌。

若不认得此地方，

宛若惊恐羊群般，

驱赶来犯之敌地。

荒郊野外之杂草，

被那疾风肆虐际，

焉有不唱悲歌理？

密不透风般林山，

赤红烈火焚烧则，

焉有不变炭山理？

遍布草滩羊群中，

野狼横冲直撞则，

血流成河乃自然，

是否如此查绒众？

汝等贪婪吞山辈，

力不从心何其悲。

自不量力查绒众，

欲把天下归为己，

与我不共戴天乃，

自取灭亡之根矣。

起初查绒辖下地，

信誓旦旦甚是狂，

未料物极必反般，

节节败退无处藏，

危机四伏无路逃。

阳寿已尽查绒众，

宛若阎王召唤般，

两手空空奔黄泉，

举目无亲何其惨。

目空一切查绒众，

足足一十二载间，

为所欲为交易忙，

名为互惠互利商，

实则劫匪贼寇般。

哪知时值今日际，

犹如鬼使神差般，

视岭国为眼中钉，

欲与岭国平坐之。

无论君王之权势，

或是子民之福祉，

欲与岭国相抗衡。

如此掩耳盗铃一，

有眼无珠冒犯二，

痴心妄想之心三，

均是故弄玄虚矣。

毛色乌黑之小鸦,

一旦与鹰较量则,

方知翅力不及鹰。

听着查绒众将士:

何须叫嚣响彻谷?

一方富甲炫富日,

便是盗贼动心日;

野狗到处寻味乃,

头破血流之根矣;

山羊上蹿下跳乃,

命丧谷底之根矣;

杜鹃啼鸣不断乃,

羽翼散落一地根。

正如此般老话云:

汝等倘若不量力,

难逃自取灭亡命。

恶狗无论怎吼叫,

也非雪狮之对手。

即日上午之时日，
多杰厮和超同我，
既是一较运势时，
亦是决断生死时。
汝般懦弱至极厮，
纵难列入英豪行。
若是当世之豪杰，
应是处乱不惊主；
宛若涟漪般人生，
闲暇忙碌兼而具；
但凡雄才大略者，
皆有利弊权衡智。
冒失之徒无作为，
宛若一阵之风般，
宛若东奔江河般，
皆是有去无回主。
汝厮箭法也如此，
不痛不痒似微风，
恰似妇人之纺锤。
冒冒失失懦夫箭，
岂是穿透盔甲箭？

岂是索要性命箭？

倘若以此与敌斗，

岂不玷污男儿名？

汝般一无是处辈，

何须利箭来对付？

何须拔剑来对付？

仅用套索便可擒。

何况手中之套索，

倘若掷向高空则，

生擒青龙套索矣；

倘若掷向山坡则，

生擒公鹿套索矣。

今日掷向多杰则，

铁链拴狗一般擒。

此非岭国乏门犬，

却因汝厮犹如犬。

一旦以链拴于门，

唯有享用狗食份，

一旦打入监牢则，

唯有任人撕碎份。

悲乎喜乎揣摩之，

>　　趁机勤思临死事，
>
>　　若有遗言速速道，
>
>　　人称查绒南拉王，
>
>　　倘若在世速来救，
>
>　　呼吸尚存奔前来，
>
>　　咯咯嗦嗦岭国神。

　　超同如此歌罢，将铁钩套索绕头顶一掷，多杰扎巴宛如被铁链套住门犬般被拿下。见势不妙，多杰扎巴迅速拔剑连砍套索，只是该套索为神物之故丝毫未损。正当超同极力拖拽之时，尾随一旁的达戎扎巴坚赞猛力扎住多杰扎巴的右手，紧接着达戎二人合力把多杰扎巴捆成线球一般。见此情形，怒不可遏的查绒朗杰扎巴宛如礌石滚坡般扑来。超同随即拾起一块绵羊般大的白石头一掷，石头正中朗杰扎巴脑袋而脑浆四溅。从另一方直扑而来的查绒赞拉珠扎已被达戎扎巴坚赞砍杀。见两员干将连续丧命，辛杰穆果红脸、托赞隆拉扎巴、隆拉珠杰、赞拉多吉为首的查绒将士齐声高喊"咯嗦"声、挥舞着手中利器直奔达戎兵马而来。最终两军在刀剑砍劈声、拉弓声、飞箭声、枪矛挥舞声中整整厮杀一日之久后，达戎人马中之聂查阿旦、超同、威玛拉达、贝氏珠杰、阿尕仓巴俄鲁各诛杀掉近千名查绒兵士。查绒人马中，侥幸逃脱者不过十余名。

　　如此，大获全胜的达戎兵马返回至各自营帐后，沉浸在桑烟缭绕、"咯嗦"声鸣雷般的喜庆氛围之中。尤其马头明王之化身、满脸络腮胡须、上身红光熠熠、腰似金刚法轮、下身戎装齐备、萨霍王室血统般的超同他，连连捋着胡须道："嗨，岭国众将士呀，比此威武还有啥！达戎魁首超同我，玉龙一般自天鸣，若无雷雹乃空鸣；宛若日月转空般，若无光亮乃空转；宛若阎王在世般，大开杀戒把威扬。前年年初之时，查绒商队被我劫，洗劫之物分发掉，大地遍布乃死尸。时下查绒来讨债，阳山阴山皆是兵，为所欲为甚是欢。山羊所以好动乃，被那豺狼驱赶兆；鸟雀展翅奔空乃，命丧鹞鹰之嘴兆；不堪一击查绒兵，若有侥幸逃脱者，立马带到跟前来，岭国正缺乃仆人。值此如愿以偿际，自要论功行赏之。叔我侄子贝玛一，聂查阿旦我儿等，均是战功卓著人。"遂以丽日自现调吟唱道：

唵嘛呢呗咪吽！

谨祈慈母上师鉴，

谨祈苯祖辛饶鉴，

祈愿明鉴生者事，

祈愿引度亡者魂。

雍仲苯教神殿中，

瓦赛达拉米巴神，

强劲之敌铲除掉。

雍仲次旺仁增一，

历代苯教宗师二，

祈求引度亡者众。

若不认得此地方，

莲花吉祥原野矣，

大军驻扎之地矣。

若云我般之来由，

敞开高空门者矣，

冷热如何人尽知；

源自高空云之雨，

恩重如山人尽知；

治理一方之诸侯，

位高权重人尽知。

尊贵神明血统我，

自是先觉先知辈，

坎坎坷坷一生中，

挨骂之心未曾有；

痛击敌首锤般我，

不及之心未曾有。

穆布董氏血脉我，

一旦驰骋沙场则，

势不可挡似天雷。

千军万马统领我，

骨血纯正似足金。

赛过鹏鸟人杰我，

武艺胆识无人敌；

赛过雪狮人杰我，

身如磐石心如井。

穆布董氏神明裔，
三子中之老二我，
既是岭国创始人，
也是精通教义人，
更是法力无边人。
查绒商队劫者矣，
缴获均分之人矣，
奖惩分明之人矣。

时下与敌首战中，
来敌宛如狗般赶，
宛如马驹一般驯，
昨日起始今日间，
一举荡平查绒兵。
杀身成仁众将士，
休得怠慢以礼待，
同为双亲之宠儿，
不得横尸原野处。
此番与敌较量中，
陨落将士要统计，
尸骨悉数运营地。

漫山遍野尸体中，
务必分清自己人，
将士遗骨火葬后，
大行回向等法事。
若不厚葬众逝者，
颜面尽失乃生者；
若不上师来超度，
何谈慈悲怜悯心？
查绒将士之尸骨，
也莫丢弃山谷间，
一概投进江河中。
上师施咒方降魔，
母杀其子非无情，
官吏敛财追究难。

正如此谚所云般：
倘若尸骨投进河，
河水卷至下游则，
见者便知遭不测。
生不见人死见尸，
虽是人所不愿事，

却也胜过无音讯。
此时远非无忧时，
垭口隘口渡口三，
切莫放松设卡事，
切莫酣睡至整夜，
切莫贸然至对岸。
如此坚守半月久，
自有岭国援军来。
待至总管查根一，
杰瓦伦珠长者二，
玛尼诸侯拉塔三，
董氏扎巴多丹四，
塔盆毒树根茎等，
运筹帷幄之智者，
悉数亲临营地时，
方是超同让贤时，
方是如释重负时，
方是高枕无忧时，
方是超同安心时，
此前时刻警惕之。

歌若耳闻似甘露，

众人心中铭记此。

　　超同如此号令罢，众将士心想：胜过上师者乃他，胜过法师者乃他，胜过猛将者乃他，如此不可多得之全才，岂能视同鼠目寸光之辈而抗旨不遵？想到此，众将士对超同之令甚是遵从。遂众将士忙碌在垭口、隘口、渡口处增派哨兵，重新布防、打扫战场。待至十二日时，前来增援的岭国大队人马，仿佛雨水纷飞、鲜花烂漫、铺天盖地、高空鸣雷般陆续抵达。见援军潮水般抵达，达戎营寨中之将士、家眷，身着盛装、手持茶酒和哈达前来迎接。如此，岭国援军依次安营扎寨于水草丰美之地，使得整个营地人流如梭，人声鼎沸，炊烟袅袅。是月十八日，达戎黑、白、黄三幡军，在可容千人神帐中大摆酒宴为援军接风洗尘。正当达戎赛措、塔措、玉措等少妇向援军谋士、众将尽情敬献茶酒、哈达之时，达戎超同以吽啪金刚喷火调吟唱这样一曲述说如何迎敌交锋、如何克敌制胜之歌：

唵嘛呢呗咪吽！

阿拉塔拉塔拉歌，

塔拉不变岭国歌。

高悬于天日和月，

昼夜轮换点缀天，

使得高空变恒常。

广袤大地山川等，

春夏秋冬更替故，

夏时雨水冬时雪，

随季如此交替外，

大地山川无变异，

岭国之歌也如此。

名目繁多佑神一，

苯教佛教两教二，

除有新旧先后外，

大体情形无区别。

若不认得此地方，

达雪唐仲之地矣，

岭国大军营寨矣。

无论玛康十八部，

或是查雅贡觉部，

德格部和查瓦部，

黑幡白幡黄幡部，

只是称呼有异外，

皆是岭国下辖部。

齐聚于此翘楚呀，

甘苦宛如当空日，

自有灿烂阴暗时；

人生宛如水涟漪，

时隐时现兼而具。

在座顶梁柱般众,

衣着口音虽有异,

却乃一主之臣子,

却乃同门师兄弟。

同为一母所生子,

何来高低贵贱说?

同为一主之家畜,

何来血色不一说?

然则岭国查绒二,

纵无相提并论时。

高空中日月二和,

展翅于天飞禽二,

尽管同在高空中,

却无一丝可比性;

尊贵神明血统和,

查绒泰神血统二,

迥然不同乃血脉。

所谓邪不压正般,

尊贵神裔岭国和,

边鄙查绒上下二,

不共戴天似神魔，
信奉教派亦迥异。
查绒部落将和士，
杀人作孽不眨眼，
纵无信奉正法时。
岭国部和查绒部，
为人处世不相同，
穿着打扮亦各异。
虽然同为血肉躯，
所思所想却迥然。
如此道貌岸然邦，
即便惨遭他者劫，
亦无弃暗投明时。
但凡世间之礼仪，
晚辈敬重长辈一，
以下不容犯上二，
查绒地上不曾兴。
花花岭国查绒二，
不相上下之幻想，
倘若不从根上除，
兵戎相见顶何用？

何况查绒人马众，

一群乌合之众矣，

不明事理之辈矣，

不分善恶之辈矣，

此为势不两立根。

花花岭国神明裔，

均是非比寻常人，

但凡男儿皆豪杰，

女性皆是空行母，

皆乃料事如神主，

皆乃叱咤风云主。

岭国神明之血脉，

福泽比那高山高，

威望比那日月高，

势不可挡似阎王，

恍若修得不死身，

触不可及似彩虹，

思路敏捷似疾风，

实乃心想事成主。

时常朝拜诸神故，

庇佑紧随犹如影。

然则敌尸投河法,

唯一美中不足矣,

污染净土之举矣,

舍此别无遗憾事。

旗开得胜何其妙,

大获全胜何其乐,

威名远扬令人羡。

自此久达半月间,

且歌且舞狂欢之,

骑马射箭嬉戏之。

今生今世之光景,

觉者著称诸佛陀,

舍去利乐苍生事,

再无私心和杂念。

人称四母超同我,

舍去岭国之大业,

毫无另起炉灶心,

如上铭记列位心。

超同如此歌罢,在场岭国诸长者、年轻才俊、悍将对超同所言甚是赞同,随之众人陶醉在莺歌燕舞、跑马射箭之喜庆中。这时投进江河之查绒兵士

查瓦绒箭宗

尸骨被河水卷到下游，使得查绒上中下三地臭气熏天，怨声四起。一探究竟便知，尸首之着装、发型、体貌越看越像查绒将士。此消息很快传到查绒上中下三地，闹得满城风雨。甚感不安的查绒南拉王随即差遣阿尼塔巴、扎巴桑丹、贵桑尼玛、仁青旺堆四臣打探究竟。四臣遵令前往岸边一查，一切犹如所传一般，四臣将亲眼目睹之事一五一十地回禀南拉王。南拉王立即号令差去信使，召集各路人马前来议事。临近十日之时，雄狮傲立王宫周围人山人海。身披银色铠甲、头戴盔帽、金座上傲视群雄般的南拉王以猛虎咆哮之调吟唱这样一曲述说查绒十八部始末之歌：

谨祈查绒护神众，

指点护佑莫赐小。

漫无边际苍穹处，

日月星三运行处，

一身洁白如雪神，

威震三界[1]白泰神，

即日前来伴助王。

中空白云飘逸处，

电闪雷鸣之玉龙，

即日前来伴助王，

助我索要劲敌命。

绵延不断土崖处，

---

[1] 三界：指欲界、色界和无色界。在佛教宇宙观中，三界是一切众生六道轮回的处所。

旋风黑水翻滚处，

一身乌黑黑泰神，

即日前来伴助王。

若不认得此地方，

南隅谷地查绒矣。

碧绿如玉之宫殿，

形如腾空雄狮宫，

风和日丽祥和宫，

忽然却被乌云遮，

寒意袭人心难安。

禽王大鹏展翅处，

展翅是那狗头雕，

力不从心甚是苦。

查绒大军行进路，

被那达戎兵马占，

欲罢不能甚是悲。

前年年初之时起，

未曾结怨交兵际，

资财尽数被人劫。

正如远古俗谚云：
羊逐水草而居时，
惨遭饿狼之杀戮；
野兔任游荒野时，
惨遭老鹰之追逐；
鹿群出没石山则，
猎人之心难安宁；
慈父女儿出嫁则，
坏母之女难安心；
富家构筑畜栏则，
无畜乞丐直落泪，
此谚恐要得印证。
行骗成性达戎兵，
无故打劫查绒商，
货物驮畜尽数劫，
商贾驮夫一百余，
大部鲜血淋淋杀，
少部留作仆人使。
更为匪夷所思乃，
差去讨要公道者，
也被达戎斩杀尽，

死者遗体投进河，

江河染红似鲜血，

腐尸腥臭遍布地。

如此惊世骇俗事，

焉有置若罔闻理？

血债倘若不血偿，

倘若不以命抵命，

无颜以对乃祖业。

骏马齐头并进终，

若能一举夺魁则，

汗流浃背亦无悔。

上至侯王以下一，

下至牧人以上二，

即便无一幸存者，

亦要决意雪前耻。

苟且偷生非上策，

纵使绝男仅剩女，

亦要持械与敌斗。

查绒不乏乃铁矿，

何愁铸造刀和剑？

查绒不乏乃木材，

何愁冶炼之木炭？

何愁打造枪矛木？

护头所需盔帽一，

护身所需铠甲二，

造弓所需犄角三，

造箭所需藤竹四，

造箭所需翎羽五，

黄铜黑铁等金属，

一应俱全何须愁？

敌至家门勿熟睡，

鹿至跟前拉弯弓，

此谚何其在理啊。

头戴黄帽之上师，

登门之时不拜见，

焉有尾随求见理？

威震一方之诸侯，

面见之时不禀明，

焉有明辨是非时？

富甲一方之富商，

送货到门时不买，

难免衣帽难求时；

但凡大敌当前际，

何来男女有别说？

无论男儿女流辈，

剿灭来敌便足矣。

精心喂养之马匹，

理应用在翻山时。

切莫磨蹭速备战，

切莫偷懒动手脚，

七日之久范围内，

集结人马奔沙场，

各部将帅无变更。

十夫长和千夫长，

皆是百里挑一人，

皆为众望所归人，

正是大显身手时。

若能辅佐侯王则，

自有升官发财时；

若能克敌制胜则，

自有威名远扬时。

歌若耳闻铭记心，

歌儿未闻无重唱。

南拉王如此歌罢，身着黑衣、黑披风，头戴黑帽浑身乌黑，目光如炬的雍仲达那上师环视四周而道："哦，上至天界神明，中至世间九尊之众神祇，下至地狱饿鬼，无一不遵从教令者，即日不妨听我道来。"言讫，挥举起鼗鼓、法铃，敲击铙钹，口诵吽咒，以威猛吽啪心咒调吟唱道：

阿拉塔拉阿拉歌，

塔拉歌儿吟唱法。

顶礼献供上方神，

纵无怠慢神明心。

虔诚之心膜拜神，

本尊护法神明众，

战神守护一方神，

庇佑引领切莫小。

若不认得此地方，

雄狮傲立王宫矣。

紫云变作黑云际，

便是高空鸣雷时，

亦是雷雹交加时；

阳光照耀雪山际，

便是江河猛涨时，

亦是冲垮桥梁时；

宾客不请自到时，

便是摆宴款待时。

遍地敌兵查绒地，

像是岭国在使诈，

此非索要欠下债，

必是蓄意结新仇。

正如老话所云般：

山羊饱则好动乃，

命丧豺狼之嘴兆；

飞禽饱则奔空乃，

羽翼抛撒高空兆；

寡妇饱则哼曲乃，

涂抹哽咽咽喉兆；

鳏夫饱则遛马乃，

脑浆飞溅于地兆。

达戎四母超同他，

狭小地界小吏他，

岂是秉持公正官？

着实为所欲为官。

劣马懒驴横冲多，

不分坑坑洼洼跑，

此为四脚朝天根。

即日以往时日里，

两面著称超同他，

未搅之地知几多。

我与四母超同他，

即日一较伯与仲。

锋利宝剑自空挥，

锋刃如何此时瞧；

迅猛如风之宝骏，

何等迅捷此时晓；

跃跃欲试之俊少，

何者夺魁此时晓。

黑白黄幡人马中，

执意一较高下者，

一举不灭非法师。

切莫磨蹭速前往，

精心准备驱鬼食，

速速施向来犯敌，

速速施向三幡军，

速速施向达戎军，

一兵一卒莫放过。

明日旭日东升时，

直入云霄石山处，

施咒猛降雷和雹。

我与十三苯教神，

黎明之前抵达山，

精心准备驱鬼食，

明日施向达戎军，

黑幡白幡黄幡军，

灰飞烟灭一般除。

以上铭记列位心，

歌若耳闻似甘露，

歌儿未闻不重唱。

雍仲达那上师如此歌罢，大臣达赛妥杰心想：法师所言甚是，阵痛、长痛、顽疾三，未患之前防患妙，患前防备乃上策；敌和匪二抢先妙，施咒驱敌亦如此。虽言唯懦夫先下手为强，哪知手疾眼快者必是克敌制胜者。若能拔得头筹，便能列入骏马行；若是能言善辩者，亦能列入智者行。想到此便开口道："哦，我等君臣与其如此谋划不止，倒不如当断则断。"遂就十夫长、千夫长、左翼、右翼、前后人马如何迎敌，吟唱了这样一曲歌：

吟曲阿拉拉木歌，

宛若源自山巅歌，

运势威望旺盛歌。

手持钵盂吟唱歌，

不求动听为主歌，

莫过街头乞丐歌；

宛若微风轻盈歌，

莫过少妇动情歌；

猛吃猛喝饮食法，

莫过苦力饮食法；

纵马驰骋荒野者，

莫过后有追兵匪。

此时吟歌犹如此。

何况时下情形乃：

未杀一兵一卒际，

被敌围困在山谷；

毫无新仇旧恨际，

查绒人马钱财等，

悉数被那达戎劫。

疼痛之头重击一，

发涩眼上撒灰二，

焦虑心上刀割三，

比此悲哀还有啥？

去年劫杀人和财，

莫说今年得追索。

反把一雪前耻兵，

尽数诛杀投进河，

此番前去人马众，

即便如此亦无悔。

一眼瞎则另眼瞧，

双臂断则用嘴咬，

腿脚断则以拳击，

危难之时不顶用，

即便在世亦枉然。

即日以往时日里，

勇士雍仲拉赞一，

王子诺布扎巴二，

多丹雅美大将三，

巴杂塔雷珠杰四，

麾下统共三千兵，

前去报仇雪恨后，

至今无一返还者，

生死不明至今日，

杳无音信至今日。

活要见人死见尸，

一探究竟之时矣。

强将中之强将众，

正是大显身手时，

正是保住一方时，

正是血债血偿时。

华丽马具之骏马，

正是蹄疾步稳时；

势不可挡野牛角，

正是一试威力时；

身披三械之将士，

正是奔赴沙场时。

赛过鹞鹰众将士，

遇见鸟群何其欢；

嗜血如命之野狼，

遇见羊群何其欢。

羊群一般岭国兵，

珠杰诺布太子一，

统帅总管查根二，

军中威望似君王。

刻意应付此二者，

赞拉亚梅琼顶矣；

右翼人马将领为，

扎巴伦珠赞杰矣，

恰那三兄为辅弼。

十夫长和千夫长，

统共一万左右兵，

一旦与敌交锋则，

斗智斗勇把敌灭，

一举歼灭三幡军。

秃鹫军队之队伍，

勿杀超同活捉之，

打入监牢方解恨，

要杀要剐慢慢瞧。

余下岭国将和士，

要杀要剐任由己，

不分男女斩杀尽。

若不智慧与敌斗，

莫说一举歼灭敌，

丧失殆尽乃江山，

流离失所乃子民，

血雨腥风乃故土。

切忌不计后果战，

切忌贪功冒进战，

稳中求进乃上策。

若能先发制人则，

必有小胜之把握，

按兵不动乃愚蠢。

班丹多吉扎杰一，

赞拉雍仲尼玛二，

贝琳白玛托杰三，

扎热之子托赞四，

均是可堪大任将，

均是谋略著称将，

所需辅弼酌情挑，

作为先前探虚实。

渡口隘口垭口三，

皆是来敌埋伏地，

尤其防备此三地。

达赛妥杰如此下令罢，在场之人心中暗想：无论王令或是臣令，一样同是号令，无需妄加猜忌。想到此，连续一周忙碌在拾掇马具、喂养马匹、刀剑、弓箭、枪矛、盔帽、铠甲之准备之中。第八日拂晓时分，大队人马宛如一人出征、一马迈步般齐整至极地出发。不久与扼守河对岸的珍氏部人马会合。两军会合后大队人马随即沉浸在无尽的欢乐之中，各部统领开始商议起如何活捉超同之事。这时，形如铁环般坐席之头席上的一身洁白如雪、人称黑色旋风的悍将起身道："列位莫再费口舌啦，值此危急关口，打头阵者非我莫属。"话音刚落，随即变幻成三只一模一样之黑雕，腾空而去。

正当森达、丹玛二将旗下的岭国大部人马安营扎寨在查龙三岔地，达戎所部人马驻扎在林山末端处之时，超同忽然感到忐忑不安而一夜未睡。次日拂晓将至之时，心烦意乱的超同下跨库库若宗马，携玉嘉、扎西拉杰二员干将到霞瓦绒上沟、秀喀山方向去巡山。未过多久，整个山谷云雾四起、天地间一片昏暗，使得一行三人寸步难行。这时，两只一模一样的黑雕又化作高矮、胖瘦、相貌、肤色一模一样的两名妙龄少女忽然出现在了三人面前。一身酒红色外衣、项佩珍珠白银佩饰、舞姿翩翩的两姊妹东张西望，其中一个开口问道："怎么回事？小妹啊，咱俩的母犏牛跑哪儿去啦？发现乳牛蹄印没有？"见此情景，超同吹起口哨来。两姊妹耳闻哨声，异口同声地说道："呦呵，远方的贵客意欲何处？来自何方？何故至此？我姊妹至此是寻找走散的乳牛，三位可曾见过？"紧接着满脸笑眯眯、双目一闪一闪地吟唱这样一曲蒙蔽歌：

    阿拉歌儿来献供，

    献供上苍神明众。

    万空彩虹帐幕中，

    般若空行曲珍母，

    祈盼引领小女歌；

盛夏沼泽泥泞处，

六畜兴旺之主神，

查日昂雅碟宗神，

六部鲁神伴助我；

玛日玉宗雀穆山，

晶莹剔透母鲁神，

祈盼赐我不竭财，

助我找寻走散牛。

敢问远道而来客，

三位来自何方地？

意欲前往何方地？

肩负何等之要事？

切勿隐瞒直言来。

若不认得我姊妹，

我乃查绒碧绿地，

牧人家中女子矣。

上午喂牛挤奶际，

忙着提炼酥油际，

遍布山坡乳牛中，

部分乳牛却走散，

请问来客可曾见?

不知此地乃何方,

霞瓦戎青牧场矣,

人烟稀少之地矣。

哪知时下之关口,

却是众人咂舌地,

如今众人传言道,

此为两军拼杀地,

拼杀依旧进行地。

勒令外人莫闯进,

勒令牧户莫外出,

里外隔绝一载余。

尤其杂木玉雪山,

随处可见乃兵马,

三位途经此山时,

可曾目睹大军在?

三十余头母犏牛,

依旧下落不明牛,

怕是落入贼兵手,

心急如焚甚是苦,

不知所措何其悲。

两姊妹如此一问，尾随超同而来的两名辅弼暗忖：如此阴森可怖之地莫说是母犏牛，连根牛毛都难见，莫非活见鬼。久闻查绒地乃诡异至极之地，从天而降般姊妹俩兴许是魔女，兴许是使诈行骗之女，兴许是祸害生灵之恶神。如此一想，一言未发而打量一下超同罢，只见超同连连捋着胡须道："呀，高矮、胖瘦、相貌如此相像的姊妹，怕不是凡胎肉身，倒像是鬼魔之幻身，莫说是活生生的母犏牛，但凡有蹄牲口，所经之处必定留下蹄印。汝二女莫非是打着寻牛之幌子行骗之女。"言讫，从右边箭筒中抽箭，从左边弓袋中取弓，弯弓搭箭后以饮血食肉之调吟唱这样一曲恫吓之歌：

唵嘛呢呗咪吽！

三声吽咒吟曲歌，

上方高天以下一，

下之阴曹地府二，

一切尽在此歌中。

即日谨祈威神乃，

上供神灵施法者，

雍仲喀耶神殿处，

达拉米巴威神鉴；

罗刹岩山城堡处，

雍仲次旺仁增鉴；

黑白红三宝殿处，

马头明王威神鉴。

谨祈三百六苯神,

谨祈辛饶苯之祖,

祈愿庇佑切莫小,

祈愿祈盼皆遂愿。

若不认得此地方,

夏吾沟之上方地,

夏拉山之垭口矣。

直入云端夏拉山,

莫说常人轻易越,

即便鸟儿亦无奈。

前年直至时下间,

达戎部和查绒部,

大动干戈在此终,

死伤人马难计数,

鲜血横流似江河。

两军交锋一载余,

仍旧不见乃输赢。

欲以高天为衣者,

欲以厚土为垫者,

查瓦绒箭宗

查绒南拉侯王他，

在那花花岭国地，

东奔西跑似野驴，

垭口隘口渡口三，

到处寻味似野狗。

自视财大气粗他，

自视兵强马壮他，

兴师动众甚是忙。

荒唐至极姊妹呀，

切莫谎话张嘴来，

此处莫说见乳牛，

连只羊羔都难见。

汝二或是垭口哨，

或是刺探军情女，

或是富甲一方商，

或是前来朝圣女，

否则何故至此地？

黎明未至怎见日？

夏季未至何来雨？

我等尊贵神明裔，

逍遥自在己乡际，

何须妖女来发问？

即日你我之邂逅，

像是冤家聚头般，

亦是大难临头时。

切莫往前往回走，

往回前去三岔地，

下方自有套索擒，

下方自有利箭诛，

下方自有宝剑砍。

孤芳自赏妙龄女，

不被男儿看中则，

外貌靓丽亦枉然；

高大膘肥之骏马，

若无横穿原野力，

体大膘肥亦枉然；

刁蛮任性名门女，

蛮横无理成性则，

即便艳丽亦枉然。

旅途当中之游客，

与那妖女之邂逅，

不言自明乃凶兆，

是否如此艳丽女？

正如远古俗谚曰：

古往今来之谚语，

俗根未尽之上师，

何谈持法和守戒？

念念有词之诵经，

只为骗取他人财；

心高气傲妙龄女，

品德智慧学识三，

一应俱全何其难；

骗子贼人强盗三，

同是坑蒙拐骗者，

于此交心何其蠢。

听我道来俩女子，

汝二倘若不离此，

唯有葬身于箭下，

好自为之离此妙。

超同歌毕，正要射箭之际，两姊妹即刻装作一副诚惶诚恐的样子，双膝跪地连连磕头。紧接着其中一个女子，以口是心非调吟唱这样一曲诱骗之歌：

　　高耸入云雪山巅，

　　鬃毛茂密雪山狮，

　　雪山之神明鉴之。

　　迅捷如风万空神，

　　变幻莫测著称神，

　　腾云驾雾著称神，

　　此刻显灵佑助我。

　　守护一方诸神祇，

　　呼请之时速莅临，

　　霎时莅临把敌擒。

　　跟前三人和三马，

　　生擒押送侯王前。

　　口齿完好无损一，

　　里外吸气通畅二，

　　身上毫发未损三，

　　全须全尾生擒之。

　　归心似箭般女子，

　　此时正值返回时，

　　正值扬尘而去时，

　　正值奔空而去时。

谨祈威神莅临之，

咯咯咯矣嗦嗦嗦。

女子如此呼神罢，忽然掀起一股昏天黑地般的旋风，震耳欲聋的风声使得超同等人顿时变得两眼发黑、神志恍惚、东倒西歪，连人带马宛如大雕叼走野兔、鹞鹰叼走雀鸟般将三人叼向高空。些许后如梦初醒般的超同从高空一瞧，炊烟袅袅的营地和大队人马一览无遗地映入眼帘。见此情景，超同不由自主道："大难临头啊，岭国大队人马等，不妨抬头看高空，吾等三人和坐骑，宛若待杀羊子般，宛若鸟被鹞鹰生叼般，宛若兔被大雕活捉般，被妖生擒至高天。"如此大喊大叫起来，哪知风声太大之故无一人听闻。遂三人连同坐骑，顷刻间被风带到插翅难逃的罗刹红岩山山顶，并交由风神掌管。此事被洞若观火的莲花生大师知晓后，敦促马头明王神道："四母超同等落入妖魔之手，岌岌可危乃岭国大业，速速前去营救。"接到大师号令的马头明王神，一溜烟化作一只大鹏，刹那间飞抵至岩山上空，以吽咒烈火调向超同吟唱道：

唵嘛呢呗咪吽！

呵呵呵呵呵呵声，

吟一呵呵马声歌。

护法神和本尊等，

阳神命神战神等，

阴神[1]财神食神等，

但凡守护善法神，

---

1 阴神：指母族神、母系神。

呵呵马匹声来呼，

祈愿时刻赐护佑。

若不认得此地方，

形如刀刃岩山矣，

公母罗刹乐乡矣，

饮血食肉之地矣，

活剥人皮之地矣，

尸体堆积之地矣。

若不认得我乃何，

上方神明之刹土，

无数神子之一矣。

高岗蕃域地界上，

密宗教派守护神，

新旧密教守护神，

马头明王便是我。

切莫气馁超同王，

密林之顶岩山处，

虽系罗刹出没地，

然则目下之时日，

正是一举焚烧时。

宛若烈火般火神，

焚烧在即之时矣。

宛若风神龙拉臣，

凶神恶煞一般臣，

歼灭在即之时矣。

正如俗话常云般：

丽日高悬于空时，

黯然失色乃繁星；

洪水滚滚而来时，

面目全非乃大地；

烈火熊熊燃烧时，

焚烧殆尽乃花草；

妖魔兴风作浪时，

正是猛神发威时。

蕃域正法护神我，

四母超同护神我，

便是降妖伏魔神。

切莫灰心超同王，

切莫分神超同王，

值此猛神在空际，

> 只要心中念猛神，
>
> 何惧邪魔来害命，
>
> 歌若耳闻赛甘露。

以呵呵马嘶如此吟唱的刹那间，猛神马头明王便从岩山末端点起九处硕大火堆来，使得整个山谷烟雾弥漫、火光熠熠、火焰仿佛直入云霄。见此情景，惊恐万分的超同等三人默默祷告起火神和马头明王神。熊熊大火顷刻间把左右林山全部烧成灰烬，超同等人马却安然无恙。三人一致暗忖：若虔心礼供护神，势必化险为夷，猛神实至名归。遂倍感庆幸的超同人马直奔岭国营寨去。当超同三人临近营寨之时，与往回而来的长腿牧马人和顿珠仁青相遇。见惊魂未定的超同等三人，长腿牧马人问超同道："叔伯自何而来？"甚感羞辱的超同道："贱骨头走你的路，看管好骡马，我自何而来关你屁事。"言讫，直奔前方去。巴拉达森耳闻超同回营，即刻置丰盛的茶、酒、肉，把超同恭迎至营帐中后详谈起来。颜面尽失的超同道："今朝先是遇见两美女，紧接着被一股旋风卷走，若不是马头明王神，我等已在黄泉路上啦。"听超同如此一说，巴拉心领神会似的道："是啊，实乃不幸中之万幸，即日之事，可谓因祸得福，一举焚烧了妖魔之命魂依附山。"这时，超同等三人不知去向之事传遍整个达戎兵营，惋惜声、哀叹之声四起，甚感忐忑的超同就此事请教总管王。总管王道："无碍，无碍，你超同一向多事，多事使得时常发生失踪之事。虽时常灾祸临头，却每每不曾殃及性命。"听罢总管所言，超同略感欣慰。

五

　　此时，查绒人马中的千夫长郎卡扎巴和万户长玉杰奔美二人身披三挂，下跨宝骏，犹如飓风扬尘、冰雹猛降、磊石滚坡般向巴拉营寨奔来。此景被巴拉人马中的前哨发现后，随即生烟发出敌情，遂巴拉营寨中的十夫长以上干将皆全副武装准备迎敌。未过多久，前来的达戎两员大将和巴拉军中的达穆赤赞等将士各个手握兵器、默不作声地处于对峙中。不一会儿，挺立于马背上的千夫长郎卡扎巴以猛降雷雹之调吟唱道：

　　　　以歌献供上方神，

　　　　引领护佑莫赐小，

　　　　祈愿形影般相随。

　　　　漫无边际苍穹处，

　　　　形如白雕乳白神，

　　　　身着白甲佩白弓，

　　　　浑身洁白如雪神，

　　　　乳白泰神予明鉴，

　　　　助我拿下敌首级。

　　　　中空云朵飘移处，

　　　　玉龙呼啸腾跃处，

头长花色犄角神，
天珠色般花泰神，
即日前来伴助我。
大地山川江河处，
蛙身三头鲁神类，
一身乌黑黑泰神，
显灵于此佑助我。

若不认得此地方，
夏龙仁穆上端处，
霞瓦紫龙之地矣，
兵马云集之地矣。

听着直面而来厮，
何故踏我查绒地？
新仇旧恨都有啥？
若有未了之旧债，
此时讨要为时晚；
若有悬而未决冤，
此时喊冤为时晚。
欺世盗名成性厮，

查瓦绒箭宗

汝乃何方军中厮？

表面像模像样厮，

表面英姿飒爽厮，

马背人和胯下马，

看似天然生成般，

跃跃欲试甚是威，

趾高气扬甚是威。

然则奔赴沙场则，

无力驾驭乃坐骑，

无力踩稳乃马镫，

无力把持乃弓箭，

无力挥举乃利剑，

实乃十足懦夫相。

若不认得我是谁，

即日以往时日里，

治理查绒之人矣。

洗劫他者之财一，

祸害他者之命二，

时刻提防暗算三，

四处躲藏追债四，

均与我般无瓜葛。

前年起始时下间，

乡里鸡犬不宁般，

究其缘由皆在厮。

人称郎卡扎巴我，

堪比高天迅雷我，

统领千军之将矣。

意欲与我较量者，

趁早俯首帖耳妙；

剧毒草乌之草尖，

切记入口远离妙；

但凡贪婪奸诈敌，

逐个迎头痛击妙。

倘若放任自流则，

变本加厉越发狂。

故里遍地敌兵时，

横尸荒野又何妨？

今日放一威猛箭，

放一猛雷一般箭，

击毁岩山一般毁，

击毁汝厮血肉躯。

朗卡扎巴歌毕,弓上箭一放,猛箭正中达穆赤赞的护心镜,咣当一声,护心镜被射得稀巴烂的同时,猛箭穿透铠甲。只是内有护法神护符之故未能伤及性命。见此,达穆赤赞悍将从马背上挺立而道:"与其如此放箭,不如手指拧肉;何况远处放箭乃懦夫做派,但凡好汉皆近身肉搏。"话音刚落,达穆赤赞从剑鞘中拔出黑色毒蛇食肉剑,以猛虎饮血之调吟唱道:

唵嘛呢呗咪吽!

阿拉塔拉塔拉歌,

若不以歌赞颂神,

焉得神祇之庇佑?

天神地祇战神等,

引领护佑时刻赐。

头顶日月星三处,

根本上师予明鉴;

宛若坛城躯体处,

谨祈静猛诸神祇,

切莫放过来犯敌,

岭国宏愿得如愿。

本尊勇行空行母,

十方天神地祇众,

危急之时影般随。

若不认得此地方，

依据耳闻和目睹，

夏纳夏穆之地矣。

若不认得我是谁，

贡觉阿拉三幡军，

达穆赤赞统领矣。

听着残暴查绒厮：

汝般虚张声势辈，

身为男儿何其悲。

查绒郎卡扎巴厮，

徒有虚名千夫长，

无勇无谋平庸辈，

如此箭术惹人笑。

我等岭国神祇裔，

男儿各个赛勇行，

女子各个赛空行，

智勇双全无人敌。

赛过丽日岭国众，

皆是温暖大地主；

赛过迅雷岭国众，

皆是腾云驾雾主。

四部人马之统领，

塔吉森格扎巴将，

更是无人匹敌将。

人称鹞雕狼三将，

均是勇谋盖世将。

辅弼达穆赤赞我，

亦是威名远扬者，

是否如此慢慢瞧！

口若悬河似水泡，

践行珍贵似金子，

威名远扬于世一，

一举拔得头筹二，

方是人杰之本色。

歌若耳闻似甘露，

歌若未闻不重唱。

  达穆赤赞歌毕，拔剑往郎卡扎巴首级处一劈，将其黑色盔帽和脑门一并劈成两半，脑浆四溅而落马于地。正当达穆赤赞割取其四肢挂于马背准备返回之时，恼羞成怒的查绒玉杰奔美挥举着利剑直奔达穆赤赞而来，两员大将随即砍劈至一顷茶的工夫，但势均力敌。见此情形，贡觉郎嘉妥贝从旁相助达穆赤赞，两人合力与玉杰奔美厮杀。见势不妙，查绒玉杰奔美闪电般逃离，遂岭国二员大将只得返回营地。不久玉杰奔美亦回到查绒营地，并详谈起此番外出与敌厮杀之事来。听罢玉杰奔美所言，雅美达贵旺赞和董纳雅美道："无功而返与看家狗无异，亦有辱万户长之名，我等理当前去一雪前耻。"遂决定五员大将各领五百精兵，和岭国人马较量一番。

次日拂晓时分，恰那多丹、赞拉凯嘉、雅美达贵旺赞、董纳雅美等五员悍将各领五百铁骑，犹如暴风骤雨般直奔岭国军营去。当一行人马抵达至南部夏穆垭口一带时被岭国哨兵发现，岭国人马随即备战以待。报仇心切的查绒人马径直闯进岭国丹玛营帐，与丹玛所部兵马厮杀久达三顷茶工夫，双方死伤甚多。就在这时，丹玛古如坚赞和郎卡珠杰二将迅速挡住了恰那多丹的去路。见二将并肩出现于跟前，恰那多丹一边挥舞枪矛，一边在马背上翻跟头而唱道：

    宽敞敞亮明亮三，

    敞开嗓门吟一曲，

    敞亮歌声似雷声，

    响彻漫无边际天。

    广袤山川和大地，

    所以扬尘滚滚乃，

    惹怒地神之故矣。

    黑白花色三泰神，

    上部古拉昂雅神，

    谨祈护佑头顶盔；

    中部置日邱穆神，

谨祈护佑宝地主；

下部金刚白骡神，

谨祈护佑血肉躯。

若不认得此地方，

紫棕山脉末端矣。

若不认得我是谁，

上中下三查绒地，

人称多丹三人中，

恰那多丹便是我，

既是统领千军将，

亦是南拉心腹臣。

听着岭国鼠辈众：

前年时起眼下间，

无故捕风捉影一，

欲加之罪强加二，

蛮横无理甚是狂。

正如古语所云般：

残暴成性荒野狼，

宰羊不说还哭嚎；

出没荒原无耻匪,

劫财不说还恐吓;

恬不知耻放荡女,

盯人不说还揭短;

与此无异岭国众,

今年年初之时起,

搅我查绒没个完。

尤其鼗鼓般超同,

出尔反尔之超同,

两面著称之超同,

搅屎棍般之超同,

一无是处之超同,

无恶不作甚是欢。

贪婪无度岭国众,

今日以往时日里,

上部阿里当枕头,

多康六部当鞋穿,

卫藏四茹当腰带,

但凡安居乐业地,

一概置于乱象中。

安分守己乃贤惠,

匀速行进乃宝骏，

见机行事乃翘楚。

反之无牙欲嚼一，

瞎子欲饱眼福二，

跛子欲游汉地三，

皆为白费心机矣。

心比天高岭国众，

四处树敌把怨结，

自恃无敌甚是狂。

手中执持之长矛，

矛头铁乃查绒铁，

罗刹之血来淬火。

矛身实乃剧毒木，

长达男儿之三庹，

刺向万丈天空则，

高空猛转似转轮；

刺向仇敌心窝则，

穿透胸膛至后背。

时轮被风转般一，

经筒以手转般二，

磨石被水转般三,

即日一举转向汝。

人称恰那多丹我,

既是腾云驾雾人,

亦是呼风唤雨人,

更是泰神附体人,

感悲哀否岭国厮?

休想逃过三步远。

即日日落西山前,

若不拿下汝厮颅,

权当恰那非豪杰。

歌若耳闻铭记心,

歌若未闻不重唱。

恰那多丹如此歌罢,挥举长矛一刺,长矛直穿郎卡珠杰之护心镜和铠甲而使其落马,紧接着闯进巴拉兵营中一举诛杀掉十余名兵士。见此情景,恼怒至极的巴拉随即扬鞭策马奔去其近前,从剑鞘中拔出扁硕海螺宝剑,双足力挺马镫,以猛神吞食鲜肉之调吟唱道:

唵嘛呢呗咪吽!

阿拉之歌来献供,

塔拉之歌来阐释。

上师本尊佛陀三，

心窝深处来朝拜，

祈求加持和护佑。

但凡三界之苍生，

皆乃血肉之躯故，

纵无不死长生者，

祈愿死者得解脱。

头顶高天神祇众，

倾心呵护佛法神，

祈愿亡者得往生。

中空战神威玛众，

祈愿顽敌自根除。

下界顶珠鲁之神，

祈愿恩赐无尽财。

若不认得此地方，

谷地查绒地方矣，

达戎部和查绒部，

两邦交界之地矣，

两军交锋之地矣。

洁白无瑕雪山顶，

雪狮盘踞之地矣；

中腰岩山和石山，

鹿和野驴嬉戏地；

水草肥美之地矣；

山脚翠绿林密地，

虎豹熊三猛兽及，

猴子鸟儿之乡矣。

如此美不胜收地，

既是兵家必争地，

亦是神魔较量地。

若不认得我是谁，

雪山之狮栖息处，

牛羊成群结队处，

人称塔母玉宗宫，

坚不可摧宫殿主，

森达阿董大将矣。

花花岭国地界上，

三十悍将之一矣。

威猛宛如猛虎故，

无敌宛如雄狮故，

便得森达阿董名；

耐力赛过野狼我，

既是驱散羊群者，

亦是横扫千军者。

翱翔于天之鹞鹰，

总与疾风赛翅力；

查绒林中之猛虎，

总与公鹿赛敏捷；

岭国巴拉人中狼，

便是此般较劲将。

但凡与我较劲者，

唯有直奔黄泉命。

赛过高空气流我，

何愁云雾一举散？

赛过湍急江河我，

纵无回头退却时；

阎罗王和巴拉二，

敬而远之乃上策，

倘若执意较高下，

唯有有来无回命。

巴拉胯下之宝骏，

名叫董日塔嘎马，

迅捷赛过雄鹰马，

上身贵过等身银，

下身贵过等身金，

四肢贵过等同绸。

巴拉腰间之宝剑，

名叫扁硕罗刹剑，

宛若阎王手中剑，

不常轻易出鞘剑，

倘若闪亮出鞘则，

纵无逃过三步者。

为此查绒多丹厮，

切莫闪念逃脱心。

懦狐逃则逃向穴，

若被烟熏逃向何？

雀鸟逃则钻草丛，

草被风卷钻向何？

正值在劫难逃时。

汝厮心中铭记此。

巴拉歌毕，拔剑径直扑向恰那多丹。见此情景，恰那多丹随即调转马头犹如禽鸟奔空般扬尘而逃。巴拉虽紧追不舍，但临近霞绒垭口时未见恰那多丹踪影。巴拉等随即闯入五百余名藤竹铠甲、盔帽人马中一举诛杀百余名兵士后，继续前去追寻恰那多丹。盐河对岸的查绒人马见巴拉等飞奔而来后道："瞧啊，快往河对岸瞧，马儿如此狂奔于心何忍，马背上的人又如此果敢，此与礧石滚坡似无两样，莫非有人在后面追逐。何况盐河又无舟桥，如此深渊、水流湍急之地，即便禽鸟亦难以越过。"话音刚落，只见冲在前面的一身洁白如雪的猛将连同坐骑毫不犹豫地跳进盐河，紧接着尾随而至的两人亦胯不离马地跳进河中。不一会儿，三员大将连同坐骑毫发未损地出现在盐河对岸。正当查绒兵士感觉人马在河中的形影和盐河波涛依旧历历在目之时，巴拉等发着雷鸣般"咯嗦"声闯进郎拉妥贝、赤面阎王旗下查绒营寨中。刹那间，整个营寨宛如鹞鹰驱散鸟群、野狼血洗羊群般乱作一团。这时挺立于马背上的查绒赤面阎王悍将从右边豹皮箭筒中抽取一枝黑兀鹫翎羽箭，从左边虎皮弓袋中拿取虹光四射藤树巨弓，以万雷齐鸣之调吟唱道：

一供二供供三回，

献供上方众神祇。

高天日月运行处，

浑身皎洁如雪神，

宛若繁星兵马绕，

洁白顶髻随风飘，

三械旗幡乳白神，

洁白如雪白泰神，

即日前来伴助我。

中空疾风呼啸处，

紫棕犄角花泰神，

左佩宝剑右佩箭，

助我剿灭强劲敌。

黑地黑水黑色林，

三样皆黑狭小地，

黑色旋风呼啸起，

黑色毒水咆哮流，

黑色毒蛇蠢蠢动，

数万鲁神簇拥神，

左右疾疫之威神，

一身乌黑色泰神，

切莫分神伴助我。

若不认得此地方，

查绒上部地界矣。

若不认得我是谁，

统领千军万马将，

赤面阎王便是我。

若云我般之由头，

翘楚中之翘楚我，

宛若嘴中舌头般，

宛若腹腔心脏般，

宛若眼中珠子般，

名扬查绒之人矣。

赛过阎王赤面我，

无人匹敌人尽知；

滚坡石和野驴二，

疾驰难敌人尽晓。

身上佩带之三械，

皆非出自凡人手，

其中食肉黑毒剑，

出自无形泰神手，

亦非白昼锻造剑，

反是夜间锻造剑，

二十九日出炉剑，

毒蛇血液淬火剑，

即日一旦出鞘则，

阳寿已尽乃汝厮。

蠢蠢欲动之白马，

像是翻山越岭马；

不可一世般白人，

像是毫无畏惧厮。

还是古语说得好：

匪兵无度奔跑则，

终会关节积水死，

锋利无比之宝剑，

若不得度力度砍，

终会用力过度断；

不知轻重蛮横厮，

若不节制其莽撞，

恐要葬身于火海。

汝般肌肤白嫩厮，

岂是驰骋沙场汉？

若有靠山速速请，

若有后援速速叫，

若有亲信留遗言。

主仆一并奔前来，

沙场绝非儿戏地，

实乃九死一生地。

切莫迟疑冲上来，

冲上前来较高下。

手中执持之利箭,

一旦离弓犹如雷。

盛夏高空鸣雷日,

自是倾盆大雨时;

洪水波涛而至时,

自是冲垮桥梁时;

盖世豪杰出手日,

自是懦夫丧命日。

即日朝时之时起,

跋山涉水直奔来,

无暇回头直奔来,

如此心急火燎厮,

贪功冒进何其悲,

将死之人贪欲高。

手中执持之利箭,

一举射向乳白厮,

乳色朵玛毁般一,

鸿毛被风吹般二,

阳光融化冰雪三,

若不做到非好汉。

查绒赤面阎王如此歌毕，弓上箭轰的一声射出，离弦之箭正中巴拉前胸绘有吉祥八瑞、国政七宝图案的银色护心镜，其身躯毫发未伤。顿生恼怒的巴拉道："听着，猛犬不吠则已，一旦吠则总要咬小腿一口；勇者不战则已，战则势必索命；宝骏不跑则已，跑则迅驰难以企及。"话音刚落，巴拉拔剑、纵马而去，宝剑一挥，宛如劈柴般将赤面阎王砍劈成两半，并砍取其首级。紧接着巴拉一行三人，发着雷鸣般"咯嗦"声争先恐后冲向查绒营帐。三人中之贡觉郎加罗桑冲在前面时，暗箭射中其坐骑而落马。怒不可遏的郎加罗桑一连砍杀十余名兵士。见三人在左劈右砍，查绒营寨中的仓巴米日随即出现在郎加罗桑跟前。下跨银灰色马、头戴银色盔帽、身着银色铠甲的他，宛如猎犬挡住猎物般挡住郎加罗桑的去路。见此，贡觉郎加罗桑在宝剑入鞘之余以端调吟唱道：

唵嘛呢呗咪吽！

阿拉之歌来献供，

祈愿六众皈依法。

上师本尊佛陀三，

祈愿形影一般随。

漫无边际苍穹处，

铠甲盔帽乳白神，

三械旗幡乳白神，

乳白梵天大神您，

切莫分神伴助我。

直入云霄山峰处，

金盔金甲金黄神，
金幡随风飘扬神，
赤红念达战神您，
嗜血嗜肉战神您，
即日莅临剿灭敌。

若不认得此地方，
虽为未曾踏足地，
然则依据其耳闻，
像是查绒之地界。

若不认得我是谁，
岭国人见人爱地，
阿拉黑白辖下地，
乳白狮子血统般，
傲视群兽之主矣；
鸟王鹏鸟血统般，
翱翔高空之主矣；
赤斑猛虎血统般，
威猛无双之主矣，
郎加罗桑乃我名。

极速赛过宝骏我，

穿透赛过猛箭我，

锋利赛过宝剑我，

着实举世无双人。

今日清晨之时起，

乌合之众查绒兵，

毫无怜悯查绒兵，

行尸走肉查绒兵，

灰飞烟灭一般诛。

滚滚东流查绒河，

无舟无桥查绒河，

畅游犹如水中鱼，

飞跃犹如空中鹰，

横渡犹如威猛虎。

从天而降迅猛雷，

焉有人为左右时？

猛虎发威杀伤力，

岂是懦狐所企及？

紧握在手之宝剑，

名叫水晶砍断剑，

挥向何物砍断何。

熊熊燃烧之烈火，

纵无密林承受时；

波涛汹涌之洪水，

纵无土崖阻挡时；

猛降冰雹之威力，

纵无麦穗承受时。

勇将大开杀戒则，

纵无幸免于难时，

贪婪至极查绒兵，

休想逃过三步远。

贡觉郎加罗桑歌讫，挥舞起宝剑一劈，将仓巴米日连人带马劈成两节，遂如入无人境般的他，顷刻间斩杀二十余名兵士。紧接着一行三人齐头并进地闯进查绒人马中，宛如豺狼驱赶羊群、鹞鹰驱散鸟群般，整个营地横尸遍布，侥幸逃脱的残兵逃向林中。见此，查绒希热班丹臣心想：鸣金收兵乃明智之举，如此不堪一击、溃不成军，何谈一较伯仲。想到此，随即发出吱吱号声。耳闻收兵号声，查绒森格晋美暗忖：岭国实在是欺人太甚，将我等视若野狗任由宰割，与其如此蒙羞，不如舍命一拼。遂给黑色坐骑配上鞍鞯，身披三械，右别箭筒、左别弓袋，闪电般冲向岭国营寨中之达绒营寨。未过多久，深红色的寝帐映入眼帘后，猜想此帐必是超同之寝帐，故而直奔该帐而去。见此，达戎阿奴赛盆心想：如此视死如归之将，唯有我赛盆可匹敌。遂纵身跃马，一溜烟出现在其跟前。见赛盆虎视眈眈地出现，查绒森格晋美弯弓搭箭而道："听着狂妄厮，红马红衣之厮可是祸根超同？"

紧接着，森格晋美以猛虎食肉之调吟唱道：

　　　　　　高亢歌乃查绒歌，

　　　　　　碧空玉龙鸣声处，

　　　　　　雷和雹二猛降则，

　　　　　　地上植物实可怜，

　　　　　　为此吟曲悲悯歌。

　　　　　　礼供谨祈查绒神，

　　　　　　谨祈骡体三足神。

　　　　　　上部昂雅白雪山，

　　　　　　羊魂依附之山一；

　　　　　　中部棕色林子山，

　　　　　　牛魂依附之山二；

　　　　　　下部昂嘎金刚山，

　　　　　　骡魂依附之山三，

　　　　　　但凡命魂依附山，

　　　　　　财神乃至战神等，

　　　　　　切勿分神莅临此。

　　　　　　时刻上香膜拜神，

　　　　　　危急之时不佑护，

　　　　　　岂不枉费礼供心？

若不认得此地方，
查绒竹林下谷地，
毒蛇出没之地矣，
猛虎发威之地矣，
野人黑熊之乡矣，
天人合一之地矣。

听着来犯赤红厮：
汝厮来自何方地？
勇者自居盔帽厮，
宛若垭口经幡厮，
风吹羽毛一般毁；
宛若燃烧火焰厮，
一举被那水来灭。

若不认得我是谁，
南部查绒峡谷地，
多吉地界之好汉，
森格晋美便是我。
查绒侯王使臣我，
强将中之强将我，
统领千军之人我，

抵过千军之将矣。

今日欢乐之时日，
云雾翻滚高空处，
孤身罗睺一般现，
倘若一举不遮天，
枉得罗睺之美名。
猛虎横穿密林日，
若不诛杀领头马，
枉得林中之王名。
单枪匹马豪杰我，
若不一举灭仇敌，
枉得森格晋美名。
在我查绒地界上，
从无进犯邻邦俗，
贼人为何来挑衅？
追讨不曾欠下债，
岂不痴人说梦话？
是否如此赤面厮？
猪聚血海般营帐，
灰飞烟灭一般毁，

感心痛否赤面厮?

虎斑熠熠箭筒中,

抽支三节竹制箭,

雄鹰翎羽之猛箭,

宛若劲风掀般射。

猛箭射向苍穹则,

即使丽日也失色,

何况奔空之飞禽?

猛箭射向高山则,

即便林山拦腰斩,

即便雪山变石山,

即便岩山变碎石。

天降迅雷一般箭,

即日射向赤面厮,

若有遗言速速留,

阳寿已尽乃汝厮。

歌若耳闻记于心,

歌若未闻奔黄泉,

心窝深处霍玛呀。

森格晋美如此歌罢,弓上之箭宛若雷鸣般一射,正中左右躲闪的达戎阿奴赛盆之左肩而铠甲皮弦散落于地。只是众护法神施法故，达戎赛盆毫发未损。达戎赛盆猛地挺立马背道："呦呵，何必如此呢？儒夫抢先出手则，只得以牙还牙。然则贵为男儿身者，理当先礼后兵，我岭国勇士一向如此。"遂从左边豹皮弓袋中拿取弯如犄角弓，右边抽取一支索命喷火箭，弯弓上搭箭后吟唱这样一曲发威短歌：

　　阿拉乃歌儿开头，

　　天下苍生皆有母，

　　故而嘴边常挂母。

　　上师以及三世佛，

　　虔心礼供赐庇佑。

　　吟唱阿拉塔拉歌，

　　是我花花岭国俗。

　　塔拉言语之精华，

　　吟于祈愿遂愿地，

　　祈盼中阴得解脱，

　　祈愿地狱变极乐。

　　根本上师最睿智，

　　恩重父母最亲切，

　　阿拉塔拉最上口

　　吟曲宛若此三歌。

　　居高临下三至宝，

此刻正是赐佑时。

时常礼供护神众,

危时宛若影般随。

中界年神之刹土,

凯祖念布战神众,

即日前来佑助我,

助我砍劈血肉躯;

下界鲁神之刹土,

钱财衣食之主神,

董炯祖那米滚神,

岭国业力之神鉴。

若不认得此地方,

岭国查绒争议地,

八瓣莲花般地矣。

上至城池下至地,

兵家必争富饶地,

究竟归谁难断言;

宛若野生鹿驴般,

究竟归谁无人晓。

一非何者可售地,

二非何者欲买地，

岭国从无欲售心，

亦无花钱欲购心。

贪婪无度南拉王，

欲壑难填人尽知，

欲把日月归己有，

欲把高天归己有。

然则广袤无垠地，

皆有上中下三说，

皆有东西南北说。

一方水土一方主，

自古辖地各有名，

各有相对之地名。

一方诸侯英名一，

辖下子民齐心二，

福报长盛不衰三，

均是根基牢固因，

反之理所应当则，

形同痴人说梦话。

上至阿里雪山下，

下至多康岭尕部，

东郡地和霍尔地，

吐谷浑和拉达克，

究竟如何无人晓。

好比岭尕地界上，

穆布董氏之血统，

世袭二十七代后，

往后还会如何般，

皆系无法预知事。

宛若茶碗阿里地，

轻易不动稳放妙；

宛若花朵卫藏地，

不去采摘观则妙；

宛若毡垫多康地，

不去拾掇平铺妙。

花花岭尕地界上，

穆布董氏之血统，

威名远扬犹如雷。

若无耳闻乃聋子；

熠熠生辉似闪电，

若无目睹是瞎子。

花花岭尕神祇裔，

威震八方何须言。

查绒南拉一方侯，

眼看卫藏怗邻邦，

想入非非甚是狂，

欲把高天当衣穿，

欲把厚土当垫踩。

天外有天人外人，

阎王手中生死符，

便是清算善恶符。

打个比方乃这般：

富可敌国富家财，

若不铺张浪费则，

美德传遍四方地。

但凡无争之乡土，

焉有逞强霸占理？

无论眉下之双目，

或是上身之双手，

或是下身之双足，

若不适度收敛则，

终有惹祸丧命时。

注定之事难更改，

额上褶皱难擦拭，

阎王为敌难取胜。

南部天竺之地界，

虔心修身养性者，

统称证得成就主；

岭尕部落众英豪，

不共戴天乃邪魔，

明知险也无懊悔。

天命使然难违抗，

例如兀鹫好人肉，

例如野狼奔荒野，

例如鱼儿难离水，

例如将士奔沙场，

是否如此查绒厮？

汝般不可一世厮，

身披三械甚是威，

未料孤身闯荡乃，

君王跟前失宠兆。

正如老话所云般：

落单羊子被狼欺，

落单雀鸟被鹞欺，

孤身男子任人宰，

与我相遇唯有死。

若不认得我是谁，

岭尕达戎人马中，

阿奴赛盆便是我。

赤斑虎和花斑豹，

达戎阿奴赛盆三，

威武迅猛无两样。

幸得猛虎之名儿，

若是名不符实则，

岂不辜负父母愿？

但凡力压群雄者，

皆是实至名归儿。

百马齐头奔原野，

倘若一举拔头筹，

何愁无人花重金？

锦衣无论怎悦目，

亦非抵挡寒风衣；

汝般无论怎威武，

亦非我般之对手。

岩山之巅盘旋鹰，

无论空中怎自在，

一旦降落在地面，

唯有腐肉果腹命。

身披三械岭国将，

争先请缨赴沙场，

倘若敌首不摘取，

无颜以对众乡里，

是否如此查绒厮？

令人赏心悦目花，

如若不是入药花，

难逃干枯在荒野。

誓要索取尔等命，

是否焦虑查绒众？

自恃勇猛查绒厮，

好比装点达戎物；

自寻死路之山羊，

好比野狼果腹物；

外出觅食之野兔，

好比装点大雕物，

是否如此查绒厮？

赤斑虎皮箭筒中，

抽取战神依附箭，

此刻射向查绒厮，

休想逃过三步远！

歌若耳闻铭记心，

歌若未闻不重唱。

达戎赛盆如此歌毕，弓上箭一放，呼啸而去的箭正中查绒南拉魂铁铸造的护心镜，被击碎成七块。同时，森格晋美落马而亡。纵身下马的阿奴赛盆砍取其首级后直奔营寨而去。直至夜幕降临尚不见森格晋美回营，查绒人马忐忑不安地等待森格晋美的返归。这时，岭国众将齐聚于神帐内，前排头席处的总管戎擦查根依次向在场悍将敬献一条洁白哈达后，以江河缓流之调吟唱这样一曲歌：

唵嘛呢呗咪吽！

谨祈慈母和上师，

铜色圣山殿堂处，

无量莲花行宫中，

谨祈莲花生大师。

头顶日月运行处，

利乐苍生上师众，

恩赐加持和成就，

使得万事得如愿。

上方神明中空年，

下方鲁等善业神，

势不可挡护神众，

不明不懂致使果，

恳请宽恕和忏悔。

但凡利乐众生事，

舍去孜孜以求外，

纵无表里不一时。

但凡岭尕之子民，

虽是如愿以偿民，

心思命运却各异，

神和魔二亦如此。

行善正法之障碍，

莫过黑色邪魔众，

野蛮邪见鬼和魔，

极力阻挠菩提心。

呵护外道黑业魔，

舍生忘死且好斗。

势不两立邪和正，

交替兴衰乃常事，

若是邪教占上风，

大兴杀戮把孽造；

若是正法占上风，

大兴土木修神殿，

此为世事之规律。

若不认得此地方，

人称查绒之地矣，

大开杀戒之地矣，

罪孽弥漫之地矣，

昧于取舍之地矣，

善恶无别之地矣。

查绒地和花岭地，

宛若眼和眼病般，

宛若牙和牙病般，

相生相克之邦矣。

花花岭和查绒部，

倘若不分伯与仲，

断无和睦共处时。

花花岭国神之裔，

衣食无忧富足部，

孜孜以求乃正法。

若无正法无足般，

若无正法无心般，

若无正法无眼般，

故此神魔难共处。

繁荣富足岭尕部，

承蒙上苍眷顾因，

泾渭分明乃善恶。

邪魔之徒不可信，

反复无常乃本性，

即便毒誓亦如此，

欲壑难填无匹敌，

狡诈多变无人及。

从今往后之查绒，

犹如不期而至夏，

纷争四起似雨水；

犹如漫长之春日，

烈日融化雪水般，

大地恐要变泽国,

速战速决乃上策。

明日时起三日间,

皆为黄道吉日时。

明日觜宿当值日,

后日参宿当值日,

大后日归宿当值,

自是万事遂愿日。

明日整装备战之,

后日吉星高照日,

骡马驮上所需物,

大军拔营奔前去。

军中大小不等将,

切忌放松警惕心,

垭口渡口凶险地,

速派探子探虚实。

扎龙滩和玉龙谷,

玉如地和玉泽山,

遮天蔽日一般赶,

迎头痛击查绒军。

如若此番不决胜，

依旧不见胜负则，

在此耽搁过久则，

余生恐要耗费此，

是否如此岭尕众？

但凡勇猛迎敌者，

各赏八十章噶币。

此番前去人马众，

齐整一人一般冲，

前仆后继与敌战。

穆氏杰瓦伦珠部，

穆氏郎卡曲杰部，

穆氏仁青塔鲁部，

三千兵马为先头，

翁氏江巴赤赞部，

翁氏阿奴巴森部，

翁氏达杰赤赞部，

统共三千余兵马，

紧随其后奔前去。

赛氏阿杰尼奔部，

赛氏尼玛曲杰部，

赛氏奔美拉杰部，

统共八千兵马一，

达戎部落兵马二，

丹玛部落兵马三，

依照既定之布阵，

齐心协力奔前去，

切忌内斗扯皮心。

有勇无谋查绒兵，

人困马乏查绒兵，

心胸狭窄查绒兵，

恼羞成怒查绒兵，

再无斗志守城堡。

歌若过激请忍让，

言若唐突请恕罪。

总管王如此叮咛罢，岭国众人对总管王的教诲甚是赞同，有的连连点头，有的伸出舌头表示恭敬，有的闭目回味。这时，体格魁梧且威武、肤色青蓝且眼角发红、四肢长而关节粗大，敌人闻其名即发怵，倍受子民敬仰的神箭手丹玛大将从首席虎皮垫上起身道："是啊，总管王所言极是。只是，至今尚未得到神灵之任何授记，大军明日整装待发虽无可非议，但如此千钧一发之际，卜卦一探吉凶方能万无一失。犹如"俊少蒙羞之际，志在必得犹如猛虎下山；骏马关节积水之际，四蹄难见停歇之时"之说一般，势必后患无穷。"遂以塔拉之调吟唱道：

唵嘛呢呗咪吽！

阿拉塔拉唱塔歌，

万丈高空吟曲歌，

若不领会歌儿意，

讲经布道亦枉然。

若无慈悲怜悯心，

何谈修法得正果？

滔滔不绝官者言，

倘若黑白不分明，

犹如无雨雷声般。

在我岭尕神裔部，

若无世事洞明主，

神裔自居惹人笑。

纵使男儿皆豪杰，

纵使勇猛似虎豹，

重在拧成一股绳。

了然于胸智者一，

掏心掏肺朋友二，

相依为命伴侣三，
天地之间何其少。
家财万贯之富甲，
终生衣食无忧乃，
有福之人福报矣；
精心饲养之马匹，
远征之时迅如虎，
便是平日付出果；
相依为命之伴侣，
吵吵闹闹没个完，
便是伴侣之福气。
正如此谚所云般：
我等岭尕部落众，
各个勇猛似虎豹，
是因血统之高贵。
相貌丑俊在血统，
福禄权势在生辰，
天命使然无选择。

若不认得此地方，
查绒绿竹地方矣，

岭尕兵马营地矣。

谋事权衡再三则,

何须彼此间埋怨?

亦可防患于未然。

骏马跑前钉马掌,

配全马鞍和缰绳,

此为保住性命根。

战前备齐诸兵器,

战则莫怀退却心。

岭尕神裔部落中,

丹玛噶德巴拉三,

不可或缺三将矣;

总管超同坚赞三,

德高望重三人矣。

头若无帽被风袭,

无父之子众人欺,

无主之畜被狗欺,

但愿列位谨记之。

长者谋略无人敌,

一旦指点江山则,

失算之疑未曾有;

出征将士斗志高，

惨败之心未曾有。

若不认得我是谁，

丹域曲日宫殿主，

丹玛强查便是我。

岭尕勇将当中我，

人称神箭手的我，

既是杀敌之利箭，

亦是亲者之期盼。

前年年末之时起，

天神屡次授记曰，

查绒隶属岭尕辖，

可否攻取勿需想。

此刻言语要义乃，

总管敦促进发乃，

势在必得之故矣。

此番先头之兵马，

穆江所部兵马亦，

尾随而去之兵马，

翁布六部兵马亦，

接着便是赛巴部。

威武著称达戎部，

强将云集达戎部，

与我丹玛一同去。

宛若烈日噶珠部，

所以作为垫底兵，

绝非软弱涣散因，

重要不亚先头兵。

江山社稷靠长者，

翻山越岭靠老马，

梨耕水田靠老牛。

正如此般俗谚云：

总管之令乃王令。

明日时起三日间，

吉星当值三日间，

行进宿营防务三，

切记停当莫放松。

尤其探子不宜多，

穆氏部和翁氏部，

赛氏部三兵马中，

各派探子十五名。

自带口粮徒步去，

昼伏夜行探敌情。

歌若过激请忍让，

言若荒唐请恕罪，

诸位心中铭记此。

丹玛大将如此强调罢，在场的人对丹玛大将和总管王两人的深谋远虑、足智多谋甚是赞同。次日众将士着手进行出发前的各项准备。第三日鬼宿当值日之拂晓在即时，硕鼓猛擂、海螺号猛吹、旗幡高举之际，步兵宛如冰雹猛降、骑兵宛如暴风雪般集结。依据丹玛大将之令，三部人马中各派十五名探子。未过多久，十夫长、万夫长等率各自人马，宛如一佛殿一主尊、一驮物一条捆绳般出发。当岭尕大队人马横穿查绒上部地带浩浩荡荡挺进之时，元气大伤的查绒残存将士、威力尽失的众护神和卦师变得异常踌躇不决。岭尕大队人马如入无人境般横渡森曲河时，才开始生烟、鸣号告知敌情。这时，依据既定部署大举压境的岭尕大队人马，仿佛大地被茂密植被覆盖、嘈杂声犹如鸣雷、旗幡遮天蔽日般安营扎寨。见此情形，无计可施的雍仲达那扎巴、龙拉贵嘉赞布、米拉欣吉达玛、扎赞曲拉穆布等查绒将帅，开始彼此埋怨、推诿扯皮起来。最终其中的雍仲达那扎巴道："还是速速前去迎敌吧，如此窘境实属超乎意料，大不了血拼一场，除此别无他法。"遂以鸣雷之调吟唱这样一曲懊悔歌：

接连三回豪放歌，

查绒勇士之歌矣。

查绒勇士豪放歌，

从不轻易吟唱歌，

只在危急关口吟。

漫无边际苍穹处，

虔心礼供神祇众，

浑身洁白如雪神，

头系白绸顶髻神，

乳白护神泰神您，

时刻伴随助大军。

水晶宫般雪山处，

五色彩虹一般神，

头长花色犄角神，

身着棕黄铠甲神，

黑白相间花泰神，

切莫分神助勇士。

黑色土崖下方处，

黑如毒树茎般神，

头长乌黑犄角神，

阴森可怖黑泰神，
莅临至此助大军。

若不认得此地方，
查绒下部林地矣，
翠绿柏树之地矣，
小鸦鸣啼之地矣。

若不认得我是谁，
宛若繁星营寨中，
视金如土之悍将，
不惜性命之悍将，
宛若阎王之悍将，
雍仲扎巴便是我。

即日以往时日间，
长达九日时日里，
身在云雾中般我，
尽丧是那警戒心，
逍遥自在于城堡。
未料宛若死神般，

岭尕兵马至家门，
四周遍布岭尕兵，
插翅难逃甚是悔。
反复无常乃世事，
幸得人身之前后，
胖瘦有别血肉躯，
性命却无贵和贱。
君王权势之大小，
一乃君王之智慧，
二乃兵马之精锐，
却非性命因人异。
强将中之强将一，
出类拔萃宝马二，
削铁如泥宝剑三，
天地之间何其少。
委以重任心腹臣，
遇敌之前豪言多，
高高在上于庶民，
大敌大举压境日，
无计可施直挠头，
唉声叹气且瞪眼，

如此臣子非贤臣。

在我南部查绒辖，
足以信赖臣子一，
克敌制胜干将二，
视死如归王统三，
若有速速请缨之。
例如雍仲扎巴我，
辅佐侯王之臣我，
统领三千人马我，
查绒下部地时起，
预先集结兵马后，
迎头痛击来犯敌，
奔波在那山野间，
坚守阵地四月整，
不可　凵般匪首，
逐一抵挡和击退。
尤其前日和昨日，
黄帆白幡红幡军，
蓝幡绿幡黑幡军，
漫山遍野抵近敌，

咬牙切齿而来敌，
杀气腾腾而来敌，
死而无憾之心战。
此为不负王恩臣，
此为知恩图报马，
此为造福一方臣，
此为威震劲敌臣。

往常宜居故里时，
信誓旦旦言语一，
喜欢哼唱小曲二，
马匹跃跃欲试三，
破口贬低仇敌四，
此时正是急需时。
不妨瞧瞧上方地，
查绒谷地渡口处，
蓝幡敌兵犹如海，
骏马疾驰似流星，
焉有放任自流理？
我要先行一步去，
先行告退迎敌去，

若有甘为辅弼者，

宛若串珠尾随之；

结伴而行野狼般，

紧随与我赴沙场；

宛若惹怒野牛般，

毫无畏惧奔前来。

时值齐心协力时，

时值患难与共时，

同为君王麾下臣，

同为率领千军将，

理应率先奔沙场。

同为腾飞于天龙，

同为飘浮于天云，

理应发声和降雨。

切莫磨蹭速速去，

三械齐全披挂身，

若不前赴后继则，

与那流寇有何异？

亦无成器自立时。

各路人马之将帅，

切记审时度势战，

切记协同把敌迎。

十夫长和千夫长，

万夫长等军中将，

皆是肩负重任将，

若有畏缩不前者，

格杀勿论莫犹豫。

打个比方乃这般：

无论苯教或佛教，

若不利生无两样；

儿子命丧生父手，

或是命丧仇敌手，

若无怜悯无两样；

手持金块把头砸，

或是石块把头砸，

若无法力无两样。

整肃军纪应如此，

领兵杀人亦如此。

歌若耳闻如甘露，

歌若未闻不重唱。

雍仲达那扎巴如此歌罢，在场之十夫长、千夫长、万夫长心想：是啊，病榻、死地、葬地三，尽在阎王手中，命丧谁手皆是一死，只是痛苦程度各异而已。想到此，帽盔翩翩、铠甲晃悠、三械齐整、坐骑鞍鞯齐备地正要出发之际，岭尕兵马兵分四路潮水般逼近。白幡军宛如雪山，宛如雪山白狮；红幡军宛如猛虎，宛如猛虎出穴；蓝幡军宛如青龙，宛如云间青龙；花幡军宛如繁星，宛如高空繁星；恶语交加地遮天蔽日般逼近。当噶、珠二部人马在下跨玉恰普熙马、雄狮傲视般主将珠氏拉普桑珠的率领下，抵达至东南一带时，查绒营寨中的雍仲达那扎巴、欣堆森察多吉、扎赞曲拉穆布出营迎敌。其中的欣堆森擦多吉直奔珠氏拉普桑珠而去，弯弓搭箭后唱道：

豪放歌儿来礼供，

无限威武殿堂处，

阳神战神地神三，

谨祈查绒众佑神。

世代父系护佑神，

多吉昂雅威猛神，

速从高天把电闪，

宛若自空霹雷般，

沙丘被水冲刷般，

羽毛被风卷走般，

岭尕人马一举毁。

若不认得此地方，

查绒下部地界矣，

土黄南河渡口矣,

查绒兵营右端矣。

若不认得我是谁,

查绒中部城堡主,

宛若眼珠一般将,

宛若口舌一般将,

君王御前心腹臣,

森擦多吉便是我。

赛过利剑森擦我,

赛过宝骏森擦我,

赛过猛箭森擦我,

可堪重任之将矣。

但凡与我比肩者,

唯有直奔黄泉命。

纵使从天而降雹,

千辛万苦呵护果,

灰飞烟灭一般毁,

毫无卑躬屈膝心;

纵使漫山遍野羊,

尽数落入野狼嘴,

毫无求情乞怜心。
雀鸟所以被鹞诛，
命中注定之事矣，
强求懊悔皆徒劳。

前年时起时下间，
四处招惹是非一，
无故恶语交加二，
草菅人命成性三，
寻衅滋事成性四，
宛若鼗鼓超同厮，
查绒商队一举劫，
驮畜金银财宝等，
劫去价值难估量，
杀人越货似盗匪。
如此无法无天辈，
岂是契约约束辈？
岂是握手言和辈？
三江汇集之处桥，
迟早被那洪水毁；
密不透风南隅林，

迟早被那烈火毁。
厚颜无耻超同厮，
搬弄是非超同厮，
岂是循规蹈矩厮？
与此沆瀣一气者，
还有岭尕众骗子。
岭尕欺世盗名众，
掩人耳目成性故，
偷奸耍滑无休止。
宛若高空青龙般，
无的放矢乃雷雹；
宛若高悬日月般，
不可一世甚是狂。
从今往后时日里，
究竟何者胜一筹，
究竟何者更长寿，
还得以庹一一量。
斑斓虎皮箭筒中，
取一三节竹制箭，
鹏鸟翎羽之竹箭，
箭簇黑铁之利箭，

即日猛力射向汝，

倘若一箭不射穿，

倘若依旧在呼吸，

权当多吉非好汉。

　　欣堆森擦多吉如此歌毕，弓上之箭一射，箭正中珠氏拉普桑珠右肩，其右肩铠甲片和皮弦散落一地。但身佩上师寿结、天母护身符、本尊、护法神附体之故，未能殃及性命。见此，珠氏从马背上猛地挺身道："听着，如此箭法岂不授人以柄？从远处放箭乃懦夫做派，近身厮杀方为英雄豪杰。汝若用箭我亦用箭，汝若拔刀我亦拔刀，汝若用枪我亦用枪，即日太阳落山前，誓要分出个雌雄、伯仲来，好戏皆在后头。"言讫，从左边箭筒中抽取一支箭，从右边弓袋中拿取弯弓，弯弓搭箭之际，森擦多吉接连射出两箭。珠氏在马背上往右边一躲闪，两箭分别射中郎卡妥松、索南杰瓦二员俊少，宛如疾风扫叶般，二人从马背上落地。珠氏暗忖：瞧此架势，与其激怒此厮，不如吟唱一曲。遂以猛虎食肉调吟唱道：

唵嘛呢呗咪吽！

阿拉之歌来献供，

头顶日和月二处，

谨祈洪恩根本师，

祈求护佑头顶盔，

祈求护佑身上甲。

广袤无垠山川处，

谨祈乳白顶珠鲁，

谨祈蕃域众阳神，

祈愿形影般相随。

若不认得此地方，
即日以往时日里，
未曾踏足之地矣，
故此叫啥概不知。

若不认得我是谁，
东方花花神裔部，
耳熟能详之地方，
宛若毁林烈火般，
宛若冲沙洪水般，
宛若无阻天雷般，
威名远扬之悍将，
珠氏拉普桑珠矣。
岭尕三十名神子，
若非智勇俱全者，
若非降伏四魔者，
若非抑恶扬善者，
何来三十勇士说？
头戴黄帽之上师，

倘若不潜心修炼，

何谈加持和赐福；

毛色别样膘肥马，

若无脚力犹如驴；

价值不菲之鹿茸，

倘若错过夏三月，

一文不值枯骨般。

满身粪渣狗仔般，

龇牙咧嘴发威厮，

一旦挨棍直哀嚎；

貌似骏马长耳驴，

前蹄刨土虽似骡，

脚力却难企及骡。

狐狸毛色怎绚丽，

亦无猛虎般花纹；

邪魔无论怎猖狂，

亦非岭尕之对手。

千古俗语此般云：

犯贱在即女子骚，

断粮在即食欲旺，

丧命在即男儿狂，
查绒兵马犹如此。
岭尕三十名勇将，
绝非不惜性命将，
只是修得证悟故，
坦然面对死亡矣。
富家倘若不布施，
岂不成了守财奴？
男儿倘若无战功，
手中利器犹如瓢。

正如此般古话云：
岭尕旗下人马众，
虽非恃强凌弱兵，
却乃视死如归兵。
精兵强将岭尕部，
既无苟且偷生兵，
亦无脚力不济马。
例如珠氏我麾下，
宛若烈日噶珠氏，
噶巴仁青六支中，

米久曲吉旺秋一，
噶德曲迥贝纳二，
皆是无人匹敌将。
寒碜至极森擦厮，
汝般箭术惹人笑，
与其常放无力箭，
不如指甲来拧肉。
若要放箭如此放，
弯弓高举至空中，
右臂用力拉紧弦，
接着指间把箭射；
弯弓压低至脚尖，
宛若巨鳖腾般射。

让人寒心赤面厮，
越使蛮劲越乏力，
马若多动易失蹄，
人若好胜易丧命。
汝般一无是处厮，
无颜以对乃我辈。
即日射一雷般箭，

雷击岩山一举毁；

即日射一雹般箭，

雹击庄稼一般毁；

即日射一火般箭，

火烧林山一般毁，

倘若食言非豪杰。

祈愿猛箭以神引，

祈愿弯弓战神稳，

祈愿箭簇威玛引，

誓不放过三步远。

歌若耳闻似甘露，

歌若未闻拿命来。

　　珠氏歌罢，弓上之箭犹如雷鸣般一射，战神威玛、勇行、空行母、护法神引领下的猛箭正中森擦多吉胸腔，五脏六腑尽毁而从马背上落地。见森擦多吉落马，近旁的珠氏玉贵达拉赤赞、塔玛米久二将随即下马割取了其首级。这时，森擦多吉的辅弼达穆琼珠拼命奔来，却被珠氏拉普桑珠一剑砍杀，珠氏还一举砍杀了三十余名查绒兵士。紧接着三人高喊着"咯嗦"声一并闯进查绒营寨，时而挥剑、时而射箭、时而刺矛、时而砸石、时而肉搏，血洗长达三顷茶工夫，使得查绒营地横尸遍地、血流成河。时值夕阳落山在即，三人听到罢兵号后回营。这时，查绒欣吉达玛、董纳雅美二将闯进岭尕丹玛营寨中，砍杀十五名兵士。见两人横冲直撞，丹玛大将随即跨上坐骑，宛如玉龙腾空般毫不迟疑地来到二将跟前挡住其去路道："听着，汝二倘若夺路而逃，势必有损查绒王威名，亦势必被父老乡亲嗤笑，我岭尕断无逃逸之俗。值此夜幕将至之际，无工夫费过多口舌。"听罢丹玛言语，董纳雅美从马背上拔剑而道："听着可怜岭尕厮，汝乃岭尕何者？正如汝厮所言，何者逃离何者便是懦夫。"遂以查绒黑风调吟唱这样一曲发威歌：

阿耶之歌自天吟，

云雾缭绕一般吟。

威武之歌雷般鸣，

手到擒来乃头筹。

危在旦夕岭尕厮，

碎尸万段于此时。

谨祈古拉昂雅神，

谨祈三足查绒神。

烈日高悬于天时，

正是白雪融化时；

宛若猛虎一般我，

踏入南隅密林时，

便是公鹿丧命时；

宛若野狼一般我，

羊群四散而追时，

便是血雨腥风时。

查绒二将并肩则，

势不可挡似狂人，

概无瞻前顾后时，

死不足惜与敌战。

戎装齐全着身日，

便是生死度外时。

焦虑不堪非好汉，

临阵脱逃似懦狐，

与其懦狐一般逃，

不如猛虎一般死；

与其满山遍野跑，

不如鲜血淋漓死。

正如古谚所云般：

马儿死于狂奔中，

死于拔得头筹时；

男儿死于沙场上，

死于血洒沙场时；

雄鹰死于翱翔中，

死于展翅高飞时；

猛虎死于密林中，

死于噬杀人马时，

此为死得其所矣，

是否如此岭尕厮？

若不认得我是谁，

南隅查绒兵马中，

勇猛赛过虎狼将，

董纳雅美便是我。

年满二十二岁时，

血战嘉绒一载余，

赫赫战功传遍地。

时下三十七岁我，

血洒疆场又何妨？

岭尕巴掌之大营，

自恃勇猛懦夫众，

人马涌动彩旗飘，

哪知片刻不安宁？

恰似垭口之经幡。

劲风吹遍山坡则，

不由自主乃经幡。

横穿空旷原野际，

马匹耍性腾跃则，

头晕目眩乃骑士。
汝般惊魂未定厮,
像是背后有追兵。
若是强将奔前来,
率领部众奔前来,
即使不分昼夜战,
亦要赶尽杀绝之。

与狗无异岭尕众,
若不以石逐一砸,
难有消停不吠时。
自吹自擂岭尕厮,
身披三械何其威,
若是力压群雄主,
不妨与我较高下。
汝若丽日一般现,
我便罗睺一般追;
若是一方之富甲,
我乃洗劫一空匪。
汝般贪功冒进辈,
即日我以一剑诛,

一剑竖劈成两半，

若不鲜血淋漓诛，

势必玷污勇士名。

是否如此灰头聚?

歌若耳闻莫心慌。

董纳雅美如此歌罢，宝剑从马鞍前沿上来回擦拭而正要劈砍之际，丹玛勒住坐骑、马镫上直立，宛如猛虎发威、雪狮傲视般唱道：

唵嘛呢呗咪吽！

阿拉塔拉塔拉歌，

塔拉歌儿吟唱法。

仲夏三月高天处，

电闪雷鸣不足怪，

反之倘若不下雨，

雷声再大亦徒劳。

熠熠生辉雪山处，

鬃毛茂密乳白狮，

若无白雪置身何?

高悬于天之丽日，

光芒普照于地际，

倘若惨遭罗睺害，
唯有黯然失色分。
南隅查绒将和士，
虚张声势成性众，
欺世盗名成性众，
我等所以动干戈，
绝非闲着无事做。
正如汝厮所言般：
花花岭尕部落地，
否有祖业人尽知，
君王昏庸无需言，
既是无恶不作匪，
唯有打家劫舍命。
河上所以要筑桥，
非为拦截东流河，
只为便利往返客；
垭口经幡随风飘，
并非一味迁就风，
只为福运之昌盛；
岭尕所以开杀戒，
亦非无故搅邻邦。

昧于取舍查绒众，

兴风作浪之故亦。

金色阳光普照地，

倘若云雾任由飘，

岂不浪得丽日名？

汝等残暴如魔众，

奔空飞禽以下一，

地上走兽以上二，

无一例外诛杀则，

袖手旁观非岭尕。

一则利乐苍生故，

二则天命使然故，

三则本性使然故，

时常置身险境一，

时常挂念不顺二，

时常充当恶人三，

皆乃岭尕人秉性。

幸为利乐苍生辈，

即便丧命亦无悔。

道场讲经和布道，

舍去后世无他求，

舍去得乐无他求，
此为僧伽本性亦。
耳闻查绒在扬威，
虎视眈眈于岭尕，
扬威在我岭尕前，
大肆诋毁我岭尕。

若不认得我是谁，
卡热萨热曲热三，
丹域喀热达宗主，
古如坚赞便是我。
岭尕根基一般我，
既是辅佐丹玛将，
亦是丹玛一般将。
今日阳光当头际，
汝等前来寻衅厮，
不被鲜血淋淋杀，
枉为古如坚赞将。
手中饮血食肉剑，
绝非出自俗子手，
出自无形神匠手，

铸造于那黑夜间，

故得驱散黑暗名，

着乃依附战神剑。

缠绕丝线之剑柄，

五色彩虹一般柄，

依附是那空行母，

是否如此慢慢瞧！

歌若耳闻祈福神，

若欲找死诵心咒，

自无苟活于世命，

咯咯咯矣嗦嗦嗦。

  丹玛如此歌罢，驱散黑暗之剑一挥劈，查绒二将宛如树茎被拦腰斩断般从马背上砍落在地，紧接着丹玛发出雷鸣般的"咯嗦"声。岭尕右翼、左翼人马耳闻咯嗦声后，宛如群鸟奔赴江边般前去向丹玛道贺。次日拂晓将至时分，岭尕兵马中的众要员齐聚一堂，陶醉在畅谈氛围中。这时，中央席位之头席、虎豹熊三皮垫上的赛氏尼奔达雅吟唱道：

唵嘛呢呗咪吽！

阿拉之歌自天吟，

祈愿加持似云雾，

祈愿加持似雨水，

祈愿加持似硕果。

与佛无二阿拉歌，

既是悉地之钥匙，

亦是福禄之根源，

吟唱起来甚悦耳。

念念不忘三至宝，

引领庇佑莫赐小。

若不认得此地方，

查绒莲花原野处，

土黄江水对岸矣，

强将施威之地矣，

懦夫胆颤之地矣，

父母子嗣等眷属，

闪念于心之地矣，

智者计谋之地矣。

我乃诸位皆识人，

宛若丽日尼奔矣。

赛氏翁氏穆氏三，

达戎部落人马等，

岭尕大队人马中，

耳熟能详之人矣。
但凡男儿之身者，
每每出门远行时，
抛开杂念奔前去，
如此方可斗志盛，
即便舍命亦无悔。
我等岭尕众将士，
贵为利乐苍生者，
今生今世之时内，
难有得空在家时，
长年累月游他乡，
此非情愿乃天命。
但凡命中注定事，
焉有躲闪和回避？
我等岭尕神裔众，
今年农历元月起，
农历六月雨季间，
舍生忘死奔沙场，
绞尽脑汁计谋略，
倾尽全力与敌斗。
悍将丹玛强查一，

塔吉森达大将二，
噶氏拉普仁青三，
达戎侯王超同四，
达赞拉普扎巴五，
达戎才俊赛盆六，
达戎才俊达盆七，
赛氏尼玛拉赞八，
珠氏拉普桑珠九，
无敌阿吉仓巴等，
皆是战功卓著将，
皆是理当褒奖将。

十夫长和百夫长，
各赏百枚马蹄银，
外加一条白哈达。
千夫长等主帅众，
各赏十五金质币，
各赏十五马蹄银，
外加一条白哈达，
祈愿运势高过天，
祈愿福禄越发旺。

莫怀功成名就心，

查绒谷深林密地，

猛兽吼声依然大，

倘若不闻不问则，

难保惨遭灭顶灾。

查绒林密谷深地，

常年雨水充沛一，

峡谷狭窄险峻二，

猛兽毒蛇横行三，

将士擅射暗箭四，

致命隐患甚是多。

倘若在此耽搁久，

恐有损兵折将险，

不如昼夜兼程之。

明日拂晓将至时，

战鼓大声敲响时，

享用早餐待出发；

海螺号声响起时，

坐骑配全鞍鞯等；

军旗高举天空时，

先前人马离营去。

骑兵步兵各兵种，

千人一组离营去。

精挑细选诸统领，

切记保持敏锐智，

切记谨言且慎行。

黎明之时出发后，

直奔查绒城池去，

明知辛劳亦是命。

昼间行进指挥将，

夜间轮换歇息之；

夜间行进领兵将，

昼间轮换歇息之，

轮番领兵行进之。

抵达莲花原野后，

若不强势和强硬，

人马恐要陷饥荒。

无论肥沃地中谷，

还是肥美之草场，

无拘无束任由占。

依水而建村落中，

偷鸡摸狗之事一，

巧取豪夺之举二，
概不准许切记心。
村中幼童和妇女，
八十高龄之老者，
但凡男女老少众，
以礼相待莫恃强。
倘若如上谨记则，
何愁离心和离德？
反之苛求施暴一，
打家劫舍行凶二，
皆是反目成仇根。
乞丐身陷窘境时，
正是洗劫富家时，
为此和颜悦色好。
但凡甘愿为敌者，
凭借刀剑诛杀之，
石块棍棒打退之。
违反如上严令者，
轻则捆绑而毒打，
重则难保乃性命，
诸位心中铭记此。

尼奔达雅如此号令罢，岭国诸长者、各路大小统领表示严加管束各自兵马而返回各自营寨。次日黎明时分，大队人马宛如一人出征般进发。当岭尕大队人马砍劈途中茂密树枝行进之时，惨遭查绒兵士之暗箭，死伤多达千人。如此，举步维艰地行进十日之久后，来到莲花原野处并在此安营扎寨。这时，六千余名查绒残兵返回至军营并扼守各要地。只是残兵长时间受寒挨饿、徒步跋山涉水等故，士气甚是低落。如此，查绒残兵之将拉布达杰、龙拉贵杰赞布、达拉楚吾、东赞卡玛、赞杰珠古前往王宫。哪知查绒城池封城久达十多月，查绒王亦十多月寸步未离王宫，王宫里外三层被五千余禁军扼守。将这一切都看在眼里的龙拉贵杰赞布、赞杰珠古和东赞卡玛三员大将猛力敲击城门大声叫门。琼拉多吉、玉贵米巴二员禁军将领闻见有人撕心裂肺般叫门，误以为仇家登门挑衅，便身披三挂而准备迎敌。见此情形，城门外的赞杰珠古以黑熊饮血调吟唱道：

三声阿耶吟一曲。

青龙自天轰鸣乃，

夏日三月已至兆。

谨祈赤角鹿身神，

谨祈卡瓦尕部神，

谨祈齐拉嗦嘎神，

谨祈查绒赞拉神。

若不认得此地方，

东边莲花原野处，

扎西朗宗宫殿矣，

猛虎发威之地矣,

侯王驻锡之处矣。

若不认得我是谁,

霞绒碧绿草地处,

一千兵马之统领,

赞杰珠古便是我。

漫山遍野之绵羊,

几乎无一幸免处,

侥幸逃过一劫者,

当属跛脚母绵羊;

穿梭荆间之山羊,

惨遭豺狼血洗处,

侥幸逃过一劫者,

当属棕毛之山羊;

谷深林密查绒地,

嗜血成性之猛虎,

血腥诛杀生灵处,

侥幸虎口脱险者,

当属珠古雅美我。

正如此般古语云：

前年时起目下间，

奔赴沙场之将士，

统共一十二万中，

时下仅剩六千余。

所剩无几军中将，

衣食堪忧似饿鬼，

犹如豺狼窝边羊。

宛若非天好斗兵，

舍生忘死与敌斗，

最终死伤惨重故，

不分昼夜回撤此。

鸟儿老时恋树梢，

人老悲念乃故乡。

正如此谚所云般：

即日将要禀明乃，

食不果腹我等众，

衣不裹体我等众，

无人问津我等众，

孤立无援我等众，

无奈回撤至故里。

足智多谋贤臣中，

视死如归干将中，

幸存不过十二名，

余下皆被仇敌诛。

如何处置功与过，

恳望君臣定夺之，

此非虚言君和臣。

无主子民最可悲，

无主牲畜最可悲，

门前乞丐最可悲，

无依寡妇最可悲，

我等处境犹如此。

歌若耳闻予理会，

歌若未闻不重唱。

　　赞杰珠古如此歌罢，城门内的玉贵米巴守将方知自家兵马还朝，随即打开城门迎至城池内，仿佛生离死别之人得以重逢一般彼此拥抱、以额亲额起来。紧接着来到侯王和妃子近前，和阔别已久的众臣一同尽情享受起茶、酒、肉等美食。侯王郎拉顿玉掠视着返归之臣而等候回禀之时，珠古雅美臣从座位上起身，向侯王敬献一条哈达后，以黑暗普降之调吟唱了这样一曲述说遭败之歌：

礼供荣拉坚赞神，

礼供刚赞赤达神，

礼供蛙身鲁魔神。

命神体神地祇等，

切莫分神佑助我。

若不认得此地方，

错落有致林山即，

植被茂密之地矣；

阴山阳山接连即，

六畜兴旺之地矣；

广袤无垠良田即，

五谷丰登之地矣；

谷深林密查绒地，

鹏鸟盘空般宫矣。

子民衣食无忧一，

侯王威望超群二，

臣民心胸开阔三，

资源取之不竭四，

睿智心地善良五，

威名远扬天地六，

四季翠绿如春七，

植被枝繁叶茂八，

满山遍野鹿驴九，

猿猴野人猛兽等，

一应俱全之地十，

福运俱全之地矣。

若不认得我是谁，

右排虎皮席位主，

珠古雅美便是我。

侯王莫怒听臣禀，

满天密云被风散，

青龙身陷危急中，

此非火翅不作为，

是因四季之更替。

雪山之顶无白雪，

此非雪山无帽戴，

是因烈日太灼热。

波涛之水漫原野，

平坦原野变土崖，

低处舟桥被水冲，

此非舟桥不作为，

是因水势太凶猛。

郁郁葱葱之林山，

四周皆被烈火绕，

林山霎时化为灰，

此非林山太脆弱，

是因火势太凶猛，

若欲林山依旧绿，

绝非一朝一夕事。

南隅查绒君和臣，

以及旗下人马众，

倾巢而出奔北方，

未料毂鼓般超同，

老奸巨猾无人敌，

查绒商队一举劫，

草菅人命无人性。

故而前年去讨伐，

讨伐达戎贼兵时，

又遇岭尕来驰援。

岭尕奸诈三十将，

仿佛刀枪不入般，

气势汹汹无人敌。

与此拼命厮杀终，

麾下数千兵和马，

宛若手无寸铁般，

毫无还手之力般，

难逃横尸遍野命。

长达一载交锋中，

损兵折将近一半，

勇将逐一被敌诛，

寡不敌众残存兵，

无奈班师回朝来。

幸免于难五千兵，

回撤至那莲花原，

在此扼守近半月。

即日驾到侯王前，

只求往后之战事，

恳望侯王予定夺。

岭尕曾经发话曰，

倘若查绒俯首则，

尚可保全一方侯，

尚可保住一方财，

亦可不再动干戈。

然则不予理会终，

与敌苦战八月整，

依旧难逃乃惨败，

人马死伤难计数，

汗颜之事莫过此。

歌若过激请忍让，

言若荒唐请恕罪。

　　珠古雅美如此回禀罢，查绒侯王眼角发红、咬牙切齿、满脸血色，气急败坏地挨个扫视在场众将，一言未发。见此情景，右排头席处的玉贵米巴臣斜视侯王怒容后，便心平气和地道："也罢，但凡注定之事皆如此。无论何等辛苦，翻山越岭乃野狼之命；无论何等冰冷，时刻要在水中乃鱼儿之命；无论何等肮脏，喜食腐肉乃兀鹫之命；查绒遍地乃岭尕兵马，亦是命该如此。贵为男儿之身，苦乐参半乃常事；漫长四季之春，冷暖交替乃常事；万不可一时成败论英雄。入口方知何为美食，着身方知何为暖衣，远征方知何为宝骏，岭尕虚张声势之辈，亦莫过如此。我查绒将士，岂是一群无能之辈！一方富甲之资财，倘若不解荒年之急，死后岂能一并带？精心饲养之马匹，倘若赛场上不夺魁，岂不徒劳无益？娇生惯养之子嗣，若不孝敬年迈父母，与那狼崽有何异？我等侯王麾下臣，功成名就自居臣，彼此不曾服输臣，财大气粗自居臣，此时正是耀武扬威时。值此大敌当前日，正是大显身手时。"言讫，吟唱这样一曲主动请缨之歌：

接连三回阿耶声，

三声阿耶唱一歌，

唱一宛若苍穹歌，

唱一漫无边际歌。

衣食无忧富家子，

桀骜不驯甚是狂，

患得患失乃名利，

津津乐道乃祖业。

哪知一旦遭落败，

却无矢志不渝心，

无动于衷似白痴。

位高权重臣子众，

祖祖辈辈世袭权，

子民跟前烈如火，

仇敌大举进犯际，

远离是非之地般，

穴居犹如冬眠獭。

悲哀至极臣子众，

如此做派实汗颜！

往日坐享其成时，

风光至极臣子众，

掌管子民达千余，

骡马驮畜一大批，

伙计侍从一大堆，

埋怨斥责甚是欢。

挨饿受冻之侍从，

昼夜忙碌之侍从，

轻则难逃一通骂，

重则难逃割五官，

如此肆意妄为事，

目下却落自家头，

此为善恶果报亦，

是否如此列位臣？

值此大显身手际，

马匹配齐鞍鞯等，

三械铠甲披挂身，

率领各自麾下兵，

生死与共奔前去，

齐心协力赴沙场。

富家资财共享际，

谈何高低和贵贱?

各尽所能乃根本,

同仇敌忾与敌战,

齐心协力方可胜。

将帅带头冲在前,

舍生忘死迎敌则,

上行下效士气高,

难有怯战退却兵。

宛若一奶同胞般,

前仆后继迎敌则,

指日可待乃得胜。

即便国土落他手,

宁死不屈乃豪杰;

即便忍饥和挨饿,

决不讨饭乃王者;

即便置身冰冷水,

从不叫寒乃鱼儿;

明知辛劳不停步,

实乃野狼之秉性;

玉贵米巴奔图我,

宁为此般之硬汉。

明日拂晓将至时，
若有执意同往者，
前仆后继尾随来，
舍生忘死尾随来，
何者同往不指名，
时值大显身手时。
一方富家之家财，
乐善好施于荒年；
膘肥蹄急之宝骏，
远征之时显本色；
但凡查绒辖下臣，
若不拧成一股绳，
纵使不被仇敌诛，
难逃斩首之惩戒，
如此可好查绒王？
明日奔赴沙场后，
若不立下显赫功，
无颜以对乃相邻。
若是我般威猛将，
主动请缨奔沙场。
古来有话如此说：

身披三挂之勇士，

若不舍命与敌斗，

犹如灶间老妇般；

精心饲养之宝骏，

若不疾驰于原野，

与那长耳驴无异，

是否如此在场臣？

左顾右盼成性臣，

见风使舵一般臣，

是否力压群雄臣，

与敌厮杀之时晓，

是否此理查绒王？

厚颜无耻在场臣，

危急之时不显威，

与那死尸有何异？

歌若耳闻铭记心。

玉贵米巴如此歌罢，在场众臣连连点头以示赞同。查绒王心想：是臣理当如此，理当深谋远虑，理当在危难之时舍生忘死，否则枉为当朝重臣。其旁舞姿翩翩、喜笑颜开的王妃亦心想：玉贵米巴大将所言甚是，贵为朝中重臣，先是争名夺利，再惦记王妃之乱象比比皆是，危急关口若不能辅佐侯王，岂不枉得当朝重臣之名？如此，君臣齐聚一堂，十余名侍女忙着敬茶敬酒。正当君臣尽情享用茶酒之时，右排头席处身着黑衣，貌似赞神的龙拉贵杰悍将道:"正如玉贵米巴大将所言,米拉、曲拉、龙拉三乃侯王之左膀右臂,位列五大任由掌控之将中,此时正是我三员大将大显身手之时。"言讫,以江河缓流之调吟唱这样一曲出谋划策之歌:

  吟曲空旷如天歌,

  日月星辰运行处,

  翱翔之心未曾舍。

  侯王臣子大将三,

  祈盼心往一处想,

  但凡手握兵权者,

  一如既往弃私心,

  倘若江山落敌手,

  便是前世注定事,

  天命使然怎违抗!

  谨祈赤红赞杰神,

  谨祈火山色阎王,

  谨祈查纳罗刹女,

  谨祈九头水族神,

  谨祈佛苯众神祇。

  五十有八年岁间,

  方神以及本尊众,

  十方天神和地祇,

  荤祭之心未曾舍。

时常上供神祇众，

祈求危时赐庇佑。

庇佑世袭之江山，

庇佑臣子之家业，

庇佑一方地和畜，

庇佑难得之人身；

祈愿寻衅滋事匪，

尽数命丧利器口，

此为祈神目的矣。

若不认得此地方，

查绒南拉侯王宫，

郎喀景宗王宫矣。

虎豹黑熊棕熊等，

猛兽横行之地矣，

森林茂密之地矣，

雨水充沛之地矣。

牧草肥美之地矣，

六畜兴旺之地矣，

律法大兴之地矣。

如此自辖自治地，

岂是任人踏足地?

正如古话所云般:

翱翔于天之飞禽,

窝巢搭在树梢上,

自是无可厚非事;

猴类以及野人等,

喜欢栖息于岩穴,

自是无可厚非事;

黄羊香獐以及鹿,

喜欢栖息于山间,

亦是无可厚非矣;

我等查绒君和臣,

舍去自辖自治心,

别无侵占他邦心,

仅是经商度日邦。

然则岭尕非如此,

齐心协力岭尕众,

既是贪图他财众,

亦是等级森严众。

岭尕表里不一众,

自诩男儿皆勇士,

自诩女子皆空行,

自诩能掐会算众。

但凡山峦插幡一,

但凡高岗煨桑二,

念念有词祈福三,

大兴土木修塔四,

但凡江河筑桥五,

皆是岭尕敛财术。

查绒龙拉贵杰我,

虽非事事洞明将,

却乃明白事理将。

从今往后时日里,

正如玉贵所言般:

勿需调动过多兵,

只派精兵和强将,

重新打造锋利器。

速速召集铸器匠,

一百一十六铁匠,

速速召集嘉绒原,

速速铸造所需器。

重铸刀剑和矛头，

重铸箭簇和斧头，

重铸匕首腰刀等，

但凡所需之利器。

火烧柏树把炭烧，

火烧青杠把碳烧，

铁匠紧握击铁锤，

风囊之声雷般鸣，

速速打制锋利器。

远征仰仗乃宝骏，

用心喂养马和骡，

确保翻山和越岭。

无论男人或女人，

但凡身怀绝技者，

但凡身强力壮者，

身披三械赴沙场。

切忌无所事事般，

切忌不闻不问般，

无论生存或死亡，

该是当断则断时。

无所适从非明知，

非男非女敌难抗，

非僧非俗法难兴，

此为一事无成根。

不伦不类之蝙蝠，

既未列入禽类中，

亦未列入鼠类中，

此为似是而非根。

每每大难临头际，

推诿扯皮置身外；

每每好运当头际，

伸长脖子竞相争，

如此做派万不该。

君王心和臣民心，

心心相印乃理当。

位高君臣以下一，

卑微庶民以上二，

尽管权势有差异，

然则性命无贵贱。

听我道来军中将，

即日时起三日内，

查瓦绒箭宗

侯王旗下各部中，

精挑细选良种马，

齐奔龙殿堂一带，

搭满红白色营帐。

纵使鸟儿难越般，

纵使蚂蚁难藏般，

高天以及厚土间，

布满不同旗色军。

各部挑选一千兵，

十名千夫长旗下，

统共精挑一万兵，

若有临阵脱逃者，

要么割取其四肢，

要么索要其性命，

惩治不得讲情面，

一心一意与敌战。

东边达热玉宗堡，

米拉玉贵将来守；

南边孔雀大鹏堡，

曲拉巴扎将来守；

西边帮龙景宗堡，

龙拉贵杰我来守；

北边达穆日景堡，

赞杰巴武将来守。

余下军中悍将中，

珠古雅美干将一，

赞堆鲁威妥美二，

雍仲尼玛拉赞三，

扎热贵杰赞玛四，

后续兵马之将矣。

统共四千后续兵，

时刻整装等候令，

战马驮畜预备齐，

粮饷戎装筹备全，

必备之物筹备全。

所需物资运输兵，

将近两千就位之，

倘若中途被敌劫，

切莫物资落匪手。

侯王安心于宫中，

尼玛拉赞大臣一，

扎西希热多杰二，

玉赛郎卡扎巴三，

各领百余名兵士，

着重守护侯王宫。

既定计划莫更动，

依照此计行进之，

如上铭记诸位心。

龙拉贡杰如此布置罢，众臣心想：米拉、曲拉、龙拉三将乃叱咤风云般猛将，乃侯王心腹之臣，对三位所言岂敢持非议？想到此，就此未提出任何异议。猛将龙拉所言亦甚得南拉王之心。次日黎明将至之时，在之前战役中幸存下来的近五千名兵士的基础上重新补充四千名兵士，近一万人马在米拉、曲拉、龙拉、赞杰四员猛将的率领下，分别守护东南西北四个城堡。年满十五岁的男女身披三挂，赶着骡马、犏牛、驴子、牦牛等驮畜，向垭口、渡口、隘口运送军需物资。

六

  这时，岭国大队人马安营扎寨于查绒卓盖、雍仲莲花原野一带至崩热山附近，各营帐间信使宛如群鸟纷飞般告知各部将领前来议事。遂总管王戎擦查根、僧伦卡玛、杰瓦伦珠、苏青威玛拉达、玛尼拉布达杰、董氏曲鲁达潘；上岭赛氏王阿杰、尼奔拉普，中岭翁氏部姜巴赤赞、阿努巴森；下岭穆姜四部仁青塔鲁；丹玛十二万部中之萨霍尔[1]王室古如白玛坚赞、丹曲龙塔热塔吉、丹玛强查、嘎吾尼玛扎巴、拉赞玉杰、桑巴玉珠；贡觉阿拉黑白部之巴拉塔杰森达；德格十八部之嘉擦协嘎、朗卡妥孜、拉布达杰、嘎热旺杰、尼奔拉杰白玛等岭国上中下众将云集一处。正当众将领彼此叙话、尽情享用美食佳肴之时，中央席位处头席上的足智多谋之士总管王戎擦查根，以江河缓流之调就此番迎敌事宜，吟唱这样一曲叮咛歌：

  唵嘛呢呗咪吽！

  阿拉阿拉阿拉歌，

  三声阿拉吟一歌。

  慈母上师丽日三，

  恩重如山人尽知。

  太阳忙着转四洲，

---

[1] 萨霍尔：原是古印度孟加拉王国名，因受佛教史观影响，藏地多有李代桃僵之举。如五世达赖喇嘛亦自誉其父系出自古印度萨霍尔王族。

虽非慈悲利众举,

然则其恩人尽知;

贵为正法之本师,

菩提之心著称师,

空性仁慈著称师,

实乃利乐众生师。

若无上师无学徒,

若无学徒法难承,

若无正法无章法,

若无章法怎立足?

上师洪恩人尽知。

若不懂得父母恩,

怎知因果和报应?

不讲长幼尊卑则,

谈何尊老和爱幼?

不讲尊老爱幼则,

往昔之事如何晓?

何以应对往后事?

若无四季之更替,

方寸大乱乃众生。

吃饱喝足炫富一,

忍饥挨饿哭穷二，

宛若牲畜苟活三，

均是莫大之悲哀。

若不认得我是谁，

足迹遍布天下一，

天竺当帽头戴二，

汉地当鞋足穿三，

藏地当衣身穿四，

超凡脱俗之辈矣，

历经沧桑之辈矣，

饱经风霜之辈矣。

未料时轮转至今，

但凡男儿心气高，

全然不顾乃果报，

常挂嘴边乃矜言，

乐此不疲乃阿谀。

如此世风日下际，

平头百姓仰仗谁？

推心置腹于何者？

如此不明是非则，

岂不枉为一方官？

倘若不知怎礼供，

运势怎会持昌盛？

倘若不明怎抑恶，

何谈来世之福禄？

历经沧桑老朽我，

所到之处难计数，

所经之事难言表，

享用之食亦如此。

若不尝尽世间苦，

焉知何者为甘甜？

若未穿过粗糙衣，

怎知锦衣之柔软？

若不经历苦和难，

怎知何者为幸福？

若不经历饥饿日，

怎知食不果腹苦？

若不游遍广袤地，

怎知天地之宽广？

若不明辨其教理，

怎知新旧之教派？

怎知神魔之差异？

此为一己之思量，

亦是饱经风霜语。

听我道来岭尕众：

若在福中不知福，

终有大难临头时。

一蹶不振不可取，

但凡满腹经纶者，

大度宽容不可舍，

深思熟虑来谋事。

苦时乐观向上一，

得势之时谦和则，

容易赢得众人心。

言语保持谦逊一，

力所能及帮困二，

时常礼供三宝三，

大放布施恶趣四，

善待狗和乞丐等，

老朽一贯做派矣。

若不翻越高耸山，

查瓦绒箭宗

岂能抵达原野处？
甘苦宛如褡裢袋，
翻越山崖便是坡，
饥饱宛如皮风囊，
冷暖交替似春日，
此起彼伏无定性。

听我道来岭尕众：
前年时起两年间，
岭尕下辖兵马众，
忙着剿灭查绒兵。
誉名查绒南拉王，
麾下臣子似罗刹，
掌控四大一般狂。
猛如虎豹查绒臣，
刀枪不入一般臣，
迅猛飞禽一般臣，
皆是昧于取舍辈，
皆是欺软怕硬辈，
皆是飞扬跋扈辈，
但愿岭众非如此。

奉劝岭尕将和士，

切忌效仿查绒臣，

但凡劲敌自根除，

但凡弱者倾力扶，

抑强扶弱莫忘怀。

尽管查绒敌之辖，

虽非大动干戈地，

然则天命难违抗。

和颜悦色之劝阻，

敌魔跟前难奏效。

但凡邪恶妖魔众，

均是不识好赖众，

均是不明法理众，

均是不分长幼众，

如此无药可救众，

唯有武力诛杀份。

尽管杀戮系造孽，

却非无可挽回事。

口诵六字真言一，

念诵莲花心咒二，

慈悲之心祷告三，

同为罪恶忏悔法。
查绒南拉侯王一，
水火风般三臣二，
赞堆鲁堆萨堆三，
欣堆天堆等君臣，
皆是桀骜不驯主，
倘若不以武力除，
纵无俯首称臣时。
岭尕神裔部众中，
统共二十名神子，
长生不老般神子，
光芒四射似丽日，
今日落山明日现，
如此往返无穷尽。

为此何须忌惮命？
何须畏惧奔沙场？
切忌无力抗衡心，
切忌劳碌命苦心，
畏惧之心自根除。
脚力强劲之宝骏，

横穿无际原野日,

即便四蹄直哆嗦,

毫无迟疑奔前则,

拔得头筹何须言?

翱翔于天之灵鹫,

尽管筑巢在岩山,

然则天明飞奔终,

狗和马匹人尸等,

腐尸果腹乃天命。

正如此般古话云:

岭尕部落君和臣,

早先饮光佛时起,

直至目下年岁间,

千尊佛陀眷顾一,

释迦牟尼佛之祖,

时常指点迷津故,

成为八十成就者。

反反复复轮回终,

身披三挂促伟业,

倾心守护乃正法。

与那护法神为伍，

紧随战神威玛等，

十方诸神眷顾下，

超凡脱俗甚风光。

如此福星高照一，

福报业报昌盛二，

预言指点不断故，

事事洞明般智者，

尽数降生于岭尕。

人见人爱岭尕地，

瞻部洲之核心地，

天神地祇威望高。

遍地牛羊岭尕地，

既有战神命魂山，

亦有上师修行处，

实乃世间稀有地，

是否如此放眼瞧！

我等岭尕叔伯众，

需一洞若观火人，

需一子承父业人，

需一转轮王般人，

需一练就虹身人。

高天与那厚土间，

若是实有便实有，

凡体肉身佛陀般；

若是无形便无形，

拥得空性虹身般，

如愿以偿之后生，

不日降临于岭尕。

温暖赛过阳光般，

驱暗赛过月光般，

滋润赛过甘雨般，

无可企及之后生，

不日降生岭尕地。

时轮转至目下际，

大有仆人当道际，

丧父之子自立际，

飞禽以喙捉虫际，

勿需惊恐岭尕众。

今起明日后日间，

尽情享受歌舞宴，

放开吃喝莫拘束。

倘若天生不乏福,

纵无堪忧福报时;

倘若天生不乏勇,

何愁手中无利器?

倘若天生不乏智,

何愁江山落他手?

倘若天生不乏姿,

何愁终生无姻缘?

切莫畏惧南拉王,

莫怀不敌南拉心,

气数已尽乃南拉。

正如自古俗谚云:

倘若双足不善跑,

如何甩臂亦徒劳;

倘若天生无姿色,

如何洁面亦徒劳;

倘若天生无福泽,

节衣缩食亦枉然;

注定之事莫过此。

至于何者领兵去，

何者主攻何方地，

一切听从丹玛令。

同为位高权重臣，

同为董氏神祇裔，

切忌失策招致祸，

切忌唯命是从法，

同舟共济谋大业。

歌若过激请忍让，

言若荒唐请恕罪，

诸位心中铭记此。

总管王戎擦查根如此歌罢，在场悍将、叔伯、后生、足智多谋之士、勇猛无比之士不约而同地暗忖：总管王所言恰似高山滚石、江河狂奔，无人能阻挠。想到此，众人喜笑颜开、双手合十，对总管王所言未提出任何异议。这时，右边头等席位虎皮垫子上之体大力壮、肤色略黑、眼角发红、形如高天青龙般的丹玛强查起身分别向总管王、僧伦卡玛、杰瓦伦珠、噶德献上一条洁白的哈达后道："我丹玛强查虽为驰骋沙场的武将，但也不乏为岭尕大业出谋划策之智慧，何况总管王般高瞻远瞩者？正所谓违抗上师言教，终将堕入地狱；违抗长官号令，难逃牢狱之灾；违抗父母教诲，终将沦落街头之说那样，对总管王所言唯有言听计从之份。何况我岭尕一向强将云集，足智多谋之士比比皆是。但就此番发兵，我丹玛还得吟唱一曲。每每紧要关口，总要吟唱一曲来略表各自意愿乃我岭尕之俗。"言讫，以塔拉之调吟唱道：

唵嘛呢呗咪吽！

阿拉塔拉塔拉歌，

塔拉歌儿吟唱法。

跻身极乐世界歌，

塔拉之歌由我吟。

三十三界殿堂处，

浑身洁白如雪神，

乳白梵天大神您，

水晶宝剑持右手，

祈盼铲除妖孽众；

聚宝之盆持左手，

祈盼不吝赐悉地；

日和月二踩脚下，

祈盼六众威震之，

祈盼形影一般随，

祈盼庇佑岭尕业。

中空须弥山之巅，

直入云霄神殿处，

出神入化战神众，

身上旗幡迎风飘，

赤斑猛虎左边随，

花斑豹子右边随，

花翎鹞鹰头顶盘，

战神眷众紧随后，

即日前来佑助我。

迅猛著称之战神，

猛虎斑纹战神一；

权势著称之战神，

雪山白狮战神二；

敏捷著称之战神，

林中花豹战神三，

切莫分神伴助我。

但凡岭尕前往处，

形影不离尾随之。

若不认得此地方，

查绒下方广袤地，

雨水充沛之地矣，

草木茂密之地矣，

宝藏遍布之地矣，

云雾缭绕之地矣，

飞禽猛兽之乡矣。

若云此地隶属何，

雪域蕃地辖地矣，

因此风土人情等，

与那蕃地无两样。

一方诸侯南拉王，

如今年岁六十二。

自打出世至今日，

无恶不作似黑魔，

涂炭生灵已成性，

四处树敌把怨结，

提起岭尕心难平，

提起行善直发昏。

恶贯满盈诸侯亦，

首当其冲之敌亦，

查绒南拉侯王一，

米拉龙拉曲拉二，

赞堆鲁堆之辈三，

欣直那姜等奸臣，

皆是此番剿灭敌。

待至后日东升时，

东西南北四方堡，

宛若铁环一般围，

一探何者胜一筹，

一探何者更富足。

噶德曲迥贝纳一，

尼赤普邑拉嘎二，

玛尼奔布拉普三，

达潘布玉古如四，

统领嘉擦霞嘎[1]五，

达戎所部人马中，

聂擦赛盆达盆三，

达戎四母超同等，

争先恐后奔沙场，

大举进攻查绒兵。

将近一万查绒兵，

赶尽杀绝莫手软。

倘若不一举攻下，

罪责难逃乃诸将，

---

1 嘉擦霞嘎：格萨尔同父异母的兄长，系岭国幼系首领僧隆汉妻腊噶卓玛所生，其名字前面冠以"嘉擦"，在藏文中有"汉甥"之意。他一生协同格萨尔抗击侵略者尽心竭力，功勋卓著，是《格萨尔》史诗中性情最耿直、最刚烈、最让敌人胆颤心惊的英雄人物之一，岭国三十大将和七君子之一。

好比羊群未保全，

罪责尽在牧人般。

杰瓦伦珠长者一，

僧伦卡玛长者二，

恩萨塔奔上师三，

卦师法师医师等，

勿需外出在营寨，

出谋划策绝后患。

查绒弓箭宝藏一，

犏牛骡子乳牛等，

悉数被我岭尕夺，

各尽其能把敌灭，

众人心中铭记此。

丹玛如此强调罢，岭尕叔伯、干将、德高望重之士，就此番出征争先恐后地吟歌献计，在此不一一赘述。如此，在岭尕上下齐心协力做战前准备久达一周之际，头戴白盔、身着白甲、胸别白色护心镜、左别乳白箭筒、右别乳白弓袋，一身皎洁如雪的嘉擦悍将起身就此番出征需要留心事宜吟唱这样一曲歌：

唵嘛呢呗咪吽！

阿拉阿拉阿拉歌，

三声阿拉呼喊神。

头顶日月运行处，

谨祈莲花生大师；

左边肩膀之上方，

谨祈董炯白战神；

右边肩膀之上方，

谨祈凯祖年战神；

心窝佛法殿堂处，

谨祈观世音菩萨。

若不认得此地方，

南隅谷深林密地，

三江汇集之地矣，

南拉王宫附近矣。

若不认得我是谁，

穆布董氏血统矣，

僧伦卡玛乃生父，

生母源自东郡国，

嘉擦霞嘎乃我名。

大千世界蕃域地，

幸得霞尕之名者，

一为卫地释迦佛，

二为岭尕嘉擦我，

三为乳白梵天神。

听我道来岭尕众：

此番出征兵和马，

先头兵乃达戎部，

达戎红幡人和马，

统领者乃超同王。

达戎四母超同王，

马头明王化身他，

法力巫术无人及，

叱咤风云之将矣。

达盆赛盆聂擦将，

亦是强将中之将。

尤其达戎赛盆将，

人称毒树根茎将，

便是无人企及将。

紧随其后兵马乃，

白盔白甲白幡兵，

统领者为巴拉将；

紧随于此人马乃，

黄盔黄甲黄幡兵，

噶珠二部兵马矣，

统领者为噶德将；

紧随于此人马乃，

绿盔绿甲绿幡兵，

宛若松石一般兵，

统领者为托赞将。

余下前去人和马，

见机行事莫懈怠。

森擦俄贵奔仁一，

玛尼拉普塔杰二，

珠鲁库邱托赞三，

俄鲁巴武托赞四，

各领近万人马去。

诸如此类将和帅，

岭尕军中甚是多，

一切尽在不言中。

大致布阵莫过此，

先头达戎兵马众，

主帅便是嘉擦我，

祈愿旗开得胜之，

祈愿神祇庇佑之，

祈愿战神紧随之，

祈愿莲师赐护佑，

祈愿斗志昂扬之。

倘若查绒南拉王，

趁机不被一举除，

恐要练就不死身，

恐要上天和入地，

歌若耳闻铭记心。

然后查绒南拉他，

已到临死之时日，

不毁生存之道路，

坚固岩石会自燃，

下流之水变银水，

炎热水火风卷起，

实乃黑魔生小子，

生命支柱保护者，

乃有五行来保护，

获得自由之魔鬼，

上天下地两者存，

这些英雄心切记。

　　若是权威消失时，

　　叔父阿内贡庆他，

　　会赐卜卦之预言。

　　若能听懂是良言，

　　不懂与歌没关系，

　　叔父心中请切记。

　　如此强调一番罢，在场众人对嘉擦所言甚是赞同。待至第三日，岭尕先头人马在嘉擦的率领下，宛如迎风飘扬的白幡般出发。紧接着右翼巴拉所部、噶德所部等亦按既定排兵布阵遮天蔽日、江河泛滥般依次向白龙霞绒三岔地进发。夕阳落山在即之时，不计其数的岭尕大队人马宛如天上繁星坠地、大地布满鲜花般安营扎寨于此。此情被查绒哨兵发现后，随即以生烟、吹号发出敌情。得知敌军临近，查绒营寨中的珠古雅美、赞堆妥贝、雍仲尼玛拉赞等悍将道："既然岭尕军队大举来犯，誓要迎头痛击，否则查绒大军形同一堆尸骨。"遂查绒军师希热郎卡维萨就如何迎击来犯之敌，吟唱这样一曲歌：

　　连吟三回耶声歌，

　　耶声之歌自天吟。

　　头顶直指无际天，

　　便是苍生之秉性；

　　脚底扎根于厚土，

　　亦是苍生之习性。

吟歌自在悲喜时，

欢乐之时吟欢歌，

欢歌吟于欢庆时。

跑马射箭之时一，

少女出嫁之时二，

迎头痛击敌时三，

皆是吟唱欢歌时。

悲歌吟于苦闷时，

人仰马翻之时一，

盗匪猖獗之时二，

衣食堪忧之时三，

皆是吟唱悲歌时。

即日心急如焚际，

吟曲无欲可求歌。

谨祈己乡佑神众，

嗜血嗜肉岗赞神，

饮血食肉母罗刹，

索命成性死神等，

此刻正是发威时。

守护一方查绒部，

本非好战著称部，

然则业力使然故,

即便无心犯他邦,

也被外敌踩脚下。

往昔日积月累财,

驮畜以及驮物等,

悉数被那超同劫。

惨遭劫匪杀戮终,

资财尽数遭劫终,

差去讨回公道者,

统共一千余人马,

也被岭尕一举诛,

如此恃强凌弱法,

实乃忍无可忍耳。

倘若不是无魂尸,

此时正是雪耻时;

倘若不是睁眼瞎,

此时正是动粗时。

誓死决不俯首乃,

世间男儿秉性矣;

苦时概不落泪乃,

沙场将士秉性矣,

同舟共济与敌斗,
视死如归奔沙场。
甘愿一较高下者,
身披三挂马配鞍,
速速披挂上沙场,
切忌左顾右盼心。
切忌依恋父业心,
切忌不舍妻儿心,
切忌惧怕来敌心,
竭尽全力与敌斗。
倘若早先听我言,
如今情景何至此?
苦口婆心奉劝时,
上至君臣以下一,
下至兵士以上二,
男女老少等众人,
置若罔闻斗志高,
竞相装勇甚为狂,
竞相装富着锦衣。
天生匮乏姿色者,
无论如何修边幅,

亦非众人心怡主；
无货谎言交易者，
难有交易促成时；
刚愎自用之后生，
祖业尽丧乃敌手。
值此无计可施际，
危在旦夕乃性命，
灰尘一旦撒向天，
落处唯有私己脸，
自不量力较劲者，
唯有自取其辱命。

虚张声势狂呼一，
回音响亮咯嗦二，
乞丐心中算计三，
均系痴人说梦话，
皆乃灾祸不断根。
既然事情已至此，
只得倾力与敌拼，
只有舍身搏一回。
雍仲巴武大臣一，

赞堆妥贝赤图二，

珠古雅美多丹三，

扎热贵杰赤玛四，

分别率领四部军，

如何应战酌情定，

言若耳闻铭记心。

值此舍生取义际，

顾虑再多亦无益，

若不节制马儿速，

终将跑断乃四蹄；

大肆挥霍不惜财，

终有坐吃山空时；

若不量力与敌战，

近在咫尺乃败局，

歌若耳闻思量之。

  希热郎卡维萨如此唱罢，众将臣暗忖：老臣一番言语，不知侯王作何感想？若是听从此般丧气话，必败无疑，但舍命一拼亦无妨。遂各个身披三械，昼夜不分地占据垭口、渡口等要地。深感必死无疑之众将，处在随时应敌状态之中。这时，在超同、贝如尼玛坚赞、达盆、赛盆、达潘、聂擦阿丹将率领的达戎所部人马，铺天盖地般扑来。查绒哨兵见敌军如潮水般扑来，前哨处的雍仲巴武拉赞大将暗忖：达戎所部向来所向披靡、难以抵挡，怕是难逃一死。想到此，纵身跃上董玛隆西马背，从帮日聂青草坝处一边抽取弓箭，一边发着"咯嗦"声而道："听着，背井离乡成性的岭尕贼兵，贼人惦记钱财乃葬送性命之根，野狼嗜血如命乃身陷网罟之根，狐狸狂奔原野乃血染毛皮之根，雀鸟四处飞奔乃命丧鹞喙之根。即日大举压境之赤幡人马，莫非为再熟悉不过之达戎超同人马。"言讫，一举堵住达潘的去路，以猛虎咆哮之调吟唱道：

  吟曲漫无边际歌，

  无际之歌自天吟。

  天若晴朗繁星闪，

  地若肥沃植被茂，

  官若威武威信高，

  吟曲如此非凡歌。

  叩拜三尊庇佑神，

  高空云朵园子处，

  身着白云般衣神，

  周身白绒飘逸神，

  乳白犄角晃悠神，

  洁白如雪之泰神，

  即日前来伴助我。

  高耸入云高山处，

  狂风呼呼发声处，

  雪花满天飞舞处，

  黑白相间花泰神，

顷刻现身伴助我。

黑水激浪土崖处，

犄角挥舞于天神，

挪移宛若毒蛇神，

周身乌黑粗毛神，

数万地祇簇拥神，

残忍至极黑泰神，

蛇形套索持右手，

疾疫之盘持左手，

切勿分神伴助我。

若不认得此地方，

查绒阿吉龙吉地，

洼陷不堪山崖矣。

若不认得我乃何，

侯王御前之贤臣，

尼玛拉赞便是我。

洞若观火之臣我，

独当一面猛将我，

不曾信奉佛和神，

未曾忌讳把孽造，

天生喜好祸害命，

残暴犹如嗜血魔，

涂炭生灵魔族矣。

乌云滚则雷雹降，

毫无怜悯击打地；

鲁魔怒则江河翻，

疾疫自然四处漫；

宛若旋风查绒将，

不讲怜悯似阎王。

南拉侯王侄子我，

统领大军猛将我，

视死如归一般我，

实乃超乎寻常主。

听着来犯红幡众：

汝等飞扬跋扈辈，

倘若翻江倒海般，

肆无忌惮发飙则，

终将难逃灭顶灾；

云团所以翻滚天，

是因劲风在助推。

宛若血海达戎部，
大举进犯查绒地，
横尸原野方知悔。
与匪无异达戎部，
故弄玄虚之魁首，
人称四母超同叔，
既是欺世盗名辈，
亦是无胆无识辈。
花花岭尕地界上，
图谋不轨贼人众，
弱者跟前似盗匪，
强者跟前似毛贼，
垂涎他财成性故，
颠沛流离忘己乡，
是否如此岭尕众？

一方侯王南拉辖，
搅成鸡犬不宁般，
可有往日之旧怨？
可有今日之新仇？
若有不妨从实禀。

细枝末节禀明后，

细长弓箭较量一，

近身匕首较量二，

以枪以矛较量三，

何者为宜任由汝。

红如血海一般部，

宛若驱赶羊群般，

誓要一举赶向山；

宛若驱赶鱼群般，

誓要一举四散开。

腥风血雨在原野，

嚎啕大哭在原野。

手中胜过剧毒箭，

即日倾力射向汝，

若有回话速速道。

雍仲巴武拉赞歌毕，弓上之箭宛如鸣雷般射去，只是达潘承蒙神子垂青、练就空性虹身之故，毫发未损。遂纹丝未动的达潘道："听着拉赞厮，汝厮所言虽威武，结果却犹如水中之泡。即日之事皆依汝厮所言，我般猛将发威日，便是腥风血雨日，便是横尸原野日。"言讫，枪套中抽取长枪，以黑熊醉血调吟唱道：

唵嘛呢呗咪吽！

阿拉歌儿之起始，

塔拉吟自极乐歌。

不吟阿拉塔拉歌，
言语要义何以诉？
三尊佛陀不赐佑，
血肉之躯何以护？
虔心礼佛莫分神，
不二之心敬仰一，
手勤转动经筒三，
虔诚之心礼佛四，
积善之心恒常等，
皆为如愿以偿根。
己心时刻向佛则，
无往不利乃世事；
与其寄望于恶人，
不如礼供护法神。
上苍乳白梵天一，
中空年神古拉二，
下界顶珠龙王三，
岭尕业力三大神，
宛若至亲父母般，

倾力利众之神矣。

若不认得此地方，
未曾踏足却耳闻，
谷深林密著称地，
鸟语花香著称地，
遍地牛羊著称地，
牧草肥美著称地，
猛兽出没著称地，
物产富饶著称地，
查绒下辖之地矣。
打个比方乃这般：
漫无边际之高空，
日月星辰之乡矣；
碧波荡漾之大海，
鱼虾巨鳖之乡矣；
南隅谷深林密地，
猿猴野人之乡矣。
无论日月星辰乡，
或是鱼虾巨鳖乡，
或是猿猴野人乡，

同是过客暂居地，

却非恒久不变地。

何况查绒南拉辖，

辖下臣民和部众，

皆因昧于取舍故，

皆因不明善恶故，

皆因不懂礼数故，

皆因恬不知耻故，

皆因不讲亲情故，

皆因欲壑难填故，

纵无与邻和睦时。

就我花花岭尕言，

嫌厌之徒共有三：

不信圣法之徒一，

厚颜无耻之徒二，

不明礼数之徒三。

何者高贵何者贱，

辨明准则亦有三：

思前顾后为其一，

为那来世积德二，

知耻感恩为其三,
高贵之人莫过此。
卑贱莫过南隅众,
不明取舍似野兽,
得过且过度一生,
嫌厌根子均在此。

听着狂妄至极厮,
人称雍仲拉杰厮,
即日正是闭眼时;
人称玉嘉奔扎厮,
即日正是根除时。
尾随其后之人马,
宛若血盆落地般,
宛若烈火毁林般,
宛若洪水冲沙般,
若不清扫非好汉。

若不认得我是谁,
正如超同所言般,
达戎赤幡人马帅,

达潘毒茎便是我。
莫说在我岭尕地，
整个朵麦之地界，
无人匹敌之人矣。
手中执持之长枪，
出自泰神工匠手，
号称三界尽毁枪。
无论上方神明界，
或是中界俗子界，
或是下界鲁神界，
悉数毁灭之枪矣。
与我较量唯有败，
麻风缠身唯有死，
是否如此慢慢瞧！
之前汝厮所放箭，
恰似风中茅草箭，
岂是殃及性命箭？

歌若耳闻铭记心，
达潘所言非虚言，
是否神会黑肤厮！

达潘歌毕,手中长枪直接刺向雍仲巴武拉赞之胸,将其拦腰斩断而落马。紧接着直指玉嘉奔图头部刺去,一举刺穿其头颅而使其落马。拿下查绒两员悍将首级的达潘,宛如猛虎入林、玉龙在云间翻腾般冲进查绒营寨之中。见此,达潘身后的达戎大队人马在马匹急促声阵阵、飞箭声嗖嗖、弓弦声嗡嗡、挥剑声咻咻中,宛如暴风雨突掀、狼群闯入羊群般冲进查绒营寨,一举歼灭一半余营中人马。夕阳落山在即之时,血洗查绒营寨之人马回撤至岭尕营寨。浑身鲜血淋淋的超同、聂擦阿丹、阿奴达盆、赛盆、拉贵尼玛赤赞等于戌时抵达至岭尕营寨。

次日拂晓在即时,四母超同一声令下,以法鼓猛擂、海螺号猛吹、军旗招展传令各部统领齐聚于莲花大威神帐之中。未过多久,达戎诸部统领陆续来到神帐并依次落座。这时,仿佛十日之光同射而金光四射般之龙凤呈祥金帛席位上的超同道:"值此吉星高照之际,但凡勇将理应如此。身在喜中不知喜,何以告慰己心?"遂以雷鸣降雨之调吟唱这样一曲歌:

  唵嘛呢呗咪吽!

  阿拉之歌来献供,

  塔拉言语阐述法。

  殊胜雍仲殿堂处,

  谨祈瓦赛达拉神;

  红黑相间神殿处,

  谨祈愤怒马头神;

  火焰四射殿堂处,

  谨祈苯祖辛饶尊。

若不认得此地方,
南隅查绒之地矣。
绵延不绝密林带,
山高路险之地矣。
弯弯曲曲林间路,
貌似羊肠山林路,
岂是我等熟悉路?
同为男儿何者胜,
自是熟悉地貌者;
衣和食二何者足,
自是辛勤耕耘者。
为此凶险查绒地,
我等岭尕人和马,
祈盼不被神明弃。
牧人看护羊群般,
恩师呵护爱徒般,
父母呵护子女般,
富家看护钱财般,
时刻祈福三宝佑,
时刻祈福护神守,
祈福万事皆遂愿。

何况岭尕神之裔，

并非不堪一击辈。

勇猛无比岭尕将，

亦非胆小怕事辈，

甘愿背井离乡将，

置身异乡似己乡。

常伴好运岭尕众，

身躯无病为其一，

心中无愁为其二，

命无闪失为其三，

祈愿运势越发旺，

祈愿福泽趋恒常，

祈愿处处呈祥瑞。

若云人称超同我，

岭尕长系虎父种，

威风八面长者矣，

穆布董氏血统矣，

法力巫术之主矣。

今年之前时日即，

前年迄今三载里，

尽管人称灾祸根，

实则镇邪之主矣，

明辨是非之人矣。

打个比方乃这般：

高天日月星辰三，

虽然同处于高天，

然则轮流于昼夜；

广袤地上之江河，

尽管最终汇集海，

流经之处却各异；

岭尕叔伯和才俊，

虽然同为利他者，

贫富血统却各异。

然而大敌当前际，

宛若同门师弟般，

患难与共之众矣。

尤其来到查绒后，

冲锋在先达戎部，

视死如归与敌战。

接连三日激战际，

达戎旗下将帅中，

达潘毒茎干将一，

聂擦阿丹辅弼二，

后援阿奴达盆三，

右翼阿奴赛盆四，

达戎拉赞扎巴五，

千夫长和万户长，

争先恐后与敌战。

强将手下无弱兵，

身怀绝技之诸将，

舍生忘死与敌战，

遭败之心未曾有。

宛若鹞鹰驱鸟般，

驱离是那查绒兵；

宛若豺狼驱羊般，

血洗是那查绒营，

赫赫战功理当奖。

战功卓著达潘将，

奖赏九枚金质币，

奖赏一马一马鞍，

哈达铠甲各一个；

战功赫赫聂擦将，

奖赏一马一马鞍，

马蹄形银一百枚；

达盆赛盆二员将，

各赏一马一铠甲，

马蹄形银一百枚；

达戎统领超同我，

喜得一马一铠甲，

喜得白银千百两。

余下一十五名将，

各得白银十五枚。

尊贵神裔将和士，

尽情享受歌舞宴，

敞开享用茶和酒，

待至荣归故里时，

人人有份乃重奖。

尽管敌营已血洗，

然则山崖林间等，

势必藏匿残存兵，

谨防残兵之反扑。

不甘失败残存兵，

报仇心切残余兵，

仗着地形之熟悉，

伺机寻仇乃自然。

老朽之见莫过此，

歌若过激请忍让，

言若荒唐请恕罪。

超同如此叮咛一番罢，在场众人沉浸在欢歌起舞中直至夜幕降临，随后各奔营地一步一哨、十步一岗地提防残兵来偷袭。

此时，分散藏匿于片石山、野林等处之珠古雅美、赞堆妥贝、扎热贵杰、希热郎卡维萨等将麾下的残兵败将，以"咯嗦"声彼此联络历经一周集结一处。待至第九日，集结一处的三千余人马在珠古雅美等败将的率领下，在马蹄声、冲杀声、飞箭声、弓弦声四起中仿佛一人出征般齐整，心无余悸、各个虎视眈眈地直奔达戎营寨而去。残兵抵达至南边波日山附近时，被达戎前哨发现后随即发出敌情。得此敌情，整个达戎营寨立即进入备战之中。这时，查绒人马中之珠古雅美、赞堆妥玛、扎热贵杰三员败将率先奔来，但达戎营寨中仍旧不见悍将出营迎敌。见罢此景，三员败将后面的三千余残兵，宛如天旋地转般从南边径直扑向达戎营寨，一举歼灭百余名兵士。遂达戎营寨中之贝如尼玛坚赞猛将连射十五箭，顷刻间查绒残兵乱作一团。紧接着手握长枪的珠古雅美挡住贝如尼玛坚赞的去路道："听着！周身乳白下跨白马之厮，如此肆无忌惮，焉能坐视不管？不妨听我吟唱一曲。"遂以猛雷之调吟唱道：

三回耶声吟曲歌，

吟曲宛若雷鸣歌。

宛若雷鸣一般歌，

何愁无人视未闻?

身着锦衣绣袄则,

何愁不悦众人目?

下跨如飞宝骏则,

何愁横穿广袤原?

勇者舍命扑敌则,

何愁一举拔头筹?

祈佑当属三尊神,

身语意三来祈佑。

言多势必逆人耳,

多食势必殃及胃,

衣厚势必乃负担。

闷闷不乐心事多,

实乃悲念故乡兆;

满嘴谎言之交易,

实乃沦落街头兆;

喋喋不休之狠话,

实乃惹怒死敌兆;

荡妇不疲卖风骚,

实乃掩人耳目兆。

此为查绒吉祥苑，

碧绿王宫附近矣。

若不认得我乃何，

前年统领大军起，

威名远扬似天雷，

若无耳闻乃聋子；

光彩照人似闪电，

若无目睹乃瞎子。

战则制胜乃男儿，

无此斗志乃懦夫，

是否此理乳白厮？

查绒军中豪杰我，

既是南拉心腹臣，

亦是统领千军将。

阎王杂役一般我，

所以与汝邂逅乃，

业力注定之故矣。

威武须弥山般王，

自有我般辅佐臣，

值此兵戎相见际，

临阵脱逃乃懦夫。

此等臭名昭著事，

非但有辱于家族，

更是无言以对事。

听着白马白衣厮：

手中执持之长枪，

九种金属铸造枪，

索要敌命似死神。

之前两军交锋时，

宛若血海达戎部，

魁首四母超同他，

所作所为皆在心，

切莫以为逃命去，

仅是适可而止矣。

正如常言所云般：

从长计议则事成，

捷径翻山则路近，

匀速跑则达远程，

退缩之故莫过此，

汝厮心中铭记此。

珠古雅美歌毕，径直扑向贝如尼玛坚赞，用手中之枪连刺五回。然而，贝如尼玛坚赞身上佩戴有战神威玛、护法神、勇行、空行母等护身符，故而除砍断些许铠甲弦外未能殃及其性命。见罢此景，贝如尼玛坚赞拔剑道：
"听着！与畜无异之查绒小儿，今日你我若不分出个伯仲，恐要重蹈往日大有说辞之覆辙，当断不断必有后患，莫急、莫急，从容些。"言讫，以猛虎发威之调吟唱道：

唵嘛呢呗咪吽！

阿拉阿拉阿拉歌，

塔拉歌儿吟唱法。

上师本尊至宝三，

心窝深处来祈祷，

祈愿离苦得涅槃，

祈愿引向极乐界。

日出日落般苦乐。

祈愿苦尽乐恒常。

法身报身化身三，

如来三身赐护佑。

高悬于天丽日处，

谨祈鸿恩根本师；

心窝佛法殿堂处，

谨祈殊胜护法神；

右边肩甲上方处，

谨祈十方护法神；

左边珍宝殿堂处，

谨祈静怒本尊众；

宛若坛城躯体处，

谨祈战神威玛众。

若不认得此地方，

此为南隅查绒地，

绿树成荫之地矣，

谷深河急之地矣。

昧于取舍南隅众，

不识神明南隅众，

不懂布施南隅众，

宛若饿鬼南隅众，

自取其辱南隅众，

惹祸上身之地矣。

若不认得我是谁，

大千世界核心地，

苍生心旷神怡地，

人见人爱玛域地，

玛曲置曲杂曲三，

三江汇集之地方，

统领千军万马人，

舍生取义著称人，

贝如尼玛坚赞矣。

正如远古俗话云：

上师舍命只为法，

只为明辨法理死，

此为死得其所矣；

官吏舍命为理政，

只为明断是非死，

此为死得其所矣；

骏马命丧于奔跑，

只为一举夺魁死，

此为死得其所矣；

男儿命丧于沙场，

只为一较高下死，

此为死得其所矣。

我等岭尕将和士，

均是此般舍生辈，

只为利乐苍生死。

即日以往年岁里，
抑恶扬善为己任，
抑强扶弱为己任，
即使天竺佛法地，
刮目相看乃岭尕；
即使东郡律法地，
刮目相看乃岭尕，
有口皆碑之邦矣。

听着可怜邪魔众：
珠古雅美魔臣一，
欣吉赞堆魔臣二，
扎热贵杰魔臣三，
汝等既然奔前来，
概无全身而退命。
此非杀生成性故，
实乃天命使然矣。
阎王大行律法际，
方感懊悔为时晚，
遍布额头老年皱，
亦是天命使然矣，

即日正是丧命时。

手中食肉饮血剑，

誉名三界水晶剑，

出自天工之手剑，

即日一举劈向汝，

一举劈向汝厮头，

誓把灵魂引向天，

誓把尸横原野处。

贝如我和阎王二，

同是心想事成主；

贝如我和天雷二，

同是击毁岩山主；

贝如我和急流二，

同是冲刷平原主，

歌若耳闻铭记心，

咯咯嗦嗦愿神胜！

贝如尼玛坚赞歌毕，手中水晶之剑一劈，猛剑虽咣当一声劈落在珠古雅美头上经九种金属打制而成的盔帽上，火花四散，却未能殃及其性命。被此举彻底惹怒的珠古雅美，飞快地扑向贝如尼玛坚赞，手中之剑闪电般劈砍，使得贝如尼玛坚赞只有招架之力。见此情形，一旁的超同随即前来劈砍查绒珠古雅美，其身躯劈成两半。然而该魔臣为邪魔血统之故，顷刻间化作一只乌黑毒蛇向超同扑来。紧接着紧随超同左右的聂擦阿丹和拉贵塔赞二员猛将各刺毒蛇一矛，把乌黑毒蛇撕成九段。如此，达戎人马中的达潘、贝如尼玛坚赞、阿奴董赞等众将，发着雷鸣般"咯嗦"声在查绒兵马中横冲直撞时，赞堆妥贝魔臣挡住达潘之去路吟唱道：

连吟三回阿耶歌，

吟自高空阿耶歌，

查绒地方之歌矣。

谨祈泰神和赞神，

谨祈威猛地祇众，

谨祈饮血母罗刹，

谨祈自在天王神。

上方乳白泰神一，

中部花色泰神二，

下部黑色泰神三，

祈愿护佑人马众。

若不认得此地方，

悬崖峭壁林立地，

翠竹成荫之地矣。

若不认得我是谁，

巍峨鑫宗宝殿处，

宛若猛虎一般将，

宛若鹞鹰一般将，

查绒势不可挡将，

赞堆妥贝便是我。

罗睺穿梭于天则，

光泽尽失乃日月；

迅雷自空猛将则，

碎尸万段乃岩山；

赞堆妥贝发威则，

宛若风吹旗幡般，

宛若烈火烧草般，

灰飞烟灭乃岭尕。

即日以往时日里，

肆无忌惮岭尕兵，

如入无人之境般，

纳隆鑫隆哲龙地，

霞瓦地和波吾地，

血洗霸占甚是狂，

此仇未报甚是悔。

即便残兵和败将，

于心何忍任人宰，

挺身而出乃本分。

为此飞扬跋扈敌,
焉能逐一不斩首?
倘若此言为虚言,
我等形同一堆尸。
手中执持之利剑,
名叫削铁如泥剑,
乳白泰神之剑矣,
即日一举劈向汝。
男儿刚愎自用乃,
阳寿将尽前兆矣;
马匹好动不止乃,
关节积水预兆矣;
门犬狂吠躁动乃,
身上挨石之兆矣。
不可一世岭尕众,
遭灭之时亦如此。

利剑高举于天则,
祈愿敌命被剑夺,
祈愿亡魂随风飘,
一举斩首霍玛呀。

赞堆妥贝歌毕，手中之剑往达潘头颅砍去。然而，达潘乃天将中之头将，达戎诸将中之强将，威风八面、傲视群雄悍将之故而毫发未损。遂达潘道："呦呵，汝斯大肆渲染扭转乾坤一般剑，劈向我亦莫过如此啊！与其以此般破铜烂铁之剑厮杀，不如趁早扬尘而逃，兴许还能逃过一劫。"如此诋毁一番后，达潘以狮子食肉之调吟唱这样一曲短歌：

  唵嘛呢呗咪吽！

  阿拉阿拉阿拉歌，

  塔拉歌儿吟唱法。

  漫无边际高天处，

  周身乳白洁齿者，

  数万战神之主尊，

  乳白梵天大神您，

  即日迅速莅临此。

  巍峨须弥山间处，

  赞神莲花殿堂中，

  金盔金甲金黄神，

  年达玛布战神您，

  锦帛顶髻随风飘，

  双翅舒展飞禽般，

  即日速来伴助我，

  助我索要仇敌命。

查瓦绒箭宗

滚滚东去江河处，

碧绿似玉殿堂中，

身着碧绿之衣神，

下跨碧绿宝骏神，

乘风破浪在海神，

邹那仁青鲁神您，

前来佑助达潘我。

若不认得此地方，

林间之河源头地，

扎瓦日龙地方矣，

入云石山末端矣。

如此兵荒马乱地，

既是岭尕得胜地，

亦是查绒惆怅地。

宛若狂风肆虐灾，

祈愿悉数落敌手；

宛若烈火毁林灾，

祈愿悉数落敌手；

宛若洪水泛滥灾，

祈愿尽数落敌手；

岭尕人马耀武处，

大地皆被鲜血染。

赛过死神岭尕众，

还望得度怜悯之。

威名远扬诸将一，

位高权重官吏二，

倘若赶尽杀绝则，

一方水土何者守？

高悬于天日月星，

难免被那乌云遮，

然则依旧光照地；

岭尕人马所到处，

查绒人马影般随，

在所难免乃杀戮。

手握利器之勇将，

即日阳光当头际，

敌军魁首头将等，

诛杀殆尽莫留情。

手中长枪挥舞际，

纵无幸免于难者，

若不一举夺汝命，

权当达潘非好汉，

咯咯嗦嗦愿神胜。

达潘歌毕，手中长枪迅如闪电般一刺，赞堆妥贝的身体拦腰而断，上半身从马背上摔向一箭射程。虽如此，躯体撕烂成半截的赞堆妥贝魔臣道："贵为南拉王之臣，向来是舍生忘死之臣，绝非摇尾乞怜之辈，若不如此何谈男儿气节？是人终有一死，何足懊悔！既然是领兵奔沙场之将，命丧疆场乃莫大荣耀。"如此一说，其旁的岭诸将被此匪夷所思之事惊呆。这时，阿奴董赞、拉普尼夏二魔臣从达潘背后径直扑来。见二员猛将气势汹汹地冲来，扎热贵杰魔臣和阿奴董赞二将以套索较高下。较量至一顷茶工夫时，魔臣所抛套索一举套住阿奴董赞脖颈险些将其从马背上拖下。将要落马的董赞迅速拔出匕首，宛如灵蛇般腾跃的套索被劈成两截。遂无奈的扎热贵杰拾起绵羊尸首一般大的石块吟唱道：

唵嘛呢呗咪吽！

空旷之歌自天吟，

嘹亮空旷无垠歌，

即从无际高天吟；

清澈之歌自江吟，

奔流不息江河歌，

即从波涛江河吟。

吟曲勇者扬威歌，

天竺佛法之地一，

东郡律法之地二，

高天与那厚土间，

四面八方之地方，

吟曲耀武扬威歌。

谨祈自幼膜拜神，

谨祈自在天王神，

谨祈玛扎如扎神。

普天之下无数邦，

供奉之神各有异，

有的供奉如折神，

有的供奉穆贵神，

有的供奉自在天，

无论供奉何种神，

皆系妖言惑众神，

岂是心愿达成神？

虚虚实实似梦幻。

是否确有其神在，

唯有获佑之人晓。

若不认得此地方，

无争私己乐乡矣。

离开娘胎出世起，

直至老态龙钟间，

苦乐共享之地矣。
他乡归为己有一，
霸占他人之财二，
武力江山易主三，
均是令人唾弃事。
短短数载之人生，
爱惜名望为其一，
力争名利为其二，
自食其力为其三，
治理一方为其四，
自是皆大欢喜尔。
上中下三查绒地，
历来只图此四样，
从无独霸天下心，
从无惦记他邦心，
从无垂涎他财心。
强势霸占他乡一，
飞扬跋扈敛财二，
四处惹是生非三，
恬不知耻食言四，
岭尕贼人秉性矣。

与其如此度一生，
不如沦为禽兽身，
是否如此岭尕众？

听着傲慢无礼厮，
汝般故弄玄虚厮，
不疲图谋邻邦地，
是何缘故人尽知。
岭尕所以有今日，
皆因聚敛他邦财；
岭尕所以好征战，
欲壑难填之故矣。
无恶不作岭尕众，
助纣为虐岭尕众，
舍去行恶无是处。
尤其前年之时起，
洗劫查绒商队后，
未能惩治汝般匪。
吾之手中之斧头，
名叫巨刃闪光斧，
即日一举砍向汝，

砍向汝厮之首级，

宛若油尽灯灭般，

顷刻之间拦腰斩，

若有虚言非豪杰。

扎热贵杰歌毕，红柄劈天之斧往阿奴董赞首级上一砍，巨斧正中其盔帽而火光四散。此刻，战神、护法神、勇行、空行母等诸佑神宛如云雾缭绕般莅临而挡住巨斧之力，只见斧刃受损一指宽。难以置信的扎热贵杰，拿起斧头一瞧百思不得其解。暗忖：此人何故如此非凡？既然利器奈何不了此人，何不赤手肉搏一番？想到此，随即扔掉手中之斧，挽起左右衣袖。见此，达戎阿奴董赞心想：擅长护佑之神祇，吾将死之时未显灵，预示继续守护善法、利乐苍生等事宜未尽。想到此，手中匕首入鞘，从枪套中抽取莲花生大师加持、空行母眷顾之剧毒喷火长枪道："听着小儿，能言善辩未必有理，是否如此慢慢瞧！"遂以江河奔流之调吟唱道：

唵嘛呢呗咪吽！

阿拉塔拉塔拉歌，

虔诚之心吟阿拉。

赛过珍宝母和师，

心窝深处来礼供，

倘若舍弃忤逆心，

悉地不竭似江河；

塔拉吟自极乐界，

但凡游移红尘众，

祈愿往生极乐界。

若不认得此地方，
南隅查绒辖下地，
谷深林密之地矣。
若不认得我是谁，
你若不知我是谁，
宛若坛城玛域地，
花花岭尕六大部，
达戎威猛部落中，
亲者跟前比虎猛，
强敌跟前似懦狐，
外表光滑里为毛，
宛若毛肚般人矣。
此非虚言乃实言，
是否属实以眼瞧。
自高自大自夸三，
本是世人之秉性，
亦乃自欺欺人法；
偷奸耍滑成性乃，
自取其辱之兆矣。

然则男儿是否勇，

尽在当日运势上；

马儿脚力之强弱，

尽在一周水草上；

是贫是富之界定，

尽在私己之心态。

何为美食食则晓，

何为貌美瞧则晓，

何为得体穿则晓，

何为宝骏跑则晓。

普天之下诸邦中，

男儿理当游他乡，

鸟儿理当树梢鸣，

上师理当利苍生，

是否如此查绒厮？

扎拉贵杰汝般厮，

自诩胜过千军乃，

蓄意掩人耳目矣。

但凡臭名昭著者，

无论何等之厚颜，

心知肚明乃旁者，

是否此理查绒厮？
若云花花岭尕部，
但凡男儿皆勇士，
女性皆为空行母，
皆为先知先觉主，
皆为卜卦解梦主，
皆为慈悲为怀主。
日和月般诸长者，
膝下子嗣似繁星。

作恶多端查绒众，
睁眼即思乃行恶，
身佩弓箭满山跑，
即便食草为牲畜，
毫无怜悯以箭诛，
水中鱼蛙巢中卵，
竭泽而渔为快矣。
诸如此类之恶行，
岂是令人称赞事？
尤其利乐苍生一，
竭力守护正法二，

大肆诋毁万不该。

口若悬河调侃和，

促就大业非等同；

犹如飞驰马步和，

懒驴漫步非等同。

二者视同乃怪论。

雷鸣之余云水一，

黑色毒蛇吐雾二，

看似相像却各异，

益处害处各迥然。

殃及性命之黑毒，

便是极力远离物；

宛若甘露之雨水，

便是翘首以盼物。

上师所以勤修法，

意在禳解疾疫等；

野蛮违誓邪魔子，

居心不良乃祸根，

两者毫无可比性。

岭尕高贵神氏一，

查绒边鄙诸将二，

看似相像却各异。

此刻正是立功时，
诛杀汝厮般孬种，
勿需用剑以枪可。
手中威震三界枪，
便是斩断魔首枪，
便是雷铁铸造枪，
便是天工铸造枪，
便是守护正法枪，
汝和我二非等同。
朝时喜好长跑乃，
夕时关节积水兆；
半生无恶不作乃，
半生果报临头兆。
悲乎喜乎扎热厮？
即刻穿在长枪尖，
拿命过来扎热厮，
休想逃过三步远，
咯咯嗦嗦愿神胜。
上方诸神莫分神，

此刻正是灭敌时。

阿奴董赞如此歌罢,黎明迷幻长枪猛力一刺,在天神地祇、战神威玛的引领下,长枪正中扎热贵杰胸腔而心脏被刺成两半。紧接着一刺,其躯体被撕成两半,甚感惊奇之众随从随即拿下其首级。目睹妥贝、欣玛二员干将相继命丧敌手而怒不可遏的达贵赤图暗忖:我查绒虎狼般三员悍将中,时下仅剩下我一人。想到此,决意冒死一拼的他,下跨黑色坐骑、身着黑衣,宛如黑风肆虐、瘴气满天、云雾缭绕般手握一块牦牛体大的巨石奔上前去。见此,噶德曲迥贝纳猛将立即幻做擎天柱般巨人,挡在其面前。遂右手持巨石的达贵赤图吟唱这样一曲没头没尾之歌:

三回耶声吟一歌,

吟一耶声查绒歌。

遍布高天耶声歌,

恰似高空青龙声;

响彻大地耶声歌,

恰似地上掀旋风。

若是豪杰留威名,

若是晴空无云朵,

若是荒野植被稀,

若是洪流冲刷地,

查绒之歌犹如此。

谨祈赞贵热玛神,

谨祈食肉母罗刹,

谨祈茹扎魔族神，

谨祈自在天王神，

即日显灵佑助我。

若不认得此地方，

誉名杂堆雅玛地，

棕熊岩羊之乡矣。

美丽富饶查绒地，

即便冬季雨依旧，

仲夏寒冬一样景，

藤树翠竹枝繁茂，

享用食物源自此，

所需衣物源自此。

林间野生菇类一，

丛林飞禽走兽二，

水中鱼蛙蝌蚪等，

均是查绒享用食，

对此嗤笑何其怪。

至于何者讥笑何，

南人何足讥笑北，

北人何足讥笑南，

但凡栖息一方者，

查瓦绒箭宗

彼此诋毁万不该，

岭尕偏偏喜好此。

打个比方乃这般：

貌似骏马之野驴，

焉有置身南隅理？

貌似骡子之毛驴，

焉有横穿峡谷力？

貌似驮畜野牦牛，

纵无栖息密林理；

犄角年轮清晰羚，

纵无出生在南理；

圈养在家之黄牛，

纵无栖息荒原理。

南北差异莫过此。

俗称查绒我之乡，

即便无力治其辖，

也无南北对换理。

己乡他乡之争一，

父母故里之说二，

苯教佛教之说三，

外道正法之说等，

皆是私利在作怪。

世代在南查绒众，

经商为业查绒众，

既是南货北运商，

亦是北货南运商，

如此自由易物商，

却被岭尕悍匪劫。

百余商人诛杀尽，

驮畜钱财尽数劫，

何故如此岭尕匪？

高天之下厚土上，

难以计数邦国间，

自由贸易乃常理。

产自汉地之茶叶，

运抵卫藏地方一，

鹿茸麝香等药材，

运抵汉地交易二，

本是无可非议事。

还有比此更甚者，

难以计数岭尕兵，

宛如从天而降雹，

大举进犯查绒地。

人称赤尕赤图我，

抵过千军万马我，

既是视死如归主，

亦是可堪重任主。

在我手中之巨石，

三色泰神依附石，

宛若礌石滚坡般，

即日猛力砸向厮，

砸向周身乌黑厮，

倘若发出哀嚎声，

权当汝厮非好汉。

达贵赤图歌毕，手中巨石往噶德身上砸去，噶德随即伸出右手拿住巨石道："是好汉理应如此，倘若连此般石块都拿不住，岂不有辱岭尕英豪之名？"遂以雷雹猛降之调吟唱道：

唵嘛呢呗咪吽！

阿拉塔拉塔拉歌，

塔拉之歌自天吟。

法身报身化身三，

如来三身赐护佑，

祈愿时刻相伴随。

宛若火光护法神，

法力无边神祇众，

祈请之时赐护佑。

心近莫过父和母，

求助莫过根本师，

祈佑莫过护法神，

专为此三吟一曲。

普天之下之苍生，

无际苦海之俗间，

单凭印象成性故，

毫无闲暇自在时。

挨饿受冻苦闷三，

不分贵贱和老幼，

挥之不去一般随，

但愿苦尽得解脱。

积德促就人之身，

祈愿及早变法身，

祈愿衣食变无忧，

祈愿苦闷化乌有，

祈愿祈盼皆遂愿。

但凡命丧刃口者，

祈愿终将皈依法。

花花岭尕之诸将，

修炼积德九载终，

再度轮回人身后，

如今成就空性身。

为民谋福为任者，

祈愿祈盼皆圆满。

礼供赞颂神祇则，

总有引领护佑时；

时常虔诚祈福则，

总有喜获果报时。

好比当春勤耕则，

夏时禾苗绿油油，

秋时硕果累累般。

己心理当皈依法，

倘若违誓乃鬼蜮。

根本上师之悉地，

毫无恒常不定时；

自他有别之大乐，

岂是此生之追求？

直至千秋万代间，

向法之心若恒常，

何愁护佑和伴助？

岭尕习惯呼请神，

就是基于此般心。

护佑伴助著称神，

顷刻之间齐聚此，

鸣雷一般自空鸣，

甘露般雨普降地，

正法之力犹如此。

若不认得此地方，

尽管未曾亲眼见，

却依时常之耳闻，

峭壁林立之地矣，

云雾缭绕之地矣，

雨水充沛之地矣，

四季常青之地矣，

猛兽横行之地矣，

阴森可怖之地矣。

所以来此险峻地，

是因偿还前世债。

查瓦绒箭宗

若云古时查绒地，

山顶满是洁白雪，

山腰遍布乃福运，

实乃神山之乡矣。

斗转星移至后来，

尤其南拉出世后，

宛若江河日下般。

空中飞禽地上虫，

水中鱼类和蛙类，

野鹿岩羊和香獐，

山间猴类野人等，

皆无片刻安宁时。

但凡值钱皮毛一，

鹿茸麝香熊胆二，

犀牛头上犄角等，

买卖在那汉藏间；

血腥杀戮乃生灵，

双耳难闻诵经声，

偷奸耍滑甚是兴；

扬言蓝天当衣穿，

扬言大地当垫铺，

南部天竺视怨敌，
堵截汉藏间茶道，
时常进犯卫藏地；
己所不欲强加人，
大肆炫耀南拉威，
无恶不作于世间。
尤其即日来犯厮，
勇者自居汝般厮，
其名便知是何人。
一人可抵千名军，
便知汝厮何其贪。
但凡血肉之躯者，
高矮胖瘦虽有别，
却无敌众之一己。
如此故弄玄虚名，
常人闻则直发笑。

听着贪婪赤图厮：
即日清早之时起，
狂奔在我营寨旁，
咯嗦之声响彻地，

离弓之箭似降雹，

诛杀兵士难计数。

饿狼血洗羊群则，

视而不见非牧人，

富家畜群遭劫则，

放任自流悖法理；

庙中违誓之僧伽，

无度聚敛他财则，

亡魂终将堕阴间。

南拉麾下诸臣子，

虽然心气比天高，

然则奔赴沙场终，

短短一载有余间，

丧失殆尽乃人马，

损失殆尽乃钱财，

上中下三查绒地，

不由自主他者手，

悲乎喜乎赤图厮？

若不认得我是谁，

噶珠江河汇集地，

穆布琼氏城堡处,

金色阳光一般部,

噶珠珍宝六部中,

噶德曲迥便是我。

贵为力士血统我,

东边玛杰奔热山,

移向西边力士矣;

西边凯祖念布山,

移向东边力士矣;

南边绒拉坚赞山,

移向北边力士矣;

北边念青唐拉山,

移向南边力士矣。

正如古话所云般:

但凡天生丽质者,

何须费心寻觅伴?

天生福禄俱全者,

何须费力寻觅宝?

武艺样样精通者,

何须力求手中器?

汝厮手握巨石乃,

脑浆四溅前兆矣。

即日汝和我二人，

孰是孰非依次见，

留心脑门霍玛呀！

噶德歌毕，手中巨石砸向达贵赤图人马，只见马上人和胯下马一同被砸成肉酱。这时，嘴里发出雷鸣般"咯嗦"声的岭尕大队人马潮水般涌来，宛如鹞鹰驱赶鸟群般追赶起查绒人马来。见此阵势，无还手之力的希热郎卡维萨一边连连作揖，一边双膝跪地、吐舌、弃戈求饶，紧接着余下人马弃戈屈膝。如此，岭尕噶珠二部人马撤回至查绒王宫附近之达堂原野处，并严令外人不得往返于此，也不得擅自出营。颁旨毕，以总管戎擦查根、僧伦卡玛、杰瓦伦珠、玛尼侯拉杰等长者为首的单氏古如坚赞、翁氏达杰顿珠、穆氏杰瓦伦珠、达戎超同、赛氏阿杰等军中要员悍将齐聚一堂。这时，总管戎擦查根道："哦，得迅速攻取四面八方城池和南拉王御前诸法师。"遂以江河缓流之调吟唱道：

唵嘛呢呗咪吽！

阿拉之歌来献供，

祈愿塔拉结硕果。

花花岭尕神祇部，

旌旗遮天蔽日般，

势不可挡似猛雷。

毁林著称烈火一，

无可阻挡死神二，

岂是任人可匹敌?

虚无缥缈空中虹,

岂是手到擒来物?

腾跃在天之青龙,

自是腾云驾雾主;

从天而降之迅雷,

所降之地皆成灰;

尊贵岭尕神祇部,

所愿之事皆遂愿,

邪魔之邦皈依法,

邪恶魔首一举斩。

岭尕强将和俊少,

光芒四射似烈日,

四洲皆被暖融融。

欲与岭尕较高下,

实乃痴人说梦话。

前年查绒人和马,

踏进达戎三幡地,

信誓旦旦甚是狂。

扬言多康四岗地,

如入无人境般占。
哪知小鸦之翅力，
岂可企及雄鹰翅？
长耳驴子之短腿，
岂可踏遍广袤原？
昧于取舍查绒兵，
贸然进犯岭尕终，
所积资财尽数耗，
损兵折将疆土丧，
整个疆土被我占。
大势已去查绒部，
垂死挣扎依旧欢。
如此死心不改法，
岂不白日做梦乎？
为此奉劝神祇部，
尤其未曾出征者，
一心贪功冒进者，
切忌铤而走险心，
切忌留守在营寨。
久经沙场之将帅，
率部直奔沙场去，
指日可待乃大功。

达戎阿奴董赞一，

噶德曲迥贝纳二，

塔吉巴拉森达三，

赤红披风超同四，

坐镇在营乃上策。

达盆赛盆二员将，

达潘为首诸干将，

正是耀武扬威时。

如此方可放宽心，

然则切忌怠慢心。

一则南拉魂体多，

二则时值节骨眼，

切莫放松血战心。

魂体在何唯我知，

梦中授记一一现。

僧伦父和玛尼侯，

集结铁骑二十五，

步兵五百簇拥中，

明日前去把山巡。

余下统兵和将帅，

切莫磨蹭速速去，

速速前去取敌首，

若有俯首乞怜者，

务必欣然受降之，

城池以及钱财等，

毫无差池交接清。

歌若耳闻似甘露，

歌若未闻不重唱。

总管王戎擦查根如此叮嘱罢，在场岭尕勇将、叔伯等一致赞同总管王所言。遂众人回到各自营寨，紧遵总管叮嘱召集兵马整装待发。次日拂晓时分，二十五名铁骑和五百余步兵前去狮子盘踞山剿灭南拉王命魂依附体。此事被查绒外道法师多丹琼拉赞布觉知后吩咐侍从道："昨夜梦兆甚是凶险，非但梦见大敌大举压境，还梦见宫殿被火烧成灰烬，尔等速速准备，本法师要大行供神施鬼法事禳灾辟邪。"遂以吽啪心咒之调吟唱道：

口诵吽吽啪心咒，

祈愿乾坤颠倒之。

浩瀚无穷高天处，

玉龙发吼且闪电，

祈愿此番前来敌，

雷劈岩山一般毁，

灰飞烟灭一般毁。

威力无比施鬼食，

整整九载练就食，

祈愿发威于此刻。

前年起始时下间，

命丧将士难计数，

一忍再忍未施咒。

明知仇敌来进犯，

然则轻易施咒则，

非但害人亦害己。

正如以嘴吹火则，

难免烧焦胡须般，

轻易施咒莫过此。

但凡行恶害人者，

倘若不思其后患，

反受其害乃自然。

未料昨夜梦境中，

梦见大敌压境来，

梦见宫殿被火烧，

人仰马翻甚凶险。

在场列位法师呀，

我等苦修九载终，

证得施咒之法力，

值此大敌当前际，

何不以咒把敌除？

正如远古俗谚云：

苦心练就九载咒，

危急关口不顶用，

久居岩穴乃徒劳；

委以重任之臣子，

临危之时无作为，

身居高位乃枉然。

正如此般俗谚曰：

我等在场众法师，

即刻就位施咒术，

岭尕贼兵和匪将，

不日抵达至宫前。

此非虚言乃神意，

切莫质疑谨记心。

  多丹琼拉赞布如此歌罢，众法师随即身着法衣，头戴长帽，手持食供、黑旗、胫骨笛等准备施恶咒。太阳落山在即之时，白幡军宛如阳光普照之雪山、红幡军宛若燃烧着的烈火、黑幡军宛如林火、蓝幡军宛如碧海、黄幡军宛如天边黄云中的总管王戎擦查根，下跨一匹白马、盔幡似白雪般地来到西门附近。总管王在马背上弯弓搭箭道："嗨，黑宫里的众法师呀，切莫赖床速速起，嗜睡之人无安乐可言，究其原因乃这般。"言讫，以高天猛雷之调吟唱这样一曲歌：

唵嘛呢呗咪吽！

阿拉歌来祈请师，

三世之佛莲花师，

祈求六众皈依法，

祈愿证得殊胜果。

涂炭生灵为快众，

以畜为食查绒众，

舞刀弄枪查绒众，

无论父辈或晚辈，

祖祖辈辈皆如此。

视咒如命之法师，

潜心修炼等持故，

自诩先觉泰神意。

嗜血成性罗刹师，

祸害苍生之咒术，

视若珍宝勤修乃，

犹如惹火上身般。

听着修咒为快师，

与其蜗居于暗处,

不如速速奔前来。

若不认得我是谁,

玛域花花岭尕地,

公鹞叽叽发声地,

母鹞嗦嗦发声地,

雏鹞翅力练就地,

董氏曲潘父血脉,

戎擦查根便是我。

踏遍天竺佛国我,

了然于胸乃教理;

踏遍东郡律国我,

了然于胸乃法理;

蕃域当衣穿者我,

量体裁衣之主矣。

东边花花岭尕邦,

统共六部组成邦,

六母喜得各一子。

上岭赛氏八部一,

中岭翁氏六部二,

下岭穆氏四部三，

噶氏仁青六部四，

丹氏阴阳五部五，

达戎毒水沸腾六，

六母所生六子矣。

凡事其心向神则，

十方护佑正法神，

尾随犹如形和影。

头顶日月运行处，

谨祈殊胜之法身；

心窝正法殿堂处，

谨祈洪恩之化身；

密严刹土之华殿，

谨祈金刚持报身。

若不认得此地方，

查绒东面地界处，

雪山狮宫附近矣，

鬼蜮出没之地矣，

泰神云集之地矣，

亡魂迷茫之地矣，

血雨腥风之地矣，

祸害苍生之地矣。

听着施咒为快众：

切莫蜗居至门前，

直奔好汉跟前来。

倘若无胆奔前来，

形同灶间老妇般。

若是呼风唤雨者，

何不摘取日月星？

若是咒术无边者，

施咒歼灭岭尕兵，

可否耳闻诸法师？

总管王歌毕，护法神、空行母簇拥下的弓上之箭一放，箭正中狮子盘踞宫殿西门，遮天蔽日般烟尘和响彻高天之巨声中一举捣毁修炼房，精心准备的供神施鬼食子亦毁于一旦。烟尘和巨声间连哭带嚎的诸法师拖着黑衣、黑帽等各自行头直奔岩山逃离。这时，紧追不舍地跟在多丹琼拉法师身后的僧伦卡玛发现，该法师直奔黑山逃去。遂策马扬鞭的僧伦卡玛宛如礧石滚坡般奔去黑山垭口，在垭口处等待法师。未过多久误以为僧伦在身后的法师，腰别胫骨笛、身背法器、鲜血淋淋、气喘吁吁、连滚带爬地来到僧伦跟前。遂抢先等候在此的僧伦卡玛弯弓搭箭，以威猛迅雷之调吟唱了这样一曲呼神唤祇之歌：

唵嘛呢呗咪吽！

阿拉之歌来献供，

头顶盔幡护神一，

守护己身护神二，

身披三械战神三，

洁白如雪财神四，

头戴松石空行母，

切勿分神莅临此，

助我歼灭黑色魔。

护神本尊云般绕，

授记厚恩悉地等，

宛若雨水一般赐。

但凡直立于地人，

但凡四肢着地畜，

翱翔于空飞禽类，

龇牙咧嘴猛兽等，

从今往后时日里，

远离苦海得解脱。

讲经布道之悉地，

祈愿恒常不衰竭；

兵灾以及疾疫等，

祈愿护神来禳解。

若不认得此地方，
宛若阎王园般地，
南隅查绒地界矣，
谷深峭壁之地矣。
岩穴东面狮子堡，
如雷贯耳一般堡，
既是法师修行处，
亦是南拉命魂体，
即日一举被火烧。
吵吵嚷嚷嚎叫声，
恰似置身于地狱，
不可一世诸法师，
方寸皆乱四处逃，
但愿以箭斩杀尽。
往下瞧瞧多热闹，
长发满脸长胡须，
等身长发拖地跑，
络腮胡须被树缠，
体无完肤血淋淋，

宛若鬼使神差般，

不知意欲逃向何。

此地可有藏身地？

他乡可有投奔亲？

可有生死之交友？

不明善恶之法师，

一生勤修害人咒，

危急关口落荒野。

若不认得我是谁，

东边岭尕中部地，

宛若珍宝银色殿，

战神威玛神殿中，

父系姓氏承袭者，

僧伦卡玛便是我。

岭尕列位长者中，

如若珍宝长者我，

既是勇者之顶尖，

亦是异性心怡郎。

证得空性虹身我，

金刚持手化身矣。

苦心修炼恶咒师，

切莫隐瞒直言来，

从今往后年岁里，

曾为父母生灵一，

水中鱼和蛙类二，

蚊虫以及飞禽三，

猛兽以及牲畜四，

此时许下不杀言，

倘若如此可免死。

慈悲为怀僧伦我，

金刚持手化身我，

耳闻此山有三穴，

亦闻形如人身岩，

便是弓箭之宝藏，

若是一一交接之。

倘若直言不讳则，

皮肉之苦皆可免，

亦可保全其小命，

亦可纳入岭尕民。

嗜杀之徒无安乐，

身不由己把孽造，

罪大恶极本该杀。

然则痛改前非则，

纵使弱小似蚊虫，

概不欺凌慈悲待，

何者为妙任汝挑，

法师心中铭记此。

僧伦卡玛如此歌罢，魂飞胆丧的外道法师多丹琼拉赞布随即双膝跪地、连连作揖道："是啊，岭尕之士的确赛过鬼神，恕我等有眼无珠。即日一睹真神风采方知私己份量，与其执迷不悟，不如弃恶扬善。"遂吟唱这样一曲改过自新之歌：

唵嘛呢呗咪吽！

法身护身和化身，

如来三身慈悲佑。

即日以往时日中，

深陷愚昧无知故，

挥之不去乃阴暗，

不明善恶无慈悲，

一心苦修邪恶咒，

涂炭生灵甚是欢，

害众之神倾力拜。

自此远离此一切，

压弯脊梁般重负,
祈愿岭尕神子释,
祈愿福禄趋兴旺。
自打离开母体后,
直至魂归西天间,
孜孜以求善业法,
忏悔往日弥天罪,
发愿不再害苍生,
发誓不再谋私利。

若云我般老迈师,
查绒侯王法师矣。
曾为一心修炼师,
何善何恶不曾晓。
外道多丹法师处,
正是接受戒律起,
舍去言听计从外,
不曾持过犯戒心,
一十五载如一日。
栖息鸱鸮黑岩处,
苦心修炼恶咒故,

得心应手乃恶咒，

所杀之人难计数，

实乃不可一世主。

即日往后时日里，

如上罪孽一一忏，

嘴边常挂六字咒，

全心皈依三至宝，

利乐苍生之善法，

至死紧随不背离。

为此恳请莫索命，

但凡敕言和吩咐，

一五一十照办之，

此非虚言神为证。

歌若过激请忍让，

言若唐突请恕罪。

多丹琼拉赞布如此吟唱一曲甘愿弃暗投明之歌罢，僧伦卡玛放下手中套索道："哦，既然汝厮甘愿弃恶从善，向来慈悲著称的岭尕将士自然不会大开杀戒。从今往后摒弃往昔之涂炭生灵秉性而言听计从便可。还不随我前去拜谒诸叔伯和列位高僧大德。"言讫，僧伦卡玛和多丹琼拉赞布二人来到营帐促膝而坐并享用起美食来。此刻，外道多吉朱赞法师下跨青龙、左别利剑、右别斧头，身背泰神上师之诸法器，在二十余名侍从的簇拥中从云端飞奔而来。见此，岭尕军营中之四母超同、总管戎擦查根、拉杰罗布桑培、上师塔本、仁青旺秋法师、了知卦师相继前去堵截。顷刻间白梵天王、古拉格佐年神、顶珠龙王、藏区十二护法神、藏区九山神、八名号莲花生等十方天神地祇出现在空中。遂总管戎擦查根从臂肘处取下扭转三界迷幻套索，右手拿住套索，左手拿住缰绳，犹如雄鹰迫降岩山般一举堵住多吉朱赞法师之去路。这时，欲把岭尕大队人马灰飞烟灭般毁于一旦的多吉朱赞法师挺立于青龙背，以迅雷劈岩之调吟唱道：

  道声空旷无垠言，

  无垠高空言一语。

  乘骑青色玉龙则，

  迅雷铁水卷风三，

  霎时猛降于厚土，

  纵使坚如铁石地，

  亦要一举化作灰。

  雷雹自空猛降则，

  地上花草树木一，

  普天之下人丁二，

  牲畜飞禽走兽等，

  一并置于饥荒中。

  腾云驾雾在天龙，

  证得咒术法师二，

  一旦翱翔于高天，

出神入化犹如虹，

飞奔之速赛疾风。

究竟何者为真神，

究竟何者为佑主，

究竟何者为法师，

高空之时方可晓。

此为无际高空处，

云儿飘移之处矣，

玉龙飞奔之处矣，

日月星辰之乡矣。

若不认得我是谁，

自在天王刹土处，

洞若观火外道师，

多吉朱赞便是我。

三色泰神化身我，

掌控五行之师我，

既是疾疫操控主，

亦是灾荒操控主，

更是地祇之主神。

查瓦绒箭宗

值此翱翔于天际，

若有对手奔前来。

手中捧举生铁水，

无需生火而加热，

单凭苦心修炼咒，

欲洒何者便洒何。

高天以及厚土间，

欲往何处便往何，

无论以器索命一，

或是播撒疾病二，

或是以水毁坏三，

或是以力撼山四，

或是阴阳混杂五，

皆系易如反掌般，

此刻正是显威时。

查绒侯王护神我，

一生勤练恶咒终，

值此大敌当前际，

大显身手乃理当。

堆积如山驱鬼食，

即日掷向岭尕兵，

岭尕老幼贼兵众，

居无定所贼兵众，

灰飞烟灭一般毁。

欺世盗名岭尕众，

若欲比肩奔空来，

若有两翼飞奔来，

若有幻术翱翔天，

高天之云踩脚下，

伸手生擒日和月，

霸占他乡之血仇，

即日由我法师偿。

欲与法师比肩者，

下跨玉龙奔天来，

反之一切枉然耳，

以火烧焦以水化，

或以横尸岩石间，

呜呼哀哉岭尕众。

歌毕，外道法师多吉朱赞轰的一声，手中生铁水一洒，东边玛杰奔热山神、北方聂青唐拉山神、南边绒拉坚赞山神、西边凯祖年玛山神、中央五峰山神为首的众天神地祇纷至沓来改变生铁水方向罢，生铁水一举洒向查绒地，使得查绒四面城堡和王宫仿佛遭雷击般惨遭毁损。见此，甚感懊悔的法师顿时变得不知所措。这时，总管王手持日月生擒之罗睺套索，以天地自降之调吟唱这样一曲呼神唤祇之歌：

　　　　　　　　唵嘛呢呗咪吽！

　　　　　　　　吟曲宛若丽日歌，

　　　　　　　　普天下六道苍生，

　　　　　　　　祈愿皆被暖日照，

　　　　　　　　祈愿四洲变亮堂。

　　　　　　　　依据二十八星宿，

　　　　　　　　便知四季之更替，

　　　　　　　　花草瓜果之长势，

　　　　　　　　便知苍生之福泽，

　　　　　　　　上师佛陀之悉地，

　　　　　　　　禳解饥荒兵灾等，

　　　　　　　　亦是四洲福禄源。

　　　　　　　　富足繁荣蕃域地，

　　　　　　　　福泽有别乃他乡，

　　　　　　　　一则承蒙护神佑，

　　　　　　　　二则本尊赐庇佑，

　　　　　　　　三则诸神常眷顾，

　　　　　　　　实乃风水宝地矣。

若不认得我是谁，

已经逝去年岁里，

三世诸佛成道地，

八十成就者之首，

贝如杂纳化身矣。

与水一同出世我，

与地一同形成我，

与树一同长存我，

普天之下万物一，

厚土承载之物二，

随欲驾驭之人矣。

听着黑色邪魔众：

下跨玉龙在天一，

云彩当垫踩踏二，

臭非只为雪前耻。

电闪雷鸣造势一，

猛降雷雹造势二，

横加疾疫饥馑三，

意在祸害众生灵，

意在独霸天地间。

未料岭尕众将士，

谨遵天神之委派，

出生在我蕃域起，

肩负降伏邪魔任，

肩负抑恶扬善任。

尤其汝般邪恶师，

看似雷同却各异。

宛若天雷生铁水，

不幸反落自家头，

查绒辖下子民一，

城堡乃至钱财等，

监守自盗一般毁。

一心欲毁岭尕众，

依旧全须全尾之。

即日阳光当头际，

自在天王血统厮，

一举被我套索擒，

示众在我营寨中。

众目睽睽观望终，

显赫战功传遍地。

倘若所言不符实，

权当深山之回音。

岭尕英豪和叔伯，

貌似凡夫俗子者，

实乃驾驭四大者。

花花岭尕军营中，

塔奔为首根本师，

皆是慈悲著称师，

为此俯首乃上策。

劲敌放任自流一，

不问不顾亲者二，

示强大言不惭三，

任意欺凌弱者四，

打骂俯首之人五，

皆非岭尕之习俗。

祈福自有悉地赐，

何者为妙思量之，

法师心中铭记此，

歌若未闻不重唱。

总管王如此歌罢，呆若木鸡的法师被在场的岭尕将士拿住并宛如牵狗一般牵向营寨。同时，玛尼神子等一举拿下其他四名法师，将他们紧紧拴在帐前八岁孩童一般大的铁桩上。紧接着岭尕众将士齐聚于神帐，沉浸在欢声笑语之中。这时，赛氏尼奔达雅从右边席位之头席的虎皮垫子上起身，依次向董氏总管王、嘉罗父、塔奔法师、僧伦父、杰瓦伦珠和四部军之头将各献一条哈达后，就攻破查绒四方城堡和消灭南拉王之事吟唱这样一曲歌：

唵嘛呢呗咪吽！

阿拉塔拉塔拉歌，

阿拉吟自极乐界，

祈愿塔拉解脱之，

解脱堕入地狱众。

曾为苍生父母众，

时常业力驱使故，

恶语交加且害命，

不由自主把孽造，

此非甘愿乃注定，

祈愿离恶得涅槃。

上师本尊佛陀三，

祈请于心赐悉地，

祈愿引导来生路。

但凡六道之苍生，

时刻难离乃诸苦，

不及他者心生苦，

一贫如洗更为苦,

毫无远离诸苦时。

若欲离苦而得乐,

一则莫怀使诈心,

二则舍弃害命心,

祸害之心一概弃,

时常口诵文殊咒。

听着魔类膜拜师:

汝等轮回于世起,

祸害之心不改一,

昼夜苦练恶咒二,

皆是本性使然矣。

然则主动从善则,

终有偿清孽债时,

此非虚尤乃实有,

何去何从思量之。

还有岭尕神裔众,

前年起始三载间,

我等利乐苍生者,

忍饥受冻等诸苦,

还望克服且理解。

但凡利乐苍生者，

明知苦亦不言苦，

反以非凡情操即，

慈悲之心来引度。

倘若富家不布施，

恐要轮回饿鬼身；

倘若上师不忏悔，

恐要轮回非天身；

倘若未怀发善心，

恐要堕入于地狱，

因果报应莫过此。

广施仁慈岭尕众，

戎马一生岭尕众，

纵无中饱私囊时，

纵无私己之利求。

哪知查绒南拉王，

出生之日至时下，

为所欲为霸一方，

善业之法抛身后，

诸恶视宝一一护，

众生所以受尽苦，

根子尽在南拉王。

即日往后年岁里，

无力回天乃南拉。

麾下三十法师中，

魁首皆已打入牢，

尤其其中四祸首，

牢牢拴在营帐前，

正在悔过自新中。

岭尕神裔将和士，

虽不畏惧开杀戒，

然则厌恶杀戮乃，

基于利乐苍生耳。

明日正值吉星日，

正值杀星当值日，

正值参宿当值日，

查绒四方处城堡，

速围水泄不通般。

东边达热玉宗堡，

尼奔大将来围攻；

南边玛恰景宗堡，

达潘悍将为辅弼，

嘉擦大将来围攻；

西边邦龙景宗堡，

查嘉悍将为辅弼，

噶德大将来围攻；

北边达穆景宗堡，

四母超同为辅弼，

巴拉大将来围攻；

达戎阿奴董赞一，

贝如尼玛坚赞二，

噶氏曲吉旺秋三，

珠氏拉普桑珠四，

并肩协助丹玛将；

查绒南拉侯王他，

休言逃向高天去，

休言遁地而逃命，

休言逃向深山中，

休言入水而逃脱。

赛氏尼奔达雅如此歌罢，在场岭尕长者以及各路人马统领不约而同地暗忖：若能事随人愿，何者发令皆可；举凡发令者振振有词，无非为子民之生计；上师讲经布道，无非为引度众生。如此，在场众人对尼奔一番话未提出任何非议。次日，岭尕三十名悍将之首、萨热哈[1]巴成就者之化身擦香丹玛强查他，身披三械、下跨飞驰般坐骑离开营寨而去。尾随而去的大队人马，宛如潮水般团团围住玉热景宗王宫。见此，正与妃子、臣子、子嗣一同在宫顶逍遥自在的南拉王，面色突变而后随即头戴四洲殊胜盔帽、腰别黄金护心镜、身背威震汉藏之盾、腰佩索命如雷利剑，与全副武装之王子达贵多吉、辅弼尼玛拉赞、扎西希热多杰、郎卡扎巴一同，在妃子拉吉玉措的恭送下离开宫顶。见君臣不欢而离去，公主卫吉拉木嚎啕大哭并一头扑向南拉父。甩袖而去的南拉王安慰道："军情与女子何干？还是好吃好喝地安坐宫中为好。男儿若血洒疆场，方不至于往生恶趣；宝骏命丧跑场，方不枉为宝骏。"言讫，南拉王宛如阎王奔赴沙场般走出东门，与丹玛一箭远地方勒马，静候丹玛开口。丹玛遂以塔拉六调吟唱道：

> 唵嘛呢呗咪吽！
>
> 阿拉之歌来献供，
>
> 头顶日月运行处，
>
> 谨祈恩重根本师，
>
> 祈愿恩赐悉地福。
>
>
>
> 宛若坛城身躯处，
>
> 谨祈静猛诸神祇，
>
> 谨祈战神威玛众，
>
> 谨祈世间九尊神，

---

[1] 萨热哈：古印度著名的密宗八十大成就师之一，为印度佛教中观学说鼻祖龙树的老师。

即日莅临佑助我。

守护善业诸护神，

慈悲之心度六众，

邪魔之教一举毁。

三十三界神明处，

周身洁白如螺神，

水晶宝剑持右手，

祈愿降伏邪魔众；

莲花宝盆持左手，

祈愿守护苯波教。

中部须弥山之巅，

苯教赤红神殿处，

年神之尊凯祖神，

赤红旗幡迎风飘，

猛禽鹞鹰尾随后，

赤斑猛虎紧随右，

花斑豹子紧随左，

禽类翅声阵阵中，

猛兽吼声四起中，

助我歼灭来犯敌。

鲁神之乡碧海处，

周身碧蓝之色神，

下跨碧绿坐骑神，

邹那仁青鲁神您，

前来伴助丹玛我。

若不认得此地方，

南隅谷深林密处，

王宫大门附近矣。

听着金衣金马厮：

威如狮鬃王宫处，

前来与我比肩者，

闻所未闻未曾睹。

稳若高山一般者，

繁花似锦一般者，

宛若救世之主者，

莫非查绒南拉工？

威猛恰似猛虎者，

虎视眈眈在前者，

咬牙切齿在前者，

可是王子达贵厮？

其旁不可一世者，

看似事事洞明者，
可是希热巴桑厮？
但凡来者听我言，
竖耳听我细细道。

若不认得我是谁，
东边花花岭尕地，
上岭赛氏八部一，
中岭翁氏六部二，
下岭穆氏四部三，
嘎氏仁青六部四，
琼氏黑白黄部五，
贡觉黑白幡部六，
丹玛阴阳之部七，
岭尕精兵强将中，
赫赫有名之猛将，
丹玛强查便是我。
赛过雄鹰丹玛我，
赛过雄狮丹玛我，
赛过天龙丹玛我，
赛过杜鹃丹玛我，

赛过猛虎丹玛我，

梦寐以求乃劲敌。

若不知晓此歌儿，

丹玛塔拉六调歌。

东边花花岭尕地，

共有六人吟此歌。

猛将嘉擦吟此歌，

岭尕牧人吟此歌，

王妃珠姆吟此歌，

侍女妞琼吟此歌，

巧舌米琼吟此歌。

听着查绒南拉王，

自古俗谚如此道：

电闪雷鸣云滚乃，

雨水纷飞之根矣；

杜鹃啼声阵阵乃，

暖春将至之兆矣。

敌前信誓旦旦一，

趁热打铁淬火二，

兴师动众威慑三，

处心积虑促和四，

甘愿为徒习法五，

甘愿俯首明君六，

皆乃互惠互利根。

即日所以至此地，

只为干戈化玉帛。

在我岭尕神裔部，

但凡卑躬屈膝者，

纵无体罚辱骂俗，

亦无罚没钱财俗，

更无罚没家产俗。

但凡俯首称臣侯，

勿为权势而忧心，

往昔享有衣食一，

家畜以及父业二，

原封不动皆归己。

纵使难为一方侯，

亦可列为臣子行，

犹如丹玛强查般，

高居岭尕臣子行。

听着查绒南拉王，

汝般失去兵马侯，

难有卷土重来时。

痛失臣民之侯王，

发号施令于何者？

双亲已故之孤儿，

生计仰仗于何者？

孤家寡人南拉侯，

阳寿将尽之侯王，

正值痛定思痛时，

审时度势乃上策，

舍此别无他路走，

何者为妙任由己。

丹玛如此歌罢，手无寸铁地静候在一旁之时，迎面的查绒南拉王挺立于马背，一边从虎皮箭筒中抽取一支利箭，一边从豹皮弓袋中拿取弯弓，左手叉腰、右手紧握弓箭道："汝厮一厢情愿之说，何足我南拉听之任之？与其摇尾乞怜，不如舍命一战。男儿战死沙场方为死得其所，方为虽败犹荣；富家散财养兵，方为物有所值。正如此般古谚云，灰厮丹玛不妨听我言。"遂以毒水沸腾之调吟唱这样一曲羞辱之歌：

三声阿耶吟一歌，

阿耶声歌自天吟。

高空晴则日月现，

日月之光普照地；

江河宽则需筑桥，

巨鳖任游于江河；

明君旗下子民乐，

衣食无忧乐融融。

日和月二运行处，

周身洁白如雪神，

身佩白箭白矛神，

洁白如雪之泰神，

祈愿护佑白盔帽；

漫无边际中空处，

电闪雷鸣般威神，

黑白相间花泰神，

即日莅临引领箭；

广袤无垠大地处，

周身乌黑之泰神，

山摇地动般威神，

即日前来伴助我；

古拉昂雅绒地神，

白色羊群之生神，

祈愿悉地雨般降；

查绒上中下三地，

福运悉地财神等，

即日显灵助南拉。

若不认得此地方，

查瓦玉拉琼宗即，

九个王朝之都矣，

荣辱与共之地矣，

物产富饶之地矣。

绿树成荫之地方，

虎豹熊三之乡矣，

岩羊香獐之乡矣，

飞禽栖息之地矣。

如此令人咋舌地，

吋下却被贼人搅。

若不认得我是谁，

三色泰神之化身，

赞和魔二之血统，

食肉罗刹便是我。

查瓦绒箭宗

听着岭尕丹玛厮：

汝般信誓旦旦辈，

一生云游在外辈，

焉知乡里之疾苦？

汝等背井离乡辈，

涂炭生灵成性辈，

巧取豪夺成性辈，

何谈思前顾后心？

不明法理黄帽师，

目睹荐亡之财际，

双目发光闪烁多，

吽啪心咒念诵忙，

法鼓法铃似鸣雷，

荐亡之心抛脑后；

厚此薄彼成性官，

见罢富人一脸笑，

见罢穷人直瞪眼，

见利忘义失公正；

喜新厌旧为乐伴，

只图一时之快终，

欲把君王当仆使，

此非白日做梦乎？

试图王者当牧人，

试图王者当火夫，

试图王者当侍从，

岂不一厢情愿乎？

莫再费舌岭尕厮，

汝与我二般仇家，

纵无冰释前嫌时。

若云何故为如此，

天和地二难相容，

水和火二难相容，

神与魔二亦如此。

与其和岭尕为伍，

不如断然舍弃命，

不如以箭较高下。

豹皮花纹箭筒中，

抽取一支威猛箭，

抽取依附泰神箭。

自在天王引领箭，

三色泰神依附箭，

即日一举射向汝，

誓不放过三步远。

查绒南拉王歌毕，弓上之箭宛如电闪雷鸣般射向丹玛。见此，智勇双全的丹玛暗忖：若与莽夫硬拼，恐要死于非命。想到此，在马背上一躲闪，猛箭直奔丹玛背后的塔杰平措辅弼和古如上师而去，使得两人如羽毛被火烧焦般命丧箭下。见此惨景，怒不可遏的丹玛开口道："听着老儿，费过多口舌岂不枉费工夫？即日汝与我二人，像是有汝无我，有我无汝般生死较量之时。"言讫，弯弓搭箭的丹玛吟唱道：

  唵嘛呢呗咪吽！

  阿拉塔拉塔拉歌，

  塔拉歌儿吟唱法。

  吟曲高天般歌则，

  日月星三运行顺；

  吟曲行云般歌则，

  益于甘露普降地；

  吟曲流水般歌则，

  大地不至变土崖；

  吟曲杜鹃鸣般歌，

  只为欢悦坦诚心。

  一拜二拜拜三回，

  三拜上师和本尊，

  自那心窝深处拜，

悉地护佑莫赐小。

若不认得此地方，
查绒林密之地矣，
郁郁葱葱之地矣，
鸟语花香之地矣，
猛虎发威之地矣，
猴类嬉戏之地矣。
无力回天南拉呀，
汝若孤芳自赏则，
唯有岩山雷劈命。
花花岭尕部猛将，
求之不得乃劲敌；
宛若猛雷丹玛我，
梦寐以求乃雷雹；
宛若雪狮丹玛我，
期盼是那暴风雪；
宛若大雕丹玛我，
期盼是那巍峨山。
查绒南拉侯王等，
即便身披三械来，

也非岭尕之对手。

赛过神明岭尕将，

岂是任人宰割将？

赛过彩虹岭尕将，

纵无唾手可得时；

赛过丽日岭尕将，

纵无乌云遮挡时。

转变整个天下者，

除了日月星辰三，

便是岭尕君和臣。

阎罗王和岭尕将，

无可匹敌汝可知？

命主丹玛所到处，

首级马匹和三械，

纵无落入他手时，

放过汝厮非丹玛。

天神以及地祇等，

宛若雪花纷飞来，

前来引领丹玛箭，

引领天雷一般箭，

心窝深处霍玛呀。

丹玛如此歌罢，弓上之箭一射，箭正中南拉心胸而落马。见南拉王命丧丹玛箭下，其辅弼尼玛拉赞、扎西希热多杰、郎卡扎巴挥舞着手中利剑直扑丹玛而来，但有众地祇的护佑，故丹玛毫发未损。误以为丹玛命丧剑下的达戎阿奴董赞、贝如尼玛坚赞、噶氏却吉旺秋三辅弼冒死前来一举斩杀查绒三臣。目睹此一切而痛不欲生的南拉之子多吉达贵心想：不报此杀父之仇，无颜在世。遂连哭带嚎地发着"咯嗦"声徒步闯进岭尕兵马中，挥剑砍杀掉十余名兵士。这时，达戎阿奴董赞随即扑去以剑砍下南拉之子头颅。紧接着岭尕大队人马发着雷鸣般"咯嗦"声冲向王宫大开杀戒，使得拉吉玉措王妃、卫吉拉木公主、次子尼玛扎巴三人除战战兢兢、泪流满面地躲藏于王宫外别无他法。

如此，以嘉擦霞嘎、达潘为首的岭尕白幡军团团围住南边玛恰景宗堡。见南边城堡被岭尕白幡军围困，查绒曲拉巴扎大将扬鞭策马、挥舞着利剑来到头将嘉擦跟前，并以猛虎咆哮之调吟唱道：

吟曲罗刹发怒歌，

吟曲引向地狱歌，

公母罗刹之众一，

冤鬼魑魅之众二，

赞神泰神之众三，

祈愿引领杀戮歌，

祈愿尽享血肉供。

若不认得此地方，

南部塔隆玛恰即,

琼庆珍宝之宝藏,

玛恰董青城堡矣,

涂炭生灵之地矣。

若不认得我是谁,

赞神邪魔血统者,

在世阎王一般者,

曲拉巴扎便是我。

听着来犯乳白厮:

同为各为其主臣,

但凡大动干戈际,

焉有怯战退缩理?

同为各为其主臣,

权势地位皆无异,

胆识计谋亦如此。

同为忠于君王臣,

国土被人侵占际,

岂有坐视不管理?

听着周身乳白厮：

汝厮一身白铠甲，

瞧着像是披白毡；

汝厮头顶白盔帽，

瞧着像是女流装；

汝厮身上之旗幡，

瞧着像是垭口幡；

无论行头或相貌，

越看越像女流辈。

貌似女流一般厮，

岂是有胆有识辈？

白色山羊一般马，

岂是蹄疾步稳马？

宛若铝铁一般刀，

岂是削铁如泥刀？

白箭亦非索命箭。

晶莹水晶一般厮，

怕是极易碎成片；

雪山一般乳白厮，

生怕被那阳光化。

汝般不堪一击辈，

即日在我曲拉前，

既是三械亮闪闪，

又是马匹急匆匆，

试问信誓旦旦厮，

汝为岭尕何许人？

野兔误入羊圈乃，

皮毛毁于一旦兆；

狐狸漫步在野乃，

命丧网罟之兆矣，

是否此理乳白厮？

无论汝为何许人，

无敌曲拉巴扎前，

舍去死神阎王爷，

血肉之躯皆枉然，

是否如此汝思量。

手中执持之猛箭，

赞神邪魔泰神三，

协同铸造之箭矣，

威力如雷之箭矣。

即日一举射向汝，

薄命顷刻之间夺，

汝厮心中铭记此。

曲拉巴扎如此歌罢，弯弓搭箭而静静地等候回话。这时，嘉擦挺立于马背，手持三械，宛如雪狮般泰然自若地吟唱道：

唵嘛呢呗咪吽！

阿拉之歌来献供，

塔拉之歌自天吟。

吟曲犹如行云歌，

风和云朵交加中，

吟曲青龙腾空歌。

一供二供供三回，

战神之堡顶层处，

人身鹏鸟首级神，

赤身琼图战神鉴；

战神之堡中腰处，

人身天龙首级神，

格邑妥盆战神鉴；

战神之宝底层处，

人身猛虎首级神，

赤红年达战神鉴，

威猛迅疾犹如雷，
饮血食肉啃骨神，
切莫分神莅临此。
不计其数威玛神，
急需之时莫分神。

若不认得此地方，
尽管未曾亲眼见，
然则依照其耳闻，
像是玛恰景宗宫。
眼见为实耳听虚，
是否属实难断言。
阎罗王或死神二，
求之不得乃疾疫；
盘踞雪山之雪狮，
梦寐以求乃积雪；
翱翔于天之鹏鸟，
遭遇毒蛇乃乐事；
轰鸣在天之青龙，
降下雷雹乃真龙，
即日正是此般日，

正是明辨雌雄日。

轰鸣在天火翅龙，

若不降下雹和雷，

盘旋于天乃枉然；

北方原野之野驴，

若不横穿其荒原，

岂不枉得野驴名？

查绒南拉君和臣，

若不守住其辖地，

名声显赫乃枉然。

若不认得我是谁，

想必汝厮耳闻过。

响彻高天之雷声，

若无耳闻乃聋子；

闪烁丁天之闪电，

若无目睹乃瞎子。

在我花花岭尕地，

上部中部下部三，

伯氏仲氏季氏三，

若无耳闻竖耳听。

季氏奔贝之父系，

俗称僧伦卡玛氏；

季氏奔贝之母系，

俗称嘉擦拉嘎氏。

嘉擦膝下爱子我，

便是季氏人马帅。

赛过雪狮之帅我，

赛过巨鳖之帅我，

赛过猛虎之帅我，

无人匹敌似阎王。

发光金子之价值，

勿需费舌人尽知；

锦衣绣袄之价值，

勿需费舌瞧则晓；

迅如疾风之宝骏，

勿需费舌跑则晓。

听着一方小吏厮，

若是鱼儿入水去，

反之命丧嘉擦手。

汝般血肉之躯者，

何愁古斯之剑诛，

无论逃到何方地，

纵难逃脱嘉擦手，

是否如此曲拉厮？

莫再费舌拔剑来，

近身厮杀乃豪杰，

远处射箭乃懦夫，

谨祈神明引领剑，

谨祈年神引领剑，

谨祈鲁神引领剑，

谨祈战神依附刃，

谨祈空行附剑背，

谨祈护法附剑柄，

祈愿顽敌一举除。

不妨一瞧高天处，

再无瞧见日月时；

不妨一瞧厚土处，

再无目睹人世时。

歌若耳闻似甘露，

歌若未闻不重唱，

心窝深处霍玛呀。

嘉擦歌声刚落，随即同曲拉扎巴二人械斗起来，拼剑至一顷茶工夫，但依旧不见胜负。见此，大惑不解的嘉擦一边查看古斯嘉仁宝剑剑刃，一边暗忖：缘何如此？莫非该厮证得虹身，或是练就不坏金刚之身，或是天命使然。他乃魔系，我乃神系，血统迥然有异。想到此，随即心念本尊、护法神、凯祖年神、白梵天王、顶珠龙王、莲花生而将古斯宝剑一挥，宝剑正中曲拉之身而血溅嘉擦周身。被鲜血染红的嘉擦连吐口沫、后退几步后调转马头一瞧，首级已被砍断的曲拉，依旧手握利剑左砍右劈于岭尕兵马中。见此，塔奔猛刺一枪才了结他之性命。紧接着岭尕诸将合力诛杀尽曲拉众辅弼，并彻底拿下南宫。

七

  这时，东边城堡被赛氏尼奔麾下的黄幡人马围住。见此，心如刀割的米拉玉贵米巴闯进黄幡军中，宛如野狼冲进羊群中一般诛杀百余名黄幡军。尾随而至的尼奔挡住其去路，吟唱这样一曲没头没尾之歌：

  唵嘛呢呗咪吽！

  阿拉塔拉塔拉歌，

  阿拉吟自极乐界，

  祈愿塔拉得解脱。

  今日祈请神明乃，

  法身报身化身三，

  切勿分神引我歌，

  祈愿邪魔根除尽。

  若不认得此地方，

  虽然不曾亲眼见，

  却依时常之耳闻，

  查绒草甸中部地，

  达热玉宗城堡矣。

若不认得我是谁，

花花岭尕地界上，

上岭赛氏八部中，

尼奔达雅便是我。

听着灰头米拉厮：

强将当中之强将，

自是有胆有识主，

既然如此出门来，

倘若躲藏在宫中，

岂不有辱强将名？

若是实至名归将，

切莫多舌奔前来，

速速前来较高下！

尼奔达雅歌毕，从刀鞘中拔出犏牛犄角状刀，纹丝不动站于一旁。见此，扬鞭策马的米拉，宛如烈火燃烧、江河溃堤般直奔而来。略感发怵的尼奔暗忖：无论男儿是否有胆识，凡事镇定自若方可成事，言语从容不迫方可明辨曲折。这时，火速赶到近前的米拉道："岭尕尼奔厮听我言，汝厮虽不曾亲眼目睹却早有耳闻，即日汝和我二者，是铁是铜不妨往坚石上一试。值此城堡危在旦夕之际，即便命丧黄泉亦无悔。"遂以猛虎咆哮之调吟唱道：

一二三回宏亮声，

三回宏声吟一歌，

吟曲传遍天下歌。

令人垂涎之珍宝，
过分张扬被贼惦；
口若悬河之恶语，
倘若过多易结怨；
蹄疾步稳之宝骏，
倘若炫耀被贼盯；
美若天仙般少女，
最易落入淫贼手。

正如此般古谚云：
美名在外查绒地，
倘若无奈落敌手，
实属不由自主事。
无悔之事共有三：
阳寿已尽死去一；
夕阳终将落山二；
寒冬大地封冻三。
南隅查绒富饶地，
已被岭尕兵马占，

亦系追悔莫及事。

正如古语所云般：

吹火不成反烧须，

打劫不说反有理，

此为贼子秉性矣。

赛过恶狼岭尕众，

宰羊不说还嚎哭；

宛若荡妇岭尕众，

盯人不说还嗤笑；

宛若盗贼岭尕众，

劫财不说还恫吓。

然则公道自在天，

嗜杀成性之恶狼，

终有命丧垭口时；

卖弄风骚之荡妇，

终有性病缠身时；

杀人如麻刽子手，

终有落入法网时，

岭尕之辈难逃此。

上山总有坡要下，

若不如此怎翻山？

欢喜背后总有苦，

若不如此怎度日？

偷盗背后乃谎言，

若不如此怎行骗？

偷奸成性尼奔厮，

即日非但到宫前，

豪言壮语似鸣雷，

跃跃欲试摸剑柄，

一再扬言较高下。

口说无凭似水泡，

言行一致贵似金。

然则何者胜一筹，

一切尽在运势上，

即日汝和我二者，

孰是孰非见分晓，

既然无望留美名，

即便舍命亦无悔。

腰间所佩神剑乃，

骑羊护法铸造剑，

即日一举砍向厮，

倘若逃过算侥幸。

米拉如此歌罢，挥举起利剑往尼奔头颅上一劈，盔幡被一举砍飞的同时，白色盔帽被劈成两半。但是，尼奔身上佩戴有佛陀寿结和头发等故，其人毫发未损。紧接着一劈，只见数个铠甲皮弦、少量铜质九眼铠甲片被劈烂散落于地外，尼奔依旧安然无恙。遂尼奔挥举三界金光闪烁之剑，往米拉身上一砍，将其左臂劈落在地。见此，岭尕仓巴俄鲁、赛氏拉杰、郎拉珠杰三人合力拿下米拉。这时，手持石块、利剑、弓箭之赛氏大队人马发着雷鸣般"咯嗦"声冲进城堡，守军随即弃戈投降，城堡中之无数奇珍异宝尽数被运回岭尕营寨。此刻，查绒北边城堡亦被巴拉麾下人马围困。正当岭尕将士之"咯嗦"声和马匹之嘶声震天撼地般时，近千守军之统帅赞杰索达飞奔来到巴拉跟前道："呦呵，周身乳白之厮，汝厮如此虎视眈眈，实乃白雪被暖日融化之兆。"遂以波涛汹涌之调吟唱道：

耶声歌儿吟唱法。

叩拜顶礼南隅神，

骡头长毛七神鉴，

守护一方之地祇，

庇佑引领莫赐小。

若不认得此地方，

翠绿柏树林山处，

达穆景宗宫殿矣。

若不认得我是谁，

南拉侯王心腹臣，

赞杰索达便是我。

抵过千军之将我，

既是辅佐侯王者，

亦是众臣主心骨，

更是血洗劲敌将。

绿树成荫查绒地，

誓不拱手送敌手，

此非虚言乃实话。

翱翔于天之雄鹰，

何愁折翅在高空？

傲视雪山之雪狮，

何愁鬃毛不茂密？

出没于林花斑虎，

何愁花斑不靓丽？

赞杰索达猛将我，

何愁不及飞禽速？

若欲奔向高天则，

迅捷赛过乃疾风。

听着白衣白马厮：

汝般貌似女流厮，

手握铝质一般剑,

身披纺锤一般箭,

下跨山羊一般马,

否感悲哀乳白厮?

正如古谚所云般:

细皮之徒无胆识,

铝质般剑无锋利,

山羊般马无脚力。

汝厮来自何方地?

宛若狐崽岭尕众,

臭名昭著岭尕众,

嚎哭之声遍布地。

贪婪无度岭尕众,

身披三械奔前来,

倘若不敌劲敌则,

三械犹如背荆棘。

还是古谚说得好:

翻山越岭之恶狼,

屠杀羊群成性故,

最终落入牧人手;

偷窃马匹之小贼,

蚕食他财成性故，

最终命丧监牢中。

是否如此岭尕厮？

岭尕贼兵和匪将，

无故踏入查绒地，

涂炭生灵甚是欢，

洗劫一空积攒财。

即日北宫大门前，

邂逅与我赞嘉汉，

如此岂不天助我？

即日汝和我二者，

不妨以箭分伯仲，

倘若旗鼓相当则，

亦可以矛较高下，

依旧势均力敌则，

于持石块见分晓，

依旧不见胜负则，

或以套索分输赢，

或以徒手比力气。

歌若耳闻牢记心，

倘若发怵留遗言。

　　赞杰索达歌毕，弯弓搭箭而等候回话。这时，翁氏阿奴巴森下跨白马，不像凡人反像雪山，像阳光照射下的雪山；白盔犹如白云、白甲犹如石山上的白雪，貌似阎罗王、善恶分辨者一般道："汝厮所言甚是，毫无人性查绒兵，生性贪瞋傲气足，为所欲为无人敌，昧于取舍之秉性，前世之时已注定。然则不妨听我道，竖直双耳听我道，远处箭或近处剑，细长枪矛或套绳索，抛掷石块或肉搏，何者为宜任由厮。"言讫，右手拿住缰绳，左手紧握利剑，以雄狮傲视之调吟唱道：

　　　　唵嘛呢呗咪吽！

　　　　阿拉之歌来献供，

　　　　头顶日月运行处，

　　　　谨祈鸿恩根本师。

　　　　三界神明之刹土，

　　　　周身乳白铠甲神，

　　　　水晶之剑持右手，

　　　　邪恶魔兵一举灭；

　　　　聚宝之盆持左手，

　　　　三界财富之主神，

　　　　悉地甘露予普降。

　　　　阳神战神之主神，

　　　　乳白梵天大神您，

切莫分神伴助我。

玛麦上部诸赞神,

护佑世人之战神,

玛麦中部诸护神,

庇佑牲畜之战神,

福运神和宝藏神,

危急关口赐福佑,

形影不离一般随。

若不认得此地方,

查绒谷深林密地,

山高路险之地矣,

蒙昧昏暗之地矣,

不明善恶之地矣,

不讲廉耻之地矣。

若不认得我是谁,

岭尕福运昌盛地,

中岭翁氏六部中,

赛过雄狮一般将,

江巴赤赞膝下子,

阿奴巴森便是我。

刚满一十八岁我，

方知战略战术我，

方知轻重缓急我，

方知思前顾后我，

统领数万人和马，

一心促就岭尕业，

倾力铲除邪恶魔。

听着赞嘉索达厮：

大言不惭汝般厮，

若不挥剑来拼杀，

手持利剑亦枉然；

美若天仙般少女，

若不寻得一生伴，

玩伴再多亦枉然；

膘肥体壮之马匹，

若不翻山和越岭，

毛色再美亦枉然，

汝厮做派莫过此。

腰间所佩宝剑乃，

无坚不摧宝剑矣,

倘若砍向高天则,

纵使日月亦躲闪;

倘若砍向中空则,

纵使云龙亦躲闪;

倘若砍向仇敌则,

头颅盔帽血淋淋。

岭尕将士所到处,

总要杀出血路来,

立下战功高过天;

但凡青龙现身处,

自要电闪和雷鸣,

岭尕将士所到处,

自要邪魔皈依法。

我等岭尕将和士,

既是安定天下人,

亦是抑强扶弱者。

人称赞杰索达厮,

如要奔空而去则,

双翅火烧一般毁,

一旦挥举手中剑,

纵无幸免于难者，

孰是孰非此时晓，

右肩之上霍玛呀。

阿奴巴森如此歌罢，手中之剑猛力一劈，将赞杰索达的右臂砍落在地。痛失右臂的赞杰索达，咬紧牙关用左臂拿起石块向阿奴巴森身上连砸三块石头。见此，阿奴巴森在马背上左躲右闪，使得三块石头分别击中背后的赤赞托吉等三名辅弼而使其纷纷落马。阿奴巴森策马扑向魔臣赞杰索达，二人徒手肉搏一顷茶工夫，但迟迟未见胜负。就在这时，赞杰索达嘴吐迷雾的刹那间，一把抓住阿奴巴森胸襟，趁其神志恍惚之机，将其从马背上拉下。见罢此景，阿奴巴森身后的翁氏达拉赤赞、巴杰桑珠、拉吉扎巴三员猛将合力从前后抓住赞杰索达的铠甲，匕首乱捅把他捅成筛子一般诛杀至死。此一切看在眼里的查绒余下将士，无心血拼弃戈投降。见此情景，宫顶处的年迈禅师欧儒扎巴心想：无论江山如何易主，爱民如子便足矣。如此想罢，往私己项上佩一条白昼呈祥哈达，下跨海螺毛色马出宫而来。来到潮水般冲进宫中的岭尕人马跟前的他，连续磕三次头后道："岭尕将士听我道，自前年时起整整三载间，两军激战未曾间断，我却无心掺和，战乱饥馑使得民不聊生。"遂手捧洁白哈达而吟唱道：

三回耶声吟曲歌，

吟曲查绒祖辈歌。

一叩二叩叩三回，

上部乳白泰神一，

中部花色泰神二，

下部黑色泰神三，

即日引领老朽歌。

若不认得此地方,
山高林密之地方,
云雾弥漫之地方,
四季细雨不断地,
达穆景宗城堡矣。

若不认得我是谁,
查绒嘉赤赞布裔,
欧儒扎巴便是我。
九十九岁高龄我,
历经沧桑之人我,
日月星辰运行一,
四季如何更替二,
了然丁胸之人矣。

岭尕将士听我言:
连年兵戎相见终,
查绒遍地乃横尸,
江河皆被鲜血染,

恳请罢兵莫杀戮，

但凡弃戈投奔者，

亦莫打骂善待之，

老朽所求唯有此。

歌若过激请忍让，

言若荒唐请恕罪，

猛将心中铭记此。

欧儒扎巴如此恳求罢，嘉擦鸣金收兵，并把欧儒禅师恭迎至岭尕营寨。此刻，西边城池被噶德人马团团围住，飞箭宛如降冰雹、舞枪宛如电闪般乱作一团。见此，查绒龙拉贵杰赞布将忽然出现在嘉擦跟前，默不作声地直扑上来和嘉擦肉搏起来。二将肉搏一顷茶工夫，却依旧不分胜负。龙拉暗忖：此厮非等闲之辈，还是谨慎为妙。遂一边后退一边乱砍起左右兵士，十余名兵士命丧其剑下。噶德虽紧追不舍，但始终未能追上。见势不妙，嘎德随即抽取一支饮血食肉之箭一射，离弓而去的猛箭在神、鲁、年三及战神威玛、本尊、护法神的助推下正中龙拉胸腔，龙拉遂灰溜溜地逃向城池内，跑到中门时才落马而死。岭尕兵马依旧未知龙拉是死是活之故，除从远处放箭之外未敢逼近城中。待至一周后，西边城池中的查绒人马宛如久旱禾苗一般尽数弃戈投降，西边邦龙景宗城池被岭尕人马攻取。

此刻中部城堡被岭尕丹玛所部攻占，拉吉玉措王妃、卫吉拉木公主、次子尼玛扎巴被生擒。遂王妃拉吉玉措向丹玛大将磕三回响头后，以杜鹃啼鸣之调吟唱这样一曲求饶之歌：

阿耶之歌来献供，

虔诚之心拜诸神。

南拉曲吉尼玛王，

扎尕央宗女神二，

虔心跪拜予明鉴，

即刻显灵伴助我。

若不认得此地方，

查绒多吉赤尕地，

玉热景宗中部城。

五花八门器械一，

门类齐全弓箭二，

堆积如山之地矣。

已经逝去早先际，

侯王如鱼得水际，

贤臣齐聚之地矣，

律法公正之地矣，

安居乐业之地矣。

哪知随后时日里，

侯王之心被魔缠，

垭口经幡逐一毁，

静修禅堂毁坏尽，
拆毁佛塔抛入河，
佛经尽数焚烧终，
亵渎神灵和上师。
自此查绒南拉王，
不思行善勤造孽，
利众之心抛脑后，
最终刀兵四起故，
子民饱受战乱苦，
遗孤寡妇一大堆，
饥馑疾疫遍布地，
一反常态甚是悲。

若不认得我是谁，
早先正法昌盛际，
北方拉赞爱女矣。
艳压群芳之女我，
美名远扬似鸣雷；
名门望族之女我，
众男垂涎之女矣。
仰仗钱财联姻一，

仰仗权势联姻二，

仰仗马匹迎宾三，

当属强权之秉性。

我与南拉王姻缘，

亦系此般之姻缘。

贵为一方王妃我，

服侍南拉二十载，

如今已是三子母。

久达四十余年间，

身居华丽王宫中，

不分男女仆人众，

人人念我玉措好；

不分贵贱待宾客，

不吝布施把德积。

未料时值目下际，

欢乐日子不复存，

苦难之日不期至，

与其如此苟活世，

不如直奔黄泉路。

身为侯王之妃我，

纵无岭尕为敌心，

只是出于夫妻情,
唯有夫唱妇随命。
长子多吉查贵儿,
已经命丧岭尕手。

听我道来蓝衣将:
汝般非同寻常将,
可是岭尕丹玛将?
恳求解脱亡者魂,
放过孤儿寡母等。
母子侍从子民三,
即便不能在己乡,
亦要纳入岭尕民。
无论马夫或养狗,
或是端水端尿仆,
甘愿言听计从矣。
金银珠宝佩饰一,
绫罗绸缎等物二,
妃我已有宝箱等,
一并作为赎金献,
如上铭记丹玛心。

拉吉玉措如此恳求放过子嗣和侍从罢，丹玛大将暗忖：欺凌弱女非好汉，查绒之财理当归岭尕所有，即便口是心非，即便怀恨在心，亦要满足妇孺之哀求。但事关重大，还得征求岭尕列位翘楚之意。想到此，一时未许下任何承诺。

八

　　这时,查绒四面城堡尽数被岭尕大军攻破,天神、泰神等诸天神地祇纷纷现身,役使骡马等驮畜将三节竹箭、弯弓等目不暇接般查绒宝藏运抵至岭尕营寨。岭尕四路人马,宛如群鸟归巢般回归营寨。如此,岭尕四路人马在此修整一周之久后,向查绒四面八方差去信使,号令男女老少十五日内云集于营寨处。待至十四日时,查绒上中下三地的男女老少齐聚于嘉喀王宫中之往日查绒君臣议事厅中。遂岭尕众长者、翘楚、悍将依次落座后,总管戎擦查根面带微笑地道:"在场岭尕长者、诸将呀,不妨瞧瞧眼前景象,如此吵吵嚷嚷、毫无章法之乱象,如何闻听好赖话?交头接耳众男女,但凡男人站前边,但凡女性站后边,我总管有话要讲。"听罢总管所言,翁氏阿奴巴森、丹玛强查、噶德、赛氏尼奔达雅、穆氏仁青塔鲁、达戎超同等当即前去布置。待布置停当,总管戎擦查根从坐席上起身,挥挥手道:"安静、安静啊,在场诸位听我讲。"待众人默不作声后,总管王以悠长缓慢之调吟唱道:

　　　　唵嘛呢呗咪吽!

　　　　阿拉之歌来献供,

　　　　头顶日月运行处,

　　　　洁白如雪梵天神,

　　　　三百六十侍从绕,

　　　　呼请之声不绝耳,

法鼓击声响彻天。

洁白如雪梵天神,
身上旗幡迎风展,
水晶宝剑持右手,
邪恶魔类一举除;
聚宝之盆持左手,
悉地福禄赛宝藏,
普天财神簇拥中,
祈愿福泽不吝赐。
心窝深处佛殿处,
恩重如山根本师,
头顶长发覆盖背,
热嘎念珠佩戴项,
右手拂尘随风飘,
顶髻宝幢晃悠悠,
白银小玲持右手,
祈愿前来歼灭敌,
祈愿善者引极乐,
祈愿恶众解救之。
上至浩瀚宇宙处,

中至凡夫俗世处，

下至十八地狱处，

但凡虔心顶礼者，

无一例外予眷顾。

若不认得此地方，

谷深林密查绒地，

漫山遍野树林地，

藤竹成荫之地矣。

飞禽齐鸣之地矣，

猴类野人毒蛇等，

弱肉强食之地矣，

猛兽出没之地矣。

四季如春查绒地，

水流湍急查绒地，

夜幕降般查绒地，

无论男人或女人，

野蛮犹如食草畜，

皆无善恶廉耻心，

实乃妖魔栖息地。

不明取舍查绒众，

不妨竖耳听我言：

掏心掏肺之言语，

若能领会似佛经，

奉劝莫再挣扎时，

倘若罢休乃上策。

往日南拉当政时，

条条框框何其多，

终日忙着当奴仆，

轻则肉体被鞭抽，

重则挖眼或割鼻，

甚者索命或囚禁。

然则岭尕非如此，

慈悲为怀岭尕部，

倾力扶持乃弱者，

严惩不贷乃强权，

抑强扶弱之邦矣。

倘若弱肉强食则，

弱者唯有饿死命，

是否此理思量之。

若能安分守己则，

何须苛政来镇压？

　　恃强凌弱成性一，

　　炫富凌辱贫者二，

　　皆非岭尕部落俗。

　　即日往后之时日，

　　便是有福共享时，

　　便是居者有屋时，

　　便是耕者有田时，

　　是否如此翘首望，

　　众人心中铭记此。

总管王如此歌罢，在场的诸长者合掌暗忖：总管王所言犹如讲经布道，今年与岭尕较劲之举，像是搬起石头砸自己的脚、双手触摸高天不成反将肾脉扯断之举。如此想罢，内心越发敬重岭尕，感激涕零地双膝跪地连连磕头的同时发起愿来。在场之诸青壮有的目瞪口呆，有的伸直脖颈质疑起总管王的此番话来。这时，查绒乌嘎长者从坐席上起身道："金身像再小亦是佛像，查绒地独有弓箭再不济亦是岭尕所需。"遂以江河缓流之调吟唱道：

　　吟曲晴空般歌则，

　　日月星三运行畅。

　　查绒部和岭尕间，

　　幸福之日自空升，

　　暖遍四洲之苍生。

　　如此丰衣足食歌，

如此正法昌盛歌，

正是我等祈盼歌。

高天边上云团腾，

青龙展翅电光闪，

继而甘露普降地；

百花耀眼草木旺，

芸芸众生乐融融，

此为发自肺腑言。

德高望重上师言，

无需重复一回足；

爱民如子明君恩，

无需反复一回足；

富家之父之布施，

无需多次一回足。

时下情形犹如此。

从今往后时日乃，

离苦得乐之日矣，

安居乐业之日矣。

为此查绒男女众，

老朽之言铭记心，

庆幸成为明君民。

乌嘎如此歌罢，面带笑容的众人不由自主地暗忖：自此摆脱苛政，自此远离任人宰割之惨境，自此远离饥馑、疾疫，自此远离战乱之苦，人生得意莫过此。想到此，有的焚香煨桑，有的虔心祈福，有的跪地连连磕头，亦不乏顾虑重重、将信将疑者。这时，右边席位头席处、红色檀香坐台上之一身巫师行头的四母超同念诵吽声心咒，大行法事，一边以圣洁神水沐浴查绒地上污秽，一边以法力制伏查绒众护神，勒令诸神自此改旗易帜庇佑岭尕子民和钱财。如此，查绒地界神明役使飞禽走兽，把查绒宝库中的弓箭尽数运回岭尕。

此刻，岭尕营寨中的男女老少陶醉在赛马、射箭、莺歌燕舞之欢庆氛围之中。欢庆继续至十日之久后，总管王令超同留下三千人马管理查绒大小事宜。待至第十五日，在此安营扎寨的岭尕人马以巴拉悍将旗下的贡觉黑白旗幡部为先头部队，紧接着丹玛所部、噶德所部、赛氏部、翁氏部、穆氏部依次紧随其后，宛如阳光照射雪山、云雾缭绕大地、铺天盖地般拔营凯旋。约至五个月之久时，信使来到岭尕告知班师凯旋之事。得知大军即将回朝，以嘉罗顿巴坚赞为首的玉嘉扎巴桑珠、董子尼玛坚赞三员居家统领，号令岭尕上中下三地准备迎接大军的归来。历经八个月之久，岭尕大队人马抵达至塔唐莲花右旋原野处，居家的上师、卦师、母姨等亦到此迎接大军。众母姨分别接过总管王、僧伦父、超同、嘉擦、丹玛等凯旋而归大将坐骑之缰绳后，将大将们依次引入内无柱子、外无撑绳的可容千人大神帐之中。待诸将依次落座，尽情享受茶酒、歌舞宴之际，嘉擦西尕妃手持一条洁白哈达，以吉祥善品之调吟唱这样一曲歌：

　　唵嘛呢呗咪吽！

　　阿拉之歌来献供，

　　苍穹深处神明界，

周身洁白如雪神，

水晶之剑持右手，

祈愿除尽正法敌；

聚宝之盆持左手，

祈愿普降悉地雨。

若不认得此地方，

人见人爱岭尕地，

玛拉达拉嚓拉三，

三山耸立之地矣；

玛隆达隆嚓隆三，

敞开大门般地矣。

若不认得我是谁，

东边东郡地界处，

慈父尼玛杰布和，

慈母罗布拉宗女，

拉嘎卓玛便是我。

三女中之老三我，

总管查根牵线下，

嫁入岭尕奔氏部，

嫁于僧伦卡玛父，
嘉擦霞嘎乃我儿。

夫君僧伦卡玛呀，
此番前去查绒际，
领兵出征查绒间，
可有受冻挨饿时？
可有操劳过度时？
昧于取舍查绒众，
可有为难夫君时？
死伤将士是否多？
早闻查绒之兵马，
均是不明事理辈，
均是死不悔改辈，
均是毫无信仰辈，
各个犹如亡命徒，
使吾度日犹如年。
庆幸即日得重见，
为此祈愿诸叔伯，
贵体安康且长寿；
为此祈愿诸俊少，

英姿飒爽愈发勇。

嘉擦西尕妃如此问候发愿罢，在场之人甚感欣慰，众人之目光同时集中在头等席位处的僧伦卡玛父身上。见此，头席处之体格高大魁梧、红光满面、四大天王般的僧伦道："妙哉，列位居家母姨想必一切安好，为我等出征在外将士牵肠挂肚自是情真意切，为利乐苍生，我等不辞辛劳亦是责无旁贷。此番到查绒地所见、所闻虽一言难尽，但不妨道上几句。"遂以倾盆大雨之调吟唱道：

唵嘛呢叭咪吽！

阿拉塔拉塔拉歌，

高天深处吟曲歌。

漫无边际苍穹处，

雪白锦缎坐垫顶，

威震三界魔众神，

乳白梵天大神您，

即日前来伴助我。

巍峨须弥山之顶，

周身乳白之衣神，

二十五尊年神主，

凯祖年神主尊您，

切莫分神伴助我。

碧波荡漾深海处，

宛若松石碧宫中，

无尽宝藏之主神，

邹那仁青鲁神您，

即日前来伴助我。

若不认得此地方，

岭尕见者皆喜地。

若不认得我是谁，

花花岭尕地界上，

僧伦卡玛便是我。

听着在场岭尕众：

前年时起三载间，

岭尕天兵和天将，

一举进发查绒地。

若云查绒南拉王，

权势之大犹如天，

名声显赫似日月，

臣民之多难计数，

无畏宛如亡命徒，

残暴犹如阎罗王,

实乃勇者簇拥王。

该王麾下将和士,

冲锋犹如下山虎,

好斗犹如高天龙,

力大宛如禽王鹏,

迅捷宛若闪烁电。

四方各有一城堡,

各有一将在驻守。

米拉龙拉曲拉三,

鲁堆欣堆赞堆三,

赞拉朗杰雅美等,

皆是视死如归将。

查绒南拉侯王宫,

坚如铁石入云宫,

里外三重围墙宫,

大如赛马射箭场,

守宫法师共有四。

好在总管查根一,

法术著称超同二,

赛过迅雷诸将三,

齐心斗智斗勇终，

　　轻而易举根除尽。

　　岭尕将士发威处，

　　巨翅禽王飞奔处，

　　焉有鸟雀逃脱理？

　　岭尕兵强马壮一，

　　诸将勇猛善战二，

　　同心同德迎敌三，

　　皆是克敌制胜宝。

　　此外岭尕将士中，

　　丧命将士不算多，

　　莫再忧心居家众。

　　僧伦卡玛如此歌罢，岭尕居家长者、俊少、母姨等陶醉在迎接大军凯旋之喜庆氛围中。次日，东山升起旭日之时，四面八方的飞禽走兽背驮查绒弓箭之福运，宛如雪花纷飞般纷纷云集，上至八十高龄的岭尕长者，下至十三岁以下的岭尕幼童之眼球被此奇妙场景完全吸引。嘉罗顿巴坚赞、玛恰拉木曲珍、王妃珠姆亦纷纷前来观望。甚感惊奇的上师、官吏、母姨、少男少女不由自主地道："何故如此啊！往昔不曾耳闻此地有如此众多飞禽和走兽，怕是前来一睹查绒被我岭尕攻占之场景，或是天神地祇在作怪。"众人目不转睛地观望之际，不计其数的飞禽走兽驮运停当弓箭福运后，依次消失在原野之中。这时，四母超同道："岭尕众人呀，既然弓箭宝藏之门被我岭尕开启，号令驮运福运之事自是我超同所为，若不如此，何来此般场景？还望列位倍加珍惜来之不易的弓箭。身无弓箭之俊才，何以痛击仇敌？一贫如洗之乞丐，何以为本行商？既是有心无力之徒，双臂再甩开亦枉然。为不至于如此，连飞禽走兽倾巢而出驮运弓箭，岭尕众人岂可袖手旁观？"听罢超同所言，身着盛装的岭尕俊少、少妇纷纷出来搬运弓箭。这时，世间绵羊之福运四头、四个犄角绵羊百余、牦牛之福运八个乳头母牛百余、骡马之福运四个长耳骡百余，闻所未闻、稀奇古怪的牲畜福运无人驱赶而纷纷云集于玛提亚达堂原野处。如此，处处祥瑞无限之余，岭尕众人依次落座尽情享受茶酒、美食佳肴等丰盛欢宴之时，前排红檀香坐台上之四母超同，以猛虎咆哮调吟唱这样一曲述说此番攻取查绒箭宗过程中，如何挥师打劫商队，如何施咒之歌：

  唵嘛呢呗咪吽！

  阿拉塔拉塔拉歌，

  阿拉正法之语歌，

  呼请十方护法神。

  塔拉极乐世界歌，

  祈愿身陷苦海众，

  引向极乐之世界。

  顶礼献供上方神，

  高天深处神兵一，

  无际中空年兵二，

  大地江河湖泊处，

  随遇而安地祇等，

  尽情享受敬献供。

吉祥园般之故土，

宛若宝藏般悉地，

祈愿恒常莫衰微，

源源不断趋兴旺。

谨祈神明赐护佑，

谨祈威玛予明鉴，

谨祈护法予常伴，

谨祈财神赐福禄。

若不认得此地方，

玛康岭尕地界矣，

见者皆喜之地矣，

世间中心地带矣，

悉地财富之园矣。

富足岭尕神祇裔，

接令出征之地矣，

大军云集之处矣，

居家老幼母姨等，

接风洗尘之地矣。

欲与岭尕为敌者，

随处可见难计数，

然则旗鼓相当者，

屈指可数尽人晓。

常言奔空飞禽中，

威猛莫过大鹏鸟，

实则雄鹰更威猛；

常言皑皑雪山处，

威猛莫过雄狮吼，

实则青龙更威猛；

常言茂密森林处，

敏捷莫过斑纹虎，

实则花豹更敏捷；

常言无际碧海处，

硕大莫过体大鳖，

实则碧海被鱼占；

常言神氏岭尕部，

人才济济强将多，

实则建功立业者，

均是我达戎干将。

查绒南拉旗下商，

亦被达戎人马劫，

驮畜金银财宝等，

均分者乃达戎部。

随后前来讨债敌，

亦被达戎来对付。

人言查绒地界上，

比比皆是乃法师，

未料皆被超同灭。

但凡危急关口时，

不可或缺乃超同。

十方天神地祇众，

任由驾驭乃超同。

还有此番所得箭，

理当由我超同分，

此般得罪人之事，

究竟何者来承接，

还望列位定夺之。

　　超同如此歌罢，在场众人心想：何者公正无私，分发战利品时方晓，何况分发战利品本是得罪人之差事，可谓众口难调，极难做到令众人无话可说。想到此，众人皆左顾右盼、坐立不安。这时，中央席位之头席处的总管戎擦查根道："在场之列位呀，缴获弓箭宝藏实属不易，无论狩猎，或是奔赴沙场，甚至跑马射箭之欢庆场面，弓箭乃必不可少之兵器。所以，此番缴获之弓箭何者分发皆可，丹玛、噶德、巴拉皆是众望所归之人。"

如此发话罢,噶德大将从中央席位处起身,向诸长者各献一条洁白哈达后道:"望诸君多多包涵,如此费力不讨好之事,向来是由我噶德主事。"遂以碧海漩涡之调吟唱道:

唵嘛呢呗咪吽!

阿拉歌儿吟唱法,

祈请鸿恩根本师,

身陷苦海之苍生,

祈愿引向极乐界。

天神年神鲁神三,

岭尕世代膜拜神,

祈愿所愿皆如愿。

不竭资财之悉地,

即日悉数得手终,

愉悦之心分发际,

祈愿福运莫外流,

祈愿怨敌莫作乱,

祈愿亲者莫反目,

祈愿逆缘变顺境,

祈愿孽缘得洁净,

祈愿事事皆遂愿。

若不认得此地方,

查瓦绒箭宗

福禄园般玛康地，

人见人爱岭尕矣。

若不认得我是谁，

噶氏仁青六部中，

穷困潦倒之父子，

曾经被人发配子，

噶德曲迥便是我。

转换东西之人我，

转换南北之人我，

转换阴阳之人我，

黑色护神化身我，

承蒙总管王厚爱，

统领噶珠二部军，

驰骋沙场与敌战，

战功赫赫人尽知。

尤其时值时下际，

花花岭尕部人马，

挥师南进查绒地，

查绒侯王南拉他，

已被丹玛之箭诛，

里外三层之深宫，

曾被丹玛人马围，

宫中不计其数财，

尽数落入岭尕手。

若论何者真豪杰，

丹玛便是真豪杰，

便是利乐苍生主，

便是总管王助手。

还有四母超同叔，

法力无边超同他，

吽啪心咒著称他，

亦是无人企及主。

时下箭宗一举拿，

宛若宝藏般弓箭，

以及弓箭福运等，

一并落入岭尕手。

从今往后时日里，

岭尕何惧来犯敌？

恳望上师予招福，

沐浴加持弓箭等。

天竺佛国之法运,

祈愿以箭取回岭;

东郡地界茶之运,

祈愿以箭取回岭;

尼泊尔绵羊之运,

祈愿以箭取回岭;

回纥玉石之福运,

祈愿以箭取回岭;

祈愿福运变恒常;

大食牛羊之福运,

祈愿以箭取回岭,

祈愿六畜得兴旺;

柏热山羊之福运,

祈愿以箭取回岭;

南隅门地谷物运,

祈愿以箭取回岭;

贡布康区峡谷地,

枝繁叶茂山林运,

祈愿以箭取回岭;

峡谷之地嘉木绒,

花色乳牛之福运,

祈愿以箭取回岭，
索布之地马匹运，
祈愿以箭取回岭。
三节竹质之神箭，
绝非任人独占箭，
却乃岭尕公有箭，
即日均分于众人。
但凡高僧大德师，
各得十支金铸箭，
但凡治理一方侯，
各得十支金铸箭，
但凡胆识过人将，
各得十支金铸箭；
也配弯弓各十只。
余下风华正茂少，
各得　枝金铸箭。
金质箭和银质箭，
雕羽箭和鹰羽箭，
鹏鸟孔雀翎羽箭，
均为供奉神明箭，
暂且莫用留存库。

嘉擦将和丹玛将，

森达将和达潘将，

赛氏部和翁氏部，

穆氏三部之魁首，

各得神箭共十捆。

嘉罗顿巴坚赞一，

杰瓦伦珠长者二，

达戎魁首超同三，

分得神箭乃十支。

居家母姨少壮等，

均得神箭乃三支，

论功行赏莫过此。

绵羊乳牛福运一，

骡子等等诸福运，

皆是岭尕共有物。

上岭赛氏八部落，

暂且掌管绵羊运；

中岭翁氏六部落，

暂且掌管骡子运；

下令穆氏四部落，

暂且掌管乳牛运。

为使上师威望高，

祈愿佛陀常眷顾；

为使王权不衰竭，

祈愿战神常眷顾；

为使寿命不缩短，

祈愿寿佛常眷顾；

为使财运不受挫，

祈愿财神常眷顾；

为使众生离疾疫，

祈愿药佛常眷顾，

祈愿祥瑞遍布天，

祈愿白昼皆呈祥。

歌若过激请忍让，

言若荒唐请恕罪，

诸位心中铭记此。

噶德如此歌罢，在场男女老少心悦诚服地陶醉在茶酒、美食欢宴之中。丹玛暗忖：众人齐聚一堂之际，饮酒作乐、跑马射箭、载歌载舞无可厚非。但越是志得意满之时，越要为江山社稷着想，越要集思广益，万不可得意忘形。凡事若不早做打算，了然于胸，势必悔之不及。昔日果岭交战终，交锋三载之久终，一败涂地乃岭尕，尤其总管王之子命丧敌手之仇，依旧未报。想到此，不像凡人反像玉龙；不像凡人反像龙神的他，从坐席上起身，手捧一条哈达吟唱道：

唵嘛呢呗咪吽！

阿拉塔拉塔拉矣，

法身报身化身三，

谨祈三神予庇佑。

阳神战神威玛等，

切莫分神引领之。

上方神和年神众，

下方鲁神等佑神，

即日前来助岭尕。

若不认得此地方，

赛过福园玛康地，

见者皆喜岭尕地，

提亚达堂原野处，

通瓦壤珠大帐矣。

若不认得我是谁，

丹玛阴阳之部落，

喀热萨热曲热地，

郁郁葱葱柏树地，

檀树香气四溢地，

盛产青稞之地界，

萨霍王族血统人，

丹玛强查便是我。

姓氏随母丹玛我，

年满一十三岁起，

潜心苦练弓箭术。

听我道来岭尕众：

宛若高山般叔伯，

自是密林簇拥主；

宛若碧海般母姨，

自是鱼虾依恋主；

宛若猛虎般俊才，

自是骁勇善战士。

在此齐聚诸位呀，

不妨听我丹玛道。

前年时起当下间，

不辞辛劳岭尕众，

一致前往查绒地。

查瓦绒箭宗

查绒南拉邪魔王，
被我丹玛以箭杀，
首级三械尽数取。
戒备森严王宫中，
诛杀殆尽血成河。
难以计数之钱财，
除去留下少量外，
尽数无损被我夺。
价值连城之弓箭，
已经落入岭尕手。
然则距今五载前，
果域部落之大军，
潮水一般涌入岭，
总管查根膝下子，
爱子莲巴曲杰他，
命丧果部人马手，
此仇至今尚未报。
有仇不报非君子，
话无回应乃哑巴。
正如此般古谚云：
倘若视若不雪耻，

自有强权来欺压。

在场岭尕将相呀！
与其如此迷恋宴，
不如乘胜灭果部。
尽管君王不在此，
好在总管在军中。
总管戎擦查根他，
未雨绸缪意志坚，
足智多谋著称他，
实乃事事洞明主，
还望总管予三思。
军中还有超同叔，
倘若无人冒犯叔，
法力施咒无人及，
何不直奔果部去？
为了血债以血偿，
纵使男女皆丧命，
亦是问心无愧矣，
此为丹玛我拙见。
提议今明两年内，

岭尕大队人马众，

养精蓄锐备战好，

待至备战停当时，

大举进发果部落，

一举拿下果部落。

为此在场岭尕众，

不日返回各自部，

着手办好战前事，

众人心中铭记此。

丹玛如此敦促罢，在场将士一致认为丹玛所言在理。尤其是嘉擦悍将，听到丹玛一番话后甚感惊奇。遂从坐席上起身，向总管王敬献一条洁白哈达后安慰道："惭愧啊，叔伯府中有如此不幸之事，居然毫无耳闻。足见作为晚辈的我，承蒙叔伯之恩游手好闲于宅中，直至年满十三岁不思家国之事，过惯衣来伸手饭来张口之日子，恳望总管王恕罪。"言讫，以闪电雷鸣之调吟唱这样一曲领兵前去一雪前耻之歌：

唵嘛呢呗咪吽！

阿拉阿拉阿拉歌，

阿拉之歌来献供。

头顶日月运行处，

谨祈鸿恩根本师；

塔拉极乐世界歌，

祈愿六众皈依法，

祈愿万事遂人愿。

阳神战神威玛众，

祈愿形影一般随；

阴神舅神等食神，

祈愿财运趋旺盛。

若不认得此地方，

人见人爱岭尕地，

玛麦富饶之地矣。

上岭赛氏八部一，

中岭翁氏六部二，

下令穆氏四部三，

赖以生存之地矣。

若不认得我是谁，

赛过雪狮之子将，

赛过鹏鸟雏般将，

赛过猛虎之子将，

汉氏之侄嘉擦矣。

听我道来岭尕众：

总管查根之爱子，

年满一十六岁际，

果岭两军交锋时，

不幸命丧果军手。

人称盘踞果部侯，

热络顿巴之膝下，

长子拉塞妥嘉一，

老二巴萨顿珠二，

老三赞拉多吉等，

宛若猛虎一般子，

王子统共有九个。

然则岭尕众将士，

却是虎口拔牙主，

为此九子一举除。

我等岭尕众将士，

向来情同手足般，

纵无离心离德时；

我等岭尕之将士，

犹如富家之宝库，

饥馑之时方惠民；

我等岭尕之将士，
若与劲敌不血战，
形同手持纺锤妇。
总管查根为其一，
四母超同为其二，
伯仲季部为其三，
噶氏六部为其四，
丹玛阴阳部为五，
德格部和杂日部，
贡觉阿拉黑白部，
玛康扎雅大部等，
此时正值集结时。
无敌嘉擦霞嘎我，
若不血债以血偿，
无颜以对乃乡里。
明年或是后年之，
时轮转至即日时，
正是大军出动日，
正是攻打果部日。
果部老奸巨猾辈，
一举置于无名尸，

堆积如山般财宝，

囊中取物一般夺；

逍遥法外刽子手，

绳之以法打入牢；

邪魔鬼蜮崇神三，

勒令皈依于佛门。

若不如此非嘉擦。

我等岭尕之将士，

正如丹玛所言般，

暂且返回各自部，

他日一声令下则，

倾巢而出莫退缩！

歌若过激请忍让，

言若荒唐请恕罪，

列位心中铭记此。

　　嘉擦如此歌罢，在场人暗忖：果部和岭尕交锋而岭尕大败之事由来已久，况且早有定论，此时重提纯属多此一举。想到此，无一人吭声。见罢此景，总管王心想：两军曾经交战，已是尘埃落定之事，何况在莲花生大师的旨意下，两邦联姻而果氏已嫁到岭尕，时过境迁果部早已是岭尕之辖下部落，后来果氏母子流放之事亦是人尽皆知之事。出尔反尔非君子之举，万不可打破两邦一直和睦共处格局。遂以慢拍长调吟唱道：

唵嘛呢呗咪吽！

阿拉阿拉上师歌，

祈愿慈悲趋恒常；

塔拉之歌极乐歌，

祈愿卸下苦难负；

慢拍长调护法歌，

祈愿六众皈依法。

若不认得此地方，

早先远古之时起，

虽为天竺北方地，

却乃正法未兴地，

却乃上师未踏地。

如此边鄙蛮荒地，

纵无耕种五谷俗，

亦无饲养家畜俗。

东郡地方西域地，

蕃域边缘之地界，

野兽成群结队地，

荒无人烟之地方，

不时出没乃盗匪。

如此盗匪出没地，

后来董氏繁衍此，

历经七代之久时，

依旧贫瘠不富足，

既无肥沃之耕田，

亦无杜鹃鸟啼声，

四处横行乃猛兽，

即便过客亦退却。

直至董氏曲潘父，

热赤康巴在世时，

方有可耕之良田，

此时岭尕乃小邦。

董氏曲潘三子时，

玛域方被岭尕占，

此时在我心中想，

倘若父辈生息地，

兴旺发达何其好！

年满一十五岁际，

毅然离乡奔天竺，

贝如扎纳上师前，

虔心祈福和叩拜，

敬献拜见上师礼，

祈求上师护佑岭。

年满二十五岁际，

前去下方东郡地，

祈求东郡尼玛杰，

爱女嘉萨拉嘎她，

许配于我花花岭，

不久生下嘉擦儿。

随后果岭兵戎见，

嘉擦尚未成年一，

岭尕势单力薄二，

伯系季系不睦三，

兄弟争强攀比因，

岭尕兵马遭惨败。

正如常言所云般：

纵使一马所生驹，

难为势均力敌驹；

纵使同门师兄弟，

资质优劣却各异；

骨血彼此不睦乃，

家门不幸之根矣。

故而两邦交锋际，

犬子命丧果兵手。

再苦有泪不轻流，

天下翘楚秉性矣；

再饿无心食腐肉，

原野苍狼秉性矣；

再寒不轻易言冷，

水中鱼儿秉性矣；

满腹苦水不轻言，

失子父母秉性矣。

哪知法力无边师，

密宗始祖莲花生，

空性幻化当中至，

预言龙氏之爱女，

已经转世在果部。

随后岭军至果部，

岭尕大队人马中，

僧伦卡玛扬言道：

倘若神箭迎娶则，

势必囊中取物般。

四母超同回话曰：

开弓没有回头箭，

老去褶皱难擦拭，

倘若一言九鼎则，

不再与兄争其女。

终因莲师之旨意，

果岭冰释前嫌终，

果氏被那僧伦娶。

未料超同却生事，

扬言既是一奶胞，

理当同娶一妻子，

如此挟私报复终，

达戎所部之珍宝，

诬陷被那果氏窃，

果氏蒙冤而流放，

流放至那玛麦地。

直至年过十二时，

方知果氏生觉如，

至于觉如怎出世，

子丑寅卯无人知，

背着生父出世子，

唯有生母一人知。

究竟觉如乃何子，

无论高贵或下贱，

贵为神裔或鬼系，

自有水落石出时。

倘若胡乱猜疑则，

岂不枉得人之身？

为此岭尕众将士，

与其如此究往事，

不如各自回本部。

总管王如此号令罢，在场岭尕叔伯、将士随即忙碌于班师回朝事宜中。正当众人忙着拔营之时，索庆尼玛拉塔就如何班师回朝，日后一声令下之时如何集结等事，吟唱这样一曲歌：

唵嘛呢呗咪吽！

阿拉之歌自天吟，

宛若雷鸣一般吟，

若不耳闻乃聋子；

丽日普照四洲际，

尚感寒意乃阴面；

上师讲经布道日，

满心不欢乃鬼魔；

岭尕人马齐聚际，

董氏总管之号令，

若不领会乃白痴。

和颜悦色之良言，

便是造福一方言；

恶言交加诋毁言，

便是招惹是非根，

如此常理人尽知。

若不认得我是谁，

人称尼玛拉塔我，

岭尕众人齐聚际，

调解非议之人矣。

岭尕叔伯和俊少，

不妨听我慢慢道：

不可为而为之事，

适可而止得人心；

美食锦衣享乐三，

同为人皆所求矣；

扣人心弦之喜讯，

自是众生之福分。

岭尕叔伯和俊少，

便是如此非凡辈。

即日以往年岁里，

岭尕佛陀化身众，

既是慈悲著称辈，

亦是善恶分明辈。

在场岭尕众人呀！

莫为往事起内讧，

觉如实乃董氏裔，

董氏僧伦骨血矣。

正如总管所言般，

果氏以及觉如二，

自要返回花花岭。

至于觉如系何者，

是否非同寻常辈，

自有真相大白时。

明日返回各部时，

切记恭送嘉罗父，

切记恭送僧伦父，

切记恭送总管王，

切记安排护送军，

切记安排侍从群，

切记大摆茶酒宴。

阳山之顶煨桑烟，

西山之顶亦如此，

虔心祈福和禳灾。

大军拔营而去时，

母姨少女站左边，

男丁列队站右边，

大行茶新酒新供，

大行焚香煨桑供；

他日一声令下时，

切忌推诿和懈怠。

返回各部居家间，

祈愿福禄持恒常，

祈愿战神变吉祥，

祈愿祥瑞遍布天，

祈愿福泽越发旺，

如上铭记众人心。

歌若过激请忍让，

言若荒唐请恕罪。

索庆尼玛拉塔如此下令罢，次日岭尕大队人马谨遵尼玛拉塔之令，依次列队返回各自所部。

愿一切吉祥！

整理者说明

名为《查瓦绒箭宗》的部本，是岭尕部落与查绒部落之间的第一场部落战争，是岭尕部落意欲发展、壮大自身力量而展开的一场部落战争。

按照常规，该部为格萨尔诺布占堆母子流放至玛麦玉龙地之时，幼年格萨尔幻化为达戎部落守护神马头明王，假借该护神名义向达戎赛盆授记为主要导火索而引起两邦间的战争爆发，是格萨尔王的主要战绩之一。

但是，桑珠艺人说唱的《查瓦绒箭宗》却略提格萨尔王母子俩被流放至玛麦玉龙一事。攻取查瓦绒箭宗之事并未列入格萨尔王之战绩中，可谓一部极富艺人个人特色的部本。为此，无论是主题，还是语言艺术，该部都具有一定的参考、借鉴价值。

此次出版的《查瓦绒箭宗》，是在桑珠艺人小儿子曲扎 2000 年录音记录的基础上进一步整理而面世的部本。在具体整理过程中，根据《语法三十颂》和《音势论》之理论在语法技巧上进行适度修改外，其他部分基本做到原封不动。尤其针对个别语句之前后不连贯、逻辑矛盾之处，专门向桑珠艺人请教后进行适度更正，除此未做任何主观臆断下的改动。然而，因整理者才疏学浅，该部势必不乏各种未臻之处，恳望广大读者谅解！

整理者

查瓦绒箭宗

译者后记

  《格萨尔》是一部藏族人民喜闻乐见、举世闻名的英雄史诗，内容丰富，篇幅浩瀚，是我国民族文化宝库中的一颗明珠。

  《查瓦绒箭宗》与其他《格萨尔》分部本一样，也是以妙语连珠、说说唱唱的形式出现，叙述描写和唱诵相间成文，对战斗场面、地貌风俗和宗教活动等方面，描写得淋漓尽致，富有浓郁的民族特色，生动地塑造出正反两面主要人物的形象。

  翻译采取直译与意译相结合的方法，首先，逐词逐句地翻译出来，然后，再次对照原文，依从主题、语境、语态等有关参考资料，斟酌一字一句进行理解、表述，努力使译文兼顾原作精神实质和艺术风格。然而，该原作自始至终叙述非常混乱，重复部分甚多，很多语汇的翻译，极难做到原作怎么说，译作就怎么说。为了尽力遵从多数语汇内容的规范化和语言逻辑的合理化，使译文读之自然流畅，译者全力争取表达清楚整体情感和大致主题。

  这部《查瓦绒箭宗》是根据桑珠老艺人说唱记录整理，依据故事情节，译文分为三大部分。为了保持其原貌和风格，使节奏鲜明、读之流畅，译者将原作之八字句和七字句唱词都以七字句形式翻译。在翻译过程中，对旁白和诗歌中的部分内容，进行适度的取舍；其余部分无论内容上还是文体风格上，竭尽全力根据汉语的表达的习惯来加以表述，杜绝肤浅层次的藏汉互译。

  但凡文学作品翻译，几乎很难同时达到严复提出的三条翻译标准和西方译界所乐道的等值。"信达雅"和"等值"之同时实现，仅是相对的，更确切地说，只能在个别层面上部分实现。鉴于此，该部的翻译，亦是以牺牲其中之一为代价下的翻译。

因译者水平有限，错误难免。望广大读者不吝指教。

译者